Wat het was

Van George Pelecanos verscheen eveneens bij uitgeverij Anthos

De grote afrekening
Drama Stad
Harde revolutie
Tuinier van de nacht
King Suckerman
Geen weg terug
De weg naar huis
Het aandeel

George Pelecanos

Wat het was

Vertaald door
Ernst de Boer en
Ankie Klootwijk

Anthos|Amsterdam

ISBN 978 90 414 2082 4

© 2012 George Pelecanos

This edition is published by arrangement with Little, Brown and Company,
New York, NY, USA. All rights reserved

© 2013 Nederlandse vertaling Ambo|Anthos *uitgevers*,
Amsterdam, Ernst de Boer en Ankie Klootwijk

Oorspronkelijke titel *What it Was*

Oorspronkelijke uitgever Little, Brown

Omslagontwerp Roald Triebels

Omslagillustratie © Patrick Joust (achtergrondfoto) / © Roland Brunner (auto)

Foto auteur © Giovanni Giovannetti

Verspreiding voor België:
Veen Bosch & Keuning uitgevers n.v., Antwerpen

Voor Jim Pedas en Ted Pedas
Goede mentors, goede vrienden

Noot van de schrijver

Dit boek is bij toeval tot stand gekomen, zoals met boeken vaker gebeurt. Heel wat jaren geleden zat ik in het kantoor van *The Wire* met mijn vriend en compagnon Ed Burns te kletsen. Voordat Ed, een Vietnamveteraan, schrijver en producer voor de televisie werd was hij politieagent, rechercheur Moordzaken en leraar op een openbare school in Baltimore geweest. Hij heeft een veelzijdig leven gehad. Ons gesprek ging over zijn ervaringen als jonge agent bij de uniformdienst en de banden tussen de politie en de onderwereld in de jaren zeventig. Ik vermoed dat Ed zich ons gesprek misschien niet eens meer herinnert, maar ik wel. Ik had aantekeningen gemaakt.

Een aantal jaren later vlooide ik de archieven van de *Washington Post* door in een halfhartige poging wat research te doen voor een boek over de Watergate-affaire, waar ik eigenlijk niet veel zin in had. In de bibliotheek stuitte ik op twee artikelen: 'Vijf man vast vanwege afluisteren plaatselijk kantoor van Democraten', en: 'Cadillac Smith, een legende van geweld'. Beide artikelen waren geschreven door misdaadverslaggever Alfred E. Lewis van de *Post*, een gerespecteerde journalist met een lange staat van dienst. Omdat ik het gevoel had dat ik er later misschien iets mee kon doen, heb ik in mijn boek *Tuinier van de nacht* het personage Red 'Fury' Jones zijdelings geïntroduceerd, losjes gebaseerd op de wapenfeiten van de beruchte crimineel Raymond 'Cadillac' Smith. Dat was een manier om mezelf te dwingen zijn verhaal in een volgend boek verder uit te werken. Het idee was dat ik een apart boek aan Red zou wijden.

Na mijn korte gesprek met Ed Burns en de twee artikelen van Alfred E. Lewis had ik voldoende munitie om mijn fantasie aan het werk te zetten. *Wat het was*, het boek dat u nu voor u hebt, is in de zomer van 2011 in één adem geschreven.

Met dank aan Ed Burns en wijlen Alfred E. Lewis.

'Johnnie Walker,' zei Derek Strange. 'Met ijs.'

'Red of Black?' vroeg de kale, gedrongen barkeeper. Hij heette Leonides Vazoulis, maar iedereen aan Georgia Avenue noemde hem Leo. De verkorte versie stond buiten in neonletters op de gevel.

'Doe maar Black.'

'En jij, *patrioti*?' zei Leo, wijzend naar een andere man van Griekse komaf naast Strange. 'Heineken?'

De Griek was van middelbare leeftijd, slank, pezig en had kortgeknipt haar, dat hier en daar grijs was. Hij droeg een 501-spijkerbroek en een verschoten zwart T-shirt uit de Harley-winkel in Key West, en hoge zwarte All-Stars.

'Ja,' zei Nick Stefanos. 'En zet er maar een Knob Creek-bourbon naast. Zonder ijs.'

Strange ging er gemakkelijk bij zitten en ontspande zijn brede schouders onder zijn zwarte leren jasje. Zijn korte haar zat onberispelijk in model. Een zilvergrijs ringbaardje stak af tegen zijn donkere huid. 'Ik dacht dat jij altijd Grand-Dad dronk.'

'Jij hebt een dure smaak gekregen. Ik ook.'

'Op mijn zestigste ben ik opgehouden Red Label te drinken. Als ik drink, wil ik van elke slok genieten.'

Leo zette hun bestelling voor hen op de bar. Ze klonken en dronken zwijgend. De stilte was prettig, zoals die onder mannen kan zijn. Bovendien klonk 'Your Turn to Cry' van Bettye Lavette uit de jukebox. Strange en Stefanos betuigden hun respect.

Toen het nummer was afgelopen, liep Stefanos de lege bar door en bleef staan bij de jukebox vol zeldzame soul-, funk- en R&B-singles. Strange was benieuwd wat Stefanos, een rock- en punkfan, zou kiezen. Stefanos drukte een paar knoppen in en liep bij de eerste muziekklanken door naar de wc. Door het spiegelglas van de bar zag Strange dat schuine regenvlagen de straat geselden.

Die gast koos voor muziek met een thema, dacht Strange. En hij dacht ook: het is een mooie dag om wat te drinken.

'*I wanna go outside... in the rain*,' zong Strange zachtjes mee.

Zijn gedachten gleden terug naar het jaar waarin het nummer in de hitlijsten terecht was gekomen. En zoals tegenwoordig wel vaker gebeurde met gedachten aan vroeger, riep die spannende tijd een reeks herinneringen in de vorm van filmbeelden bij hem op.

'Goeie keus,' zei Strange toen Stefanos weer op zijn barkruk ging zitten.

'Zeg het maar.'

'De Dramatics. 1972.'

'De zomer van Watergate.'

'Als je mensen aan deze kant van de stad zou vragen wat ze zich herinneren van dat jaar zouden ze niet aan Nixon denken. Ze zouden je zeggen dat dat het jaar was dat Red door het lint ging.'

'Red?'

'Hij werd ook wel Red Fury genoemd.'

Stefanos nam een slok bourbon en wachtte op wat er komen ging.

'Zijn echte naam was Robert Lee Jones,' zei Strange. 'Hij werd van jongs af aan al Red genoemd vanwege zijn lichte huidskleur en de kleur van zijn haar. En de auto van zijn vriendin was een Fury.'

'En?'

'Leuk hoor.'

Strange stak twee vingers op en maakte een ronddraaiend gebaar boven de lege glazen op het mahoniehouten blad van de bar. Leo schonk hun volgende rondje in.

'Je was hoe oud? Vijfentwintig in '72?'

'Die zomer? Toen was ik zesentwintig. Maar dit gaat niet over mij.'

'We hebben de hele middag,' zei Stefanos.

'Dan zal ik het maar vertellen,' zei Strange.

1

Het was een Plymouth Fury, zo'n GT Sport, een tweedeurs 7,2 liter V8 met weggewerkte koplampen en een carburateur met vier inlaatkelken. Hij was rood-wit, en op de gepersonaliseerde kentekenplaten stond COCO. Door het witte interieur was het een typische vrouwenauto. Vanwege de felle kleur en de speciale kentekenplaten was de auto makkelijk herkenbaar, maar daar zat Robert Lee Jones niet mee. Hij vond het belangrijk dat de mensen zich hem zouden herinneren en dat wat hij deed met stijl gebeurde.

Jones had de Fury gekocht voor zijn vriendin, Coco Watkins, die eigenlijk Shirley heette. Ze zat achter het stuur, een Viceroy tussen haar vingers met lange nagels, haar hand losjes op de buitenspiegel. Zij en Jones stonden in Washington-Noordwest met stationair draaiende motor op 13th Street, tussen S en R Street, met de neus van de auto naar het zuiden. De ingebouwde radio was afgestemd op 1450. Er stond een nummer van Betty Wright op.

Coco, die zo werd genoemd vanwege de donkere, boterachtige textuur van haar huid, was groot en had sterke dijen. Ze droeg rode lippenstift en paarse oogschaduw en als ze stond zag je hoe lang ze was. Haar enorme afrokapsel raakte de dakbekleding van de auto. In Jones' ogen was ze een hengst, als een hengst tenminste vrouwelijk kon zijn. Er bestond natuurlijk ook een naam voor vrouwtjespaarden, maar daar kon hij even niet op komen. Afgezien van zijn tijd in de gevangenis en een jeugd in West Virginia, waarvan hij zich nauwelijks iets herinnerde, was hij de stad bijna niet uit geweest.

'Hij is er,' zei Jones, omhoogkijkend naar de gevel van het rode bakstenen gebouw op de noordoostelijke hoek van R Street. Voor het raam op de eerste verdieping was achter een versleten gordijn het silhouet van een kleine gestalte zichtbaar.

'Hoe weet je dat hij het is?'

'Dat is zijn schaduw, piepklein.'

'Kan ook een kind zijn.'

'Veel groter dan een kind is-ie ook niet. Hij is het.'

'Misschien is-ie daar wel met een vrouw bezig.'

'De laatste keer dat Bobby Odum een vrouw had, zat er een zwarte in het Witte Huis.'

'Er is nog nooit een zwarte president geweest.'

'En zó lang heeft hij al geen poesje meer gezien.'

Coco's schouders schudden toen ze een diepe lach liet horen. Rook kringelde tussen haar gestifte lippen vandaan.

'Laat de motor draaien,' zei Jones.

Hij stapte uit de Plymouth en stak met grote passen de straat over. Jones was ook lang. Hij droeg een spijkerbroek met opgestikte zakken en tweekleurige bruine schoenen met plateauzolen van Flagg Brothers, met hakken van zeven centimeter en wit sierstiksel op het bovenleer. Zijn opzichtige kunstzijden overhemd, waarvan de panden uit zijn broek hingen, had oversized kraagpunten. Zijn neus was ooit gebroken geweest zonder te zijn gezet. Hij had een lichte huidskleur, en zijn gezicht en gespierde lijf zaten vol sproeten en moedervlekken. Met zijn roestkleurige rommelige afrokapsel, dat alle kanten op stond, maakte hij de indruk dat hij overal schijt aan had. En zo was het ook.

Jones ging het gebouw binnen door een glazen deur met aan weerszijden een kapotte gaslantaarn. Hij liep de trap op en bleef staan op de overloop van de eerste verdieping, waar het naar sigaretten en marihuana rook. Uit een van de appartementen beneden hoorde hij de bassen van een stereo-installatie en hij voelde het geluid door de houten vloer heen dreunen. Hij kwam bij de gehavende deur van het appartement van Bobby Odum, bonkte hard op de deur en hoorde na een poosje een benevelde stem zeggen: 'Wie is daar?' Hij antwoordde: 'Red.'

De deur ging open. Odum, in een geruite broek en een openstaand zijden overhemd, waaronder je zijn ribben kon tellen, bleef een paar passen van de deuropening staan. Door zijn zwarte plateauzolen stond hij iets hoger, maar tegelijkertijd leken ze hem ook kleiner te maken. Hij was even lang als Sammy Davis Jr., maar hij had niet diens talent. Daar kwam nog eens bij dat Sammy niet te klagen had over vrouwelijke belangstelling, en Odum wel. Zelfs de hoeren die hun waar aan de man brachten op wat er nog restte van de tippelzone van 14th Street namen zijn geld grinnikend aan, onder het maken van platte grappen. Neem je tweelingbroer mee als je die hebt en bind hem dwars over je reet, dan val je er niet in. Hahaha. Jones zou bijna medelijden krijgen met Odum. Bijna.

Odum glimlachte geforceerd. 'Red.'

'Helemaal.'

'Wat brengt jou hier, *brother*?'

'Mijn geld.' Jones stapte het appartement binnen en sloot de deur achter zich.

Odum stond voor hem en maakte krampachtige bewegingen met zijn vingers. Op zijn donkere, diepgerimpelde voorhoofd waren zweetdruppels verschenen. Jones zag aan zijn ogen dat hij high was.

'Wil je iets drinken of zo?'

'Ik lust wel wat.'

'Voor jou speciaal heb ik een Regal.'

'Schenk maar in,' zei Jones.

Odum liep naar een serveerboy waar flessen sterkedrank en glazen op stonden, en schonk uit de losse hand whisky uit een Chivasfles in een smoezelige tumbler. In de loop der jaren was de fles keer op keer gevuld met tweederangs bocht, zodat het etiket er al bijna af was gesleten. Nu zat er Scots Lion in, het huismerk van slijterij Continental op Vermont Avenue.

Odum gaf Jones zijn drankje, en Jones nam een slok. Het smaakte naar Schotse whisky. Hij wees naar de bank en zei: 'Ga zitten.'

Odum ging zitten en Jones liet zich in een grote luie stoel zakken. De salontafel tussen hen in was bezaaid met zwartgeblakerde kroonkurken, watjes met bloedresten, een goedkope stropdas en een grote metalen asbak.

Uit zijn borstzakje trok Jones een pakje Kool tevoorschijn dat aan de bovenkant dichtzat. Hij schudde een sigaret uit het gat dat hij aan de onderkant van het pakje had gemaakt, draaide hem om en stak het filteruiteinde in zijn mond. Hij pakte een luciferboekje van de tafel, las wat erop stond en stak een lucifer af. Hij hield de vlam bij de tabak en zoog zijn longen vol menthol. Langzaam blies hij de rook uit.

'Zo, dus jij bent in die tent van Ed Murphy geweest,' zei Jones, die nog eens een blik op het luciferboekje wierp voordat hij het in zijn zak liet glijden.

'Vorige week heb ik die Hathaway in de Supper Club zien spelen. Donny heeft aan Howard gestudeerd.'

'Mijn vriendin vindt hem te gek. En die vrouw waar-ie mee zingt ook.'

'Ze treden samen op in het Carter Barron,' zei Odum. 'Ik heb kaartjes.' Hij keek chagrijnig toen hij zich realiseerde dat hij zich had versproken.

'Waar zijn die kaartjes?' vroeg Jones.

'In mijn leren jack,' mompelde Odum, kwaad op zichzelf. Er viel hem een andere gedachte in, en zijn toon verried hem toen hij er nadrukkelijk aan toevoegde: 'In de bínnenzak.'

Jones nam een trek van zijn Kool, en daarna nog een, boog zich voorover en tipte de as af in de asbak. Hij staarde Odum zwijgend aan.

'Red?'

'Mm-mm?'

'Shít, Red, ik heb geprobeerd je te pakken te krijgen.'

'Is dat zo?'

'Maar ik had geen nummer van je.'

'Ik heb jóú gebeld, maar je nam niet op.'

'Dat is raar, want ik was er wel, man.'

'Misschien is je telefoonlijn naar de kloten. Dat kunnen we nu meteen controleren.'

'Mwah. Je zult wel een verkeerd nummer hebben gehad, of zo.'

'Decatur 2-4-7-9-5?'

'Klopt.'

'Dan heb ik dus niks fout gedaan. Waar of niet?'

'Klopt.'

'Waar is mijn geld?' vroeg Jones.

Odum spreidde zijn armen. "'t Was maar tachtig dollar, Red.'

'Eén of tachtig, dat maakt me geen ruk uit. Je hebt gespeeld en je hebt verloren. Grappen uithalen met een tien terwijl je niet eens een vrouw of een heer had. Nou moet je het goedmaken.'

Wat Jones zei was waar. Ze hadden zitten kaarten en Odum was meegegaan met een tien als hoogste kaart en had geprobeerd met bluffen te winnen van Jones en de anderen. Jones, die niet paste, had een paar plaatjes in zijn handen gehad. Maar hij was hier niet gekomen vanwege een zwakke kaart en tachtig dollar.

'Je mag m'n horloge hebben,' zei Odum.

'Ik hoef die nepzooi niet.'

'Ik heb heroïne.'

'Hoeveel?'

Odum tikte met zijn rechtervoet op de houten vloer. 'Ik heb maar voor tien dollar, man.'

'En wat heb ik daar dan aan?'

'Weet ik niet. Luister man, ik ben maar een gewone tester...'

'Van wie krijg je je spul?'

'Ach, shit, nee Red.'

'Van wie?'

Odum sloeg zijn ogen neer. 'Die gast heet Roland Williams. Hij heeft bergen.'

'De Roland Williams die op het Cardozo heeft gezeten?'

'Nah, niet Ro-Ro Williams. Ik heb het over Long Nose Roland, van het Roosevelt. Hij is nu de man. Hij koopt in Harlem, weet je wel, in die wijk die ze Little Baltimore noemen.'

'Waar woont die Long Nose?'

'Ergens in T Street nummer dertienhonderd zoveel,' zei Odum.

'Waar precies?'

Odum wist het adres niet. Hij beschreef het rijtjeshuis aan de hand van de kleur van de jaloezieën en de kleine veranda aan de voorkant. Jones zag het pand voor zich.

'Oké,' zei Jones. Hij dronk de tumbler leeg en zette hem met een klap op de salontafel. Hij liet zijn sigaret in het glas vallen en stond op alsof hij door een wesp gestoken was.

'Zijn we klaar?' vroeg Odum.

'Zet 's wat muziek op,' zei Jones. 'Het is te stil hier in dit hok.'

Odum kwam overeind. Hij stond onvast op zijn benen toen hij de kamer door liep. Hij liep naar de stereo-installatie, die hij bij Sun Radio in het centrum voor honderdachtenveertig dollar op afbetaling had gekocht. Hij had er al maandenlang niets meer aan afbetaald. Het was een 80 watt Webcor-installatie met een AM/FM stereotuner, een 8-sporencassettedeck en daarop een platenspeler met stofkap. De set, met aan weerszijden twee vacuümluidsprekers, stond op een metalen rek naast Odums lp's.

Odum koos een lp en haalde hem uit zijn stofhoes. Hij legde de plaat op de draaitafel, kant twee naar boven, en liet de arm voorzichtig bij het eerste nummer zakken. Er klonk psychedelische funk.

Odum draaide zich niet om. Toen hij de groove hoorde, begon hij tegen het ritme in met zijn kont te draaien en met zijn heupen te wiegen. Hij kon niet echt goed dansen. Hij glimlachte geforceerd.

'*Free your mind and your ass will follow,*' zei Odum.

Jones, die nu achter de bank stond, zei niets.

'*I wanna know if it's good to you,*' zong Odum met het refrein mee. Zijn mond voelde droog aan en hij ging met zijn tong langs zijn lippen. 'Wacht maar tot je de gitaar van Eddie Hazel straks boven alles uit hoort. Eddie heeft het.'

'Harder,' zei Jones. Odum draaide de volumeknop open. 'Nog harder,' zei Jones. Odum draaide de knop met trillende hand nog verder open. 'Ga nu maar weer op die zielige reet van je zitten.' De muziek klonk keihard. Hij was zo gemixt dat het geluid van de ene speaker naar de andere ging, en dat spookachtige effect bezorgde Jones de koude rillingen. Odum zat op de bank, met zijn vogelachtige handen in zijn schoot gevouwen.

'Red,' zei Odum.

'Stil,' zei Jones.

'Red, alsjeblieft man... Ik zorg dat je die tachtig krijgt.'

'Dit heeft niks met die tachtig te maken. Dit is omdat je te veel kletst.'

'Alsjeblíéft.'

'Ga je naar de kerk?'

'Dat probeer ik wel.'

'Al die bullshit die de predikant je op de mouw speldt? Over die betere wereld die je aan de andere kant vindt?'

'Red!'

'Je komt er zo meteen achter of dat waar is.'

Jones trok een .22 Colt van onder de panden van zijn overhemd, zette de loop achter Odums oor en haalde de trekker over. Odum zei: 'Huh', en terwijl hij vooroverklapte, stroomde er bloed uit zijn mond, dat op de salontafel spetterde. Jones joeg nog een kogel door zijn achterhoofd. Odum liep leeg, en de kamer vulde zich met de stank van zijn ontlasting en de koperachtige geur van bloed.

Jones stak de .22 weer in de band van zijn soulbroek. Hij vond de kaartjes voor het concert in Odums leren jack en stopte ze in zijn broekzak. Toen herinnerde hij zich dat Bobby Odum hem in zijn wanhoop op een bepaalde plaats in het jack had gewezen, en achterdochtig als hij was besloot hij ook de andere zakken te doorzoeken.

Hij stak zijn hand in de linkerzak en haalde er een goudkleurige damesring uit. In de zetting was een grote steen gevat, helder en glinsterend, met acht kleinere steentjes eromheen. Voor het ongeoefende oog hadden het diamanten kunnen zijn, maar Jones was er zeker van dat het bergkristal was of gewoon glas. Zo lang hij Odum kende, was die altijd straatarm geweest.

Het was een nepring, geen twijfel mogelijk. Maar hij was wel mooi, en Coco zou hem vast goed aan haar hand vinden staan. Jones liet de ring ook in zijn zak glijden.

Hij nam het glas mee waaruit hij had gedronken en veegde bij het weggaan de deurknop met zijn mouw af, terwijl hij naar de gitarist op de stereo luisterde, die helemaal uit zijn dak ging. Die kleine had gelijk: die Hazel kon wel spelen.

Buiten stak Jones 13th Street over. Op de betonnen rand van het gazonnetje voor een rijtjeshuis zat een man die Milton Wallace heette een peuk op te roken die hij net in een goot had gevonden. Wallace zag Jones langslopen.

Jones ging in de passagiersstoel van de Fury zitten. Hij gaf de kaartjes aan Coco en zei: 'Die zijn voor jou, schatje.'

Coco's ogen begonnen te glimmen toen ze een van de kaartjes bekeek. 'Donny en Roberta in het Carter Barron? Bedankt, Red!'

'Graag gedaan.'

'Heeft Bobby je die gegeven?'

'Hij heeft er niets meer aan.' Jones zette het whiskyglas op de vloermat tussen zijn voeten. 'Ik heb nog iets voor je.'

'Laat eens zien, schat.'

'Als we bij jou thuis zijn. We moeten hier nu weg. Gassen, Coco.'

Ze zette de auto in de versnelling en reed weg.

Milton Wallace keek de Fury na terwijl die in zuidelijke richting over 13th Street wegreed. Hij sloeg de auto en het kenteken in zijn geheugen op.

2

Toen Strange haar voor het eerst zag, stapte ze net uit een lilablauwe Firebird met vouwdak en banden met een rode streep. Ze had de Pontiac geparkeerd op 9th Street, bij de kruising met Upshur Street. Ze was jong, had hoge jukbeenderen, een smetteloze beige huid en een groot afrokapsel, en ze droeg een halterjurkje met een print, dat soepel om haar lichaam viel. Een heerlijke vrouw. Tasje in de hand, katachtig deinende heupen.

Strange had de indruk dat ze op weg was naar zijn zaak. Hij zag haar duidelijk door het brede raam in de pui van zijn kantoor. Dat was een van de redenen waarom hij dit zo'n fijne plek vond: het vrije uitzicht.

Hij stond op uit de draaistoel achter zijn metalen bureau. Ervoor stond een harde stoel zoals hij op de middelbare school had gehad. Hij keek rond of hij misschien iets moest opruimen, maar het meeste lag op zijn plaats. Hij had een nieuwe telefoonbeantwoorder, maar hij had nog niet uitgedokterd hoe die werkte. Hij zat hier nog maar vier maanden, en hij had alleen het hoognodige vergaard dat je nodig had om aannemelijk te maken dat je een kantoor had. Zelfs het bord aan de buitenkant stelde niets voor en was gemaakt door een gast om de hoek die beweerde dat hij een kunstenaar was, maar die wel meer beweerde als hij high was.

Op zijn bureau stond een ronde wekkerradio van GE, die op een vloerstopcontact was aangesloten. De AM-schaal was afgestemd op WOL. Er kwamen alleen maar hoge tonen door, geen bas. Boven het gekraak uit klonk 'Family Affair' van Sly met zijn van drugs doortrokken lijzige stem.

De dingdongbel boven de deur ging toen de vrouw het kantoor binnenkwam. Strange, lang, breedgeschouderd, gekleed in een heupbroek met wijd uitlopende pijpen en een brede zwarte riem, schoenen met plateauzolen en koperen nestels, een strak kunstzijden overhemd en een volle Richard Roundtree-snor, liep op haar af om haar te begroeten.

'Bent u meneer Strange?'

'Dat klopt. Zeg maar Derek, of Strange. Vind ik allebei best. Maar noem me alstublieft geen meneer.'

'Mijn naam is Maybelline Walker.'

'Aangenaam.'

'Hebt u even tijd? Ik zal het kort houden.'

Strange schudde haar hand en nam haar geur in zich op, een zweem van zoete aardbeien. 'Laten we even gaan zitten.'

Ze liepen over de koele linoleumvloer. Strange liet haar voorgaan zodat hij haar van achteren kon bekijken, zoals mannen nu eenmaal doen. Hij maakte het uitnodigende gebaar van een ober naar de stoel voor de cliënten. Ze wrong zich erin en wierp een verbaasde blik op het schrijfblad aan de armleuning, legde haar onderarm erop en sloeg haar ene blote been over het andere. Toen hij zelf achter het bureau plaatsnam, zag Strange dat haar dijbeenspieren zich spanden.

'Wat kan ik voor u doen?'

'Ik zie dat bord nou al maanden boven de deur hangen.'

'Ik ben bezig om een nieuw te laten maken.'

'Strange Investigations. Doet u veel vreemd opsporingswerk?'

'Af en toe.'

Meestal antecedentenonderzoek, dacht Strange. Dossiervorming voor echtscheidingsadvocaten. Overspelige echtgenoten schaduwen. Niets bijzonders.

'Bent u op het ogenblik ergens mee bezig?'

'Het is even een stille tijd.'

'Hmm.'

Strange nam haar op. Rechte rug en vol zelfvertrouwen. En een stel mooie tietjes bovendien. Hoog, strak en stevig, grote tepels die door de stof van haar jurkje dreigden te barsten. Lichte huid en lichtbruine ogen, het soort waar hij zelden achteraan was gegaan, omdat hij eerder op vrouwen met een donkere huid viel. Niet dat hij Miss Maybelline Walker niet een beurt zou willen geven als ze hem groen licht gaf. Jezus, hij zou haar eens goed pakken als hij de kans kreeg.

'Is er iets?'

'Wat?' zei Strange.

'U zit me aan te kijken of... Nou ja.' Maybelline bloosde lichtjes.

'Ik zit te wachten tot u me vertelt waar het om gaat, mevrouw Walker.'

'Zeg maar Maybelline.'

'Laat maar horen.'

Maybelline haalde overdreven diep adem. 'Ik ben een sieraad kwijtgeraakt. Een ring. Ik wil graag dat je hem voor me terugvindt. Ik betaal je natuurlijk voor je tijd, plus een bonus als je slaagt.'

'Wat bedoel je precies met "kwijtgeraakt"?'

'Ik had hem uitgeleend aan een kennis van me. Hij zei dat hij iemand kende die hem kon taxeren. Om te zien of hij echt wat waard was, begrijp je?'

Strange wist heel goed wat 'taxeren' betekende, maar liet haar neerbuigendheid passeren. Als ze zo'n verwaand, hoogopgeleid wicht was dat dacht dat ze beter was dan hij vanwege de buurt waar ze woonde, de school waar ze op gezeten had, haar huidskleur of wat dan ook, dan maakte dat hem niets uit. Tegenover hem zat een klus, en dat betekende contanten, en die kon hij goed gebruiken.

'En je kennis die, eh... is er met de ring vandoor gegaan?'

'Hij is vermoord.'

Strange boog zich voorover in zijn stoel. Hij pakte het potlood waarmee hij het logo had zitten tekenen voor het nieuwe bord dat hij op de gevel zou laten zetten als hij daar het geld voor had. Hij was van plan het logo ook op zijn kaartjes te zetten als het er ooit van kwam die te laten drukken. Hij had zitten spelen met het idee om een vergrootglas deels over de naam van zijn bedrijfje te leggen, maar hij was er nog niet helemaal tevreden over.

'Dus nu is de ring kwijt,' zei Strange.

'Ja.'

Strange sloeg een schoolschrift open en keek Maybelline aan.

'De naam van je kennis?'

'Robert Odum. Roepnaam Bobby.'

'Wanneer is dat gebeurd? Ik bedoel, de moord?'

'Gisteren een week geleden. Hij is doodgeschoten in zijn woning.'

'Het adres?'

Maybelline vertelde hem waar Odum woonde, en Strange noteerde het. Hij herinnerde zich vaagweg dat hij in de *Post* over de moord had gelezen, ergens in de rubriek 'Gewelddadige dood zwarten'.

'Enig idee waarom Odum is vermoord?' vroeg Strange.

'Ik zou niet weten waarom iemand Bobby kwaad zou willen doen. Hij was aardig.'

'Kende je hem al lang?'

'Niet zo heel lang. Hij was een vriend van een vriend.' Ze hield zijn blik vast. 'Ik vind dat ik behoorlijk wat mensenkennis heb.'

'Hoe weet je dat de ring weg is?'

'Ik ben na zijn dood in zijn appartement geweest. Ik heb er overal naar gezocht.'

'Heeft de politie je binnengelaten?'

'Nee. Ik heb een rechercheur gesproken, maar die zei dat ik niet naar binnen mocht. Ik heb gewacht tot ze klaar waren met het onderzoek op de... hoe noem je dat?'

'De plaats delict.'

'Ik ben pas een paar dagen na Bobby's dood naar binnen gegaan.'

'Hoe ben je binnengekomen?'

'Ik heb een sleutel.'

'Maar je zegt dat je gewoon maar een kennis was?'

'We zijn in korte tijd hecht bevriend geraakt. Bobby vertrouwde me.'

'Als hij met je ring naar een heler wilde –'

'Ik heb niet gezegd dat hij ermee naar een heler ging.'

'Oké. Hoe kom je eigenlijk aan die ring?'

'Ik weet niet of je toon me wel aanstaat.'

'Ik bedoel er niks mee,' zei Strange.

Maybelline knipperde even met haar ogen om aan te geven dat ze het hem vergeven had. 'De ring komt uit mijn familie. Hij was van mijn moeder. En zij had hem weer van háár moeder. Hij is niet echt, als je het weten wilt. Maar die ring betekent veel voor me.'

'Dat begrijp ik. Maar als het toch namaak was, waarom liet je hem dan door Odum taxeren?'

'Hij dacht dat de ring zelf van goud was. De stenen waren duidelijk van gewoon glas, maar goud is natuurlijk wel wat waard. Niet dat het me iets kon schelen. Ik zou hem nooit hebben verkocht. Maar vanwege de verzekering vond ik het wel een goed idee.'

'Mooi.' Strange begon al genoeg te krijgen van haar verhaal, dat onlogisch klonk en waarschijnlijk een verzinsel was. Het bracht hem in verwarring, en misschien was dat ook haar bedoeling. Toch was hij nieuwsgierig. 'Beschrijf die ring eens?'

'Maar ik heb nog niet besloten of ik je inhuur,' zei ze ietwat korzelig.

'Ik kan je referenties geven, als je wilt.'

'Dat is niet nodig. Vertel me maar wat voor achtergrond je hebt.'

'Ik ben in DC geboren en getogen. Opgegroeid in Park View, aan Princeton Place. Ik heb op de Roosevelt Senior High School gezeten, hier aan de overkant van de straat. Ik ben afgekeurd voor militaire dienst vanwege een knieblessure die ik heb opgelopen toen ik American football speelde bij de Low Riders. Mijn knie is nu in orde, en zoals je ziet ben ik helemaal fit. Ik heb tot de rellen van '68 bij de politie van Washington gezeten, maar toen ben ik weggegaan. Wat rondgeklooid, een beetje van dit en een beetje van dat, tot ik erachter kwam dat ik recherchewerk wel leuk vond, maar dat ik niks met een uniform had. Dus zorgde ik ervoor dat ik een vergunning kreeg en ben ik mijn eigen zaak begonnen. Ik hou van soul en funk, de Redskins, mooie vrouwen, westerns, *half-smokes*, mooie auto's, puppy's en lange wandelingen langs het strand. En van warme olie, als de situatie daarom vraagt.'

Dit keer verscheen er een vurige blos op Maybellines wangen. Ze glimlachte en zei: 'Dat is denk ik bijna genoeg.'

'Bijna?'

'Waarom heb je hier een kantoor, terwijl je eigenlijk vanuit je auto zou kunnen werken? Ik bedoel, waarom betaal je huur wanneer je voor je werk meestal op pad moet?'

'Dat is een rare vraag.'

'Ik wil weten of je mijn geld uitgeeft aan overheadkosten of aan schoenzolen.'

'Oké, redelijk. De jongens uit de buurt zien me elke dag de voordeur openmaken. Ik vind het belangrijk dat ze zien dat een jonge zwarte man elke dag naar zijn werk gaat en zijn eigen zaak opbouwt. Mee eens?'

'Ja.'

'Nou, dat is de reden. Vertel jíj me nu eens iets over jezelf.'

'Dit is niet de juiste plaats en tijd om meer over mij te weten te komen.'

'Goed,' zei Strange. 'En die ring?'

'Hij heeft een grote steen in het midden die op een diamant lijkt, met acht kleinere stenen eromheen. Dat wordt een rozetring genoemd. Op de ring zelf is een Grieks meandermotief gegraveerd tegen een achtergrond van zwart email.'

Strange maakte een schets van de ring op basis van haar beschrijving. Toen hij klaar was, draaide hij de blocnote om en liet haar het resultaat zien.

'Lijkt het een beetje?'

'Zo ongeveer,' zei ze. 'Wat is je tarief?'

'Ik vraag acht dollar per uur. Ik besteed mijn uren goed en ik zal ze stuk voor stuk verantwoorden. Ik vraag een voorschot van vijftig dollar.'

'Dat kan ik je meteen geven, als je wilt.'

'Dat zou mooi zijn.'

Ze deed een greep in het rechthoekige tasje en telde wat bankbiljetten uit. Ze reikte Strange zijn voorschot aan.

'Wat voor werk doe je, Maybelline, als ik vragen mag?'

'Ik geef bijles,' zei ze. 'Wiskunde.'

'Welke school?'

'Ik werk thuis. Op uurbasis, net als jij.'

'Geef me nog even je contactgegevens.'

Ze pakte de blocnote en het potlood en schreef haar telefoonnummer en adres op. Terwijl ze daarmee bezig was, klonk 'Mr. Big Stuff' uit de wekkerradio op het bureau. Strange zag dat haar hoofd op het ritme meedeinde en dat ze met haar ene voet meetikte op de maat.

'Vind je dit een goed nummer?'

'Ik krijg het niet uit mijn hoofd. En WOL helpt ook niet erg. Ze draaien het de hele tijd.'

'Het is alleen maar groove, geen melodie,' zei Strange. 'Maar wat een groove.'

Jean Knight, dacht hij onwillekeurig, uit New Orleans. Stax single nummer oo-88. Oorspronkelijk opgenomen voor het Malaco/ Chimneyville-label in Jackson, Mississippi. Strange had dit soort maffe informatie nog steeds paraat.

'Die zangeres komt toch uit het zuiden?'

'Mm-mm. Maar deze radio doet haar geen recht. Ik moet hier

eens een echte stereo zien te krijgen.'

'Alles op z'n tijd.'

Maybelline stond op. Strange volgde haar voorbeeld.

'Heb je aangifte gedaan van het verlies van de ring?'

'Alsjeblieft zeg! Dat is pure tijdverspilling.'

Strange knikte. 'Ik neem wel contact op. Bedankt voor je vertrouwen.'

'Ik hecht veel waarde aan die ring. Mijn moeder is vorig jaar overleden, en dit is het enige wat ik nog van haar heb.'

'Ik zal m'n best doen hem te vinden.' Terwijl hij met haar meeliep naar de deur, zei hij: 'Weet je of de politie al aanwijzingen heeft wie Odum heeft vermoord?'

'De man van Moordzaken die ik heb gesproken heeft me nauwelijks iets verteld.'

'Weet je nog hoe hij heet?'

'Frank Vaughn,' zei Maybelline. 'Blanke man, al wat ouder. Ken je hem?'

'Ik heb weleens van hem gehoord, ja.'

In feite kende Strange Vaughn heel goed.

3

Hij droeg zijn haar nu iets langer, net over de oren. Wat ze 'gedekt' noemden. Geen opgeschoren kop meer, geen Brylcreem meer. Zelfs Sinatra droeg zijn haar nu wat langer, hoewel dat Caesar-kapsel dat hij een tijdje had gehad totaal niet bij zijn gezicht en leeftijd paste. Dat was rond de tijd dat hij met die jonge, magere actrice was getrouwd. Vaughn vermoedde dat Sinatra gewoon bang was. Bang voor de dood, zoals alle mannen die bij hun verstand zijn en – wat veel erger was – bang om er niet meer toe te doen. Die fouten had Frank Vaughn tenminste niet gemaakt. Oké, hij had weleens een ander kapsel genomen. Maar geen vrijetijdspakken, geen kapsels uit het Romeinse Rijk, geen romances die van mei tot december duurden. Vaughn wist wie hij was.

Hij bekeek zichzelf in de spiegel terwijl hij zijn zwarte das rechttrok en de revers van zijn grijze Robert Hall-pak gladstreek. Een tikkeltje meer onderkin, iets meer wallen onder de ogen, maar niet al te afgeleefd voor tweeënvijftig.

Vaughn glimlachte, waardoor zijn wijd uit elkaar staande, scheve tanden zichtbaar werden. Jongere agenten noemden hem 'Hound Dog' – bloedhond, vanwege zijn uiterlijk. Hij had een van hen in een poging om leuk te zijn horen zeggen: 'Vaughn ziet eruit als een hondachtige uit een animatiefilm', terwijl hij eigenlijk bedoelde dat hij op die grote hond in de tekenfilms leek, die met die enge tanden en die halsband met van die pinnen erop. Zelf zag

Vaughn zich liever als een iets minder knappe Robert Mitchum. Of Sinatra op de hoes van die lp *No One Cares*, zittend aan de bar in een regenjas en met een gleufhoed, starend in zijn borrelglas. Een nachtdier, gewond en eenzaam.

'Wat sta je daar te grinniken?' vroeg Olga, die hun slaapkamer in kwam lopen en met haar handen op haar in driekwartbroek gestoken heupen toekeek hoe hij zich in de passpiegel monsterde. Olga's haar, even zwart en dood als een opgezette raaf, was net gestyled bij Vincent et Vincent in Wheaton Plaza. *Et*. Vaughn had zich altijd afgevraagd waarom er niet gewoon 'en' op het bord stond.

'Ik sta mezelf te bewonderen,' zei Vaughn.

'Mijn hemel, jij bent ijdel,' zei Olga met een scheef glimlachje. Haar felrode lippenstift stak fel af tegen haar mime-witte gezicht.

'Ja, als je het hebt,' zei Vaughn.

'Wát hebt?'

'Dit.' Vaughn draaide zich om, nam haar in zijn armen en duwde zijn mannelijkheid tegen haar aan om haar te laten weten dat hij nog niet was uitgerangeerd. Ze kusten elkaar vluchtig.

'Wat heb je vandaag te doen?' vroeg ze terwijl hij zich van haar losmaakte en naar het nachtkastje aan zijn kant van het bed liep.

'Politiewerk, Olga,' zei hij – zijn standaardantwoord. Hij haalde de holster met zijn dienstwapen, een .38 Special, uit de lade van het nachtkastje, controleerde of hij geladen was en maakte hem vast aan zijn koppelriem. 'Is Ricky thuis?'

Ricky, hun afgestudeerde zoon, werkte als barkeeper in een zaaltje in Bethesda waar livemuziek werd gespeeld. Vaughn was altijd bang geweest dat Ricky met zijn lange haar en zijn bezetenheid van muziek een verwijfd type zou worden, maar het joch kreeg meer vrouwen dan een hetero dameskapper. Tegenwoordig hokte hij vaker ergens met een of andere meid dan dat hij thuis was.

'Het was gisteren te laat om nog naar huis te komen. Maar hij heeft gebeld zodat we ons niet ongerust zouden maken.'

'Loverboy,' zei Vaughn met een mengeling van sarcasme en trots.

'Hou op.'

Hij kuste haar nog een keer, dit keer op de wang, en vroeg zich en passant af wat ze de hele dag ging doen. Hij liep hun slaapkamer uit en ging de trap af. Toen hij zijn regenjas uit de halkast pakte, zag hij stof op de plinten in de huiskamer liggen. Olga probeerde het wel, maar het huishouden was niet bepaald haar sterkste punt. Hun huis was niet meer brandschoon geweest sinds ze hun werkster, Alethea Strange, kort na de rellen van '68 waren kwijtgeraakt. Hij had haar in zijn auto naar haar rijtjeshuis in Park View gebracht, net toen de rellen op hun ergst waren en de stad in brand stond, en hoewel er niets was gezegd, wist hij dat ze nooit meer als hulp in de huishouding bij hen terug zou komen. Zo was het nu eenmaal gelopen. Vaughn haalde haar zich voor de geest, voelde heel even iets van emotie en dacht: wat een vrouw was dat.

Hij verliet het huis, een split-levelwoning in een zijstraat van Georgia Avenue tussen het centrum van Silver Spring en Wheaton, en reed naar DC. Zijn stemming klaarde aanmerkelijk op toen hij de districtsgrens passeerde, op weg naar de actie, de laatste passie waarvoor hij nog warmliep.

Vaughn had onlangs bij de Dodge-dealer in Laurel, Maryland, een Monaco gekocht. De vierdeurs Monaco was een auto voor mannen van middelbare leeftijd, goudkleurig met een bruin vinyldak, stuurbekrachtiging, elektrische ramen en rembekrachtiging, maar wel log en met iets te weinig pit onder de motorkap. Hij miste zijn rood-witte Polara uit '67 met de 5,2 liter motor en achterlichten als kattenogen, en hij miste het decennium waarin die was gemaakt. Dat waren gewelddadige jaren geweest. Woelig, maar ook opwindend en leuk.

Vaughn reed 16th Street af, stopte voor een verkeerslicht en knikte naar een stel surveillerende agenten in een politiewagen naast hem. Dat was iets wat hij vijf jaar geleden niet zou hebben gezien: twee zwarte agenten samen op patrouille in dezelfde auto.

Nu was de politie van Washington volledig geïntegreerd en vormde de verhouding tussen zwarte en blanke agenten een meer getrouwe afspiegeling van de stadsbevolking, die na de uittocht van blanken na de rassenrellen was gestabiliseerd tot rond de tachtig procent kleurlingen. Daar moest Vaughn op letten; zo mocht je ze tegenwoordig niet meer noemen, en je mocht ook niet negers zeggen. Olga had hem keer op keer gezegd: 'Het zijn Afro-Amerikanen, druiloor.' Vaughn had geen probleem met die benaming, maar hij dacht wel: als ze mij 'witte' en soms 'bleekscheet' noemen, dan kan ik hen gewoon zwarten noemen. Als ik het tegen die tijd nog niet verleerd ben, tenminste.

Zo goed, Olga?

Vaughn zette zijn auto neer op een parkeerplaats naast het hoofdkantoor van het Derde District op de kruising van 16th en V Street. Tegenwoordig hadden ze het niet meer over wijken, maar over districten. Hij meldde zich, ging achter zijn bureau zitten, pleegde wat telefoontjes, verliet het gebouw en liep terug naar de Monaco. Onder het dashboard had hij een mobilofoon geïnstalleerd. Hij had hem zelden aanstaan.

Een jonge geüniformeerde agent zag Vaughn op het parkeerterrein en zei: 'Alles kits achter de rits, Hound Dog?'

Vaughn antwoordde: 'Stijf en strak.'

Hij stak een L&M op en reed het parkeerterrein af.

Vaughn parkeerde de Dodge op 13th Street, dicht bij de hoek met R Street, en ging het appartementengebouw met de kapotte gaslantaarns binnen waar Bobby Odum had gewoond en was vermoord. Uit een van de appartementen klonk muziek door tot in de hal, maar niet uit het appartement waarnaar Vaughn op weg was. Hij liep er recht op af en gaf met zijn vuist een politieroffel op de deur.

Vlak daarna ging die open. In de deuropening stond een jonge zwarte vrouw met een enorm afrokapsel. Ze droeg een broek met een hoge taille en een hemelsblauw overhemd met daarop een macramé vest. Ze was stevig gebouwd, maar door haar touwschoenen met sleehakken leek ze rijziger. Ze had diepliggende, intelligente ogen, en Vaughn stelde zich voor dat ze verwelkomend konden staan als ze de juiste persoon voor zich had. Maar hij kreeg een ijskoude blik toegeworpen.

'Janet Newman?'

'Janétte.'

'Ik ben rechercheur Vaughn,' zei hij. Hij klapte het etui met zijn politiepenning open en stopte het weer snel terug in de zak van zijn jack. 'Bedankt dat je me wilde spreken.'

'Ik heb niet veel tijd.'

'Ik heb niet veel tijd nodig. Mag ik binnenkomen?'

Ze deed een stap opzij en liet hem binnen. Het appartement was netjes en schoon, en had bruine vloerbedekking; aan de muur hingen objecten waarvan Vaughn vermoedde dat ze uit Afrika kwamen. Maskers, houtsnijwerk – dat soort dingen. Er hingen tenminste geen speren. Spullen uit het Afrikaanse vaderland deden het goed bij de jongeren.

Op een salontafeltje in een zithoek brandde een wierookstokje in een keramische houder in de vorm van een olifant. Het gordijn voor het enige raam in de kamer was dichtgetrokken.

Janette Newman liet de deur openstaan. Ze ging ernaast staan en sloeg haar armen over elkaar. Vaughn vermoedde dat ze hem niets te drinken zou aanbieden en hem niet zou vragen of hij wilde gaan zitten. Hij vond het lastig om z'n kop erbij te houden en een gesprek te voeren met die muziek die vanuit de hal klonk. Hij wist waar die vandaan kwam. Hij had de bewoners van het appartement al ondervraagd, een werkende moeder en haar zoon, een blower die niet van plan leek een baan te zoeken. Het joch luisterde de hele dag naar muziek. Naar wat Ricky soulfunk zou noemen. Voor Vaughn was het allemaal één pot nat.

'U bent moeilijk te pakken te krijgen,' zei Vaughn.

'Ik werk,' zei Janette.

'U geeft les aan de Tubman-basisschool, klopt dat?'

'Ja. Er was een lekkage, daarom is de school vandaag dicht.'

'U bent tamelijk jong voor zo'n onderwijsbaan.' Hij vond zelf dat het als een compliment klonk, maar hij zag dat haar blik zich verhardde.

'Ik ben afgestudeerd aan de Howard University. Wilt u mijn diploma soms zien?'

'Ik bedoelde het niet denigrerend,' zei Vaughn. 'Ik bedoelde daarmee dat u het heel goed doet voor iemand die zo jong is.'

Janette keek hem nog eens goed aan. 'U had een paar vragen?'

'U zei aan de telefoon dat u er niet was toen Robert Odum werd vermoord.'

'Ik was op school toen het gebeurde.'

'Kende u hem?'

'Ik heb nooit met hem gesproken, ik groette hem alleen in het voorbijgaan.'

'Er kwamen regelmatig mensen bij hem op bezoek, klopt dat?'

'Dat is bij de meeste mensen zo.'

'Was er ook iemand bij die Maybelline Walker heette? Een vrouw met een lichte huidskleur, jong, aantrekkelijk...'

'Als ik al bezoekers zag, kan ik me die echt niet meer herinneren.'

'Niemand?'

'Ik zei nee.'

'Weet u of Odum werk had?'

'Ik zou het niet weten.'

Vaughn wist al waar Odum had gewerkt; hij had een loonstrookje in zijn appartement gevonden. Hij probeerde haar uit. Ze hield informatie achter en waarschijnlijk loog ze, maar niet omdat ze iets met de dood van Odum te maken had. Sommige mensen hadden gewoon niet veel op met blanken of met de politie.

'Weet u dat zeker?' vroeg Vaughn.

Hij staarde haar lang aan, tot ze zich ongemakkelijk begon te voelen en haar blik afwendde. Ze had pit en dat kon hij wel waarderen, en hij had zelfs geen probleem met haar arrogante houding, maar fysiek vond hij haar niet aantrekkelijk. Als hij het ooit met een zwarte vrouw zou doen, zou hij een bepaald type kiezen: koffie met room en blanke trekken. Een type als Lena Horne.

'U staart naar me,' zei ze.

'Ik stond na te denken.'

'Waarover?'

'De zaak.'

'Nog geen aanwijzingen?'

'Daar kan ik nu niks over zeggen.'

''t Zou fijn zijn als de politie de mensen in het gebouw iets vertelde, zodat we weer normaal adem kunnen halen. Ik heb geen zin om vermoord te worden.'

Vaughn stak zijn hand in zijn binnenzak. 'Hier is mijn kaartje. Als u iets te binnen schiet, bel me dan.'

Vaughn liep zonder nog iets te zeggen haar appartement uit en hoorde dat de deur achter hem werd dichtgedaan. Janétte was niet van belang voor het onderzoek. Weer iemand op de lijst die hij kon doorstrepen.

Hij liep de hal door, waar de bastonen nog steeds uit het naastgelegen appartement klonken, en de glazen voordeur trilde ervan toen hij die openduwde en naar buiten stapte en weer frisse lucht in kon ademen.

Buiten zat een man, aan de uitgebluste blik in zijn ogen te zien een drugsverslaafde of een alcoholist, op een betonnen muurtje een sigaret te roken. Vaughn liep naar hem toe en liet hem zijn politiepenning zien. De man leek niet onder de indruk. Vaughn bood hem tien dollar, maar het aanbod werd afgeslagen. Daarna bood hij aan een fles drank voor de man te kopen in ruil voor zijn tijd. De man weigerde. Vaughn stelde hem een paar vragen, maar kreeg slechts een schouderophalen als antwoord.

Twee keer bot gevangen, dacht Vaughn. En hij dacht: ik heb honger.

Hij lunchte aan de bar van de Hot Shoppes op Georgia Avenue, in Brightwood Park, ter hoogte van Hamilton Street. Op het parkeerterrein daar had in de jaren zestig de beruchte knokpartij plaatsgevonden tussen drie agressieve blanke vetkuiven en een stuk of tien opgehitste kleurlingen. De vechtpartij was overgeslagen naar de andere kant van de straat. Die blanke gasten wisten wel hoe ze de boel konden opnaaien. Dat soort openlijke, genadeloze rassenhaat behoorde nu ook tot het verleden, dacht Vaughn weemoedig. De zwarten hadden de stad overgenomen en de rassenonlusten waren dezelfde weg gegaan als Chevy's met een vouwdak, cluboptredens van Link Wray en Ban-Lon-shirts.

Vaughn nam een Mighty Mo-hamburger met gebakken uien en een sinaasappelmilkshake, en bestelde daarna nog een flink stuk warme chocoladecake en een kop koffie. De volmaakte Washingtonse lunch. Hij zette zijn kop koffie voor zich neer, trok een asbak naar zich toe en stak een L&M aan met zijn zippo, waarop hij een kaart van Okinawa had laten graveren.

Bobby Odum. Een deerniswekkende figuur, een voormalige geveltoerist die later zijn kostje bij elkaar probeerde te scharrelen als afwasser en heroïnetester. Hij was een van de vele informanten geweest die Vaughn er in de stad op na hield en koesterde. Testers en gastjes die de drugs versneden waren de beste en meest kwetsbare informanten, omdat ze verslaafd waren. Ze hadden altijd geld nodig.

Het ballistische rapport had uitgewezen dat de kogels die in Odums appartement waren gevonden van een .22 afkomstig waren, een wapen dat populair was bij moordenaars die van dichtbij werkten. Een Colt Woodsman, als Vaughn een wedje zou moeten maken.

Odum had Vaughn onlangs getipt over een moord, en had de naam van een man genoemd die betrokken was bij een liquidatie in Noordoost. Dat had geleid tot een huiszoekingsbevel, de vondst van het moordwapen en de arrestatie van een zekere James Carpenter, die nu in de gevangenis van DC zijn rechtszaak afwachtte.

De laatste keer dat Vaughn Odum had gezien, hadden ze in Frank's Carry Out afgesproken, een diner in 14th Street ter hoogte van nummer 1700. Van de eigenaar, Pete Frank, had Vaughn Odum even apart mogen nemen in de opslagruimte achter het gebouw. Odum was die dag zenuwachtig geweest, tegen het paranoïde aan. Hij beweerde dat er geruchten gingen dat hij en Vaughn, die bekend was bij de Washingtonse onderwereld, samen in Shaw waren gezien en dat ze dachten dat Odum Carpenter had verlinkt. Hij vertelde Vaughn dat de telefoon in zijn appartement roodgloeiend had gestaan en dat hij dacht dat een of ander fout type naar hem op zoek was. Vaughn had gevraagd of Odum wist wie hem gebeld had, maar Odum beweerde dat hij geen idee had.

'Hoe weet je dat het geen vrouw is,' vroeg Vaughn, 'of een vriend?'

'Dat weet ik gewoon,' zei Odum, die met zijn vinger op zijn borst tikte. 'Ik vóél die shit, hier vanbinnen. Magere Hein zit me op de hielen, Frank.'

Vaughn had hem twintig dollar toegestopt. 'Word maar gauw weer de oude,' zei hij.

De volgende keer dat Vaughn Odum zag, lag hij in het lijkenhuis op een snijtafel met de bovenkant van zijn schedel eraf gezaagd en één oog uit zijn grauwe gezicht geblazen.

Vaughn tipte zijn as af en vroeg zich af of het door hem kwam dat Odum was vermoord. Niet dat ze vrienden waren, maar hij voelde zich toch verantwoordelijk, zo niet aansprakelijk voor het opsporen van de man die Odum had omgelegd. Bobby was gewoon een mannetje dat hij betaalde voor informatie. Het maakte Vaughn niet uit wie Bobby was, welke huidskleur hij had en of ze nu dikke maatjes waren of niet. Vaughn werkte aan al zijn zaken met dezelfde inzet.

Hij nam een trek van zijn sigaret en gebaarde naar het meisje achter de bar dat hij wilde afrekenen.

Vaughn reed naar de kruising van 14th en U Street, ooit het epicentrum van zwart Washington, maar nu nog slechts een flauwe afspiegeling van het vroegere bruisende leven daar, sinds de straat in '68 in vlammen was opgegaan.

Hij was op zoek naar Martina Lewis. Hoeren stonden de hele nacht buiten, waren getuige van allerlei illegale activiteiten, roddelden uit verveling en hadden een goed geheugen omdat ze jong waren. Bovendien waren ze makkelijk onder druk te zetten. Maar Vaughn had Martina nooit de duimschroeven aangedraaid. Dat was niet nodig geweest.

Na het middaguur waren de prostituees wakker, gingen ze ontbijten en maakten ze zich klaar om aan het werk te gaan, maar ze waren nog niet echt aan het tippelen. In een populaire diner aan U Street sprak Vaughn een gedrongen hoertje aan dat Gina Marie heette, maar die beweerde dat ze niets over de moord op Odum had gehoord. Hoewel ze hem niets wijzer had gemaakt, stopte hij toch een vijfdollarbiljet in haar eeltige hand.

Vaughn kocht een kaartje aan het loket van het nabijgelegen Lincoln Theatre. Nadat zijn ogen aan het duister waren gewend, zag hij Martina Lewis op een van de rijen in het midden van de vrijwel lege zaal zitten. Martina zat te dutten, hoofd achterover, pruik scheef, mond met gestifte lippen halfopen, en een adamsappel zo groot als een vuist. Er werd ook gezegd dat Martina nogal zwaar geschapen was. Sommige mannen trapten er echt in en anderen deden alsof ze erin getrapt waren, maar de meesten wisten donders goed wat hij was en waren daarnaar op zoek. Martina zat al een tijd in het leven en had behoorlijk wat succes.

Buck and the Preacher draaide, Poitier en Belafonte verkleed als cowboy. Vaughn keek een poosje, maar vond er al snel niets meer aan. De film leek op al die andere films die tegenwoordig zo populair waren, waarin de zwarten stoere helden waren en de blanken als racisten, vuilnisophalers of homo's werden neergezet. Vaughn schudde aan Martina's schouder tot hij wakker werd.

Martina schrok even, maar had vervolgens een kort en gedempt gesprek met de rechercheur die hij als Frank kende en die op straat ook wel Hound Dog werd genoemd. Frank had Martina altijd met een soort respect behandeld. Hij had hem nooit bedreigd of hem tot seks gedwongen. Maar het allerbelangrijkste was dat Frank het tarief betaalde, inclusief de kamer.

Toen Vaughn had waarvoor hij gekomen was, gaf hij Martina vijfendertig dollar en liep de zaal uit. Nu had hij iets concreets.

'Die vent die je zoekt,' had Martina gezegd, 'heet Red.'

'Is dat alles?' zei Vaughn. 'Gewoon Red?'

'Ik heb ook hem Red Fury horen noemen. Ik weet niet waarom.'

'Geen voornaam? En geen achternaam ook?'

'Red is alles wat ik weet,' zei Martina, die voorzichtig was en Vaughn niet de hele waarheid vertelde. Het was niet toevallig dat Martina Lewis zich in het leven staande wist te houden.

Buiten op U Street stak Vaughn een sigaret op. Red was een tamelijk algemene bijnaam voor zwarte gasten met een lichte huids- en haarkleur, maar ook na diep nadenken schoten hem geen specifieke Reds te binnen. Toch was het een begin.

Vaughn was van plan om terug te gaan naar het bureau en daar in de kaartenbakken te zoeken. Op het strafblad stonden ook eventuele aliassen vermeld. Maar nu nog niet. Hij voelde zich opgeladen.

Linda Allen had een appartement in het Woodner-complex aan 16th Street, bij de brug met de leeuwenstandbeelden aan weerszijden. Ze was secretaresse bij het advocatenkantoor Arnold en Porter in 19th Street ter hoogte van nummer 1200, en Vaughn kwam al bijna vijftien jaar bij haar. Linda was zijn speciale vriendin.

Ze begroette hem bij de deur in een hemelsblauwe jurk waarin de rondingen van haar bovenlijf goed uitkwamen, en ze droeg naaldhakken van Andrew Geller die haar kuiten recht deden. Ze was een lange, gezonde brunette van achter in de veertig met lange benen, prettig gespierde dijbenen en de grote, stevige borsten van een centerfoldmodel dat zo van de boerderij was weggelopen. Linda was nooit getrouwd en had nooit kinderen gekregen, wat ongetwijfeld haar jeugdige figuur verklaarde. Jonge kerels van een jaar of twintig keken haar na als ze over straat liep.

'Hoe gaat het, pop?' vroeg Vaughn.

'Nu wat beter,' zei Linda, en ze duwde de deur dicht met haar voet. Hij nam haar in zijn armen. Ze kusten elkaar hartstochtelijk en Vaughn voelde dat hij een stijve kreeg.

'Blij me te zien?' Zijn scherpe witte tanden glommen in het licht van de woonkamer.

'Ik moet even douchen, kanjer. Schenk maar vast een drankje in.'

'Hou je schoenen aan,' zei Vaughn.

Vaughn legde een plaat van Chris Connor op Linda's stereomeubel, schonk aan haar serveerboy twee Jim Beams met ijs in en liep met de drankjes naar haar slaapkamer. Achter de badkamerdeur hoorde hij water stromen.

Hij deed zijn jack, zijn stropdas, broek, schoenen en sokken uit, ging op de rand van het bed zitten en voelde bij elk slokje bourbon de spanning verder uit hem wegvloeien. Even later kwam Linda naakt en licht naar parfum geurend de kamer in, met de naaldhakken weer aan haar voeten. Ze pakte haar glas van het nachtkastje, nam een grote slok en bleef daar trots staan, zodat hij haar van opzij kon zien, omdat ze wist dat hij dat graag had. Algauw had hij haar wijdbeens onder zich liggen, in de missionarishouding, meester van de situatie, en gaf hij haar een beurt zonder dat het woord 'liefdesspel' ook maar in hun beider hoofd opkwam, terwijl zijn stijve gehelmde pik op en neer ging in haar warme, natte doos. Het was iets puur lichamelijks en daar waren ze allebei ook op uit. Na afloop, terwijl de geur van seks nog in de kamer hing, rookten ze een sigaret, nipten van hun drankje, lachten ontspannen en praatten wat, maar geen moment over serieuze zaken of plannen, want Vaughn hield van zijn vrouw, en Linda begreep dat dit iets heel anders was.

Linda's vingers gleden over de lijnen van de vervagende tatoeage die Vaughn zevenentwintig jaar geleden in een dronken bui in de Stille Zuidzee op zijn schouder had laten zetten: Olga, geschreven op een wapperende vlag met op de achtergrond een donkerrood hart.

'Waar werk je tegenwoordig aan, Frank?'

'Aan een zaak,' antwoordde Vaughn.

4

De bedrijfsruimte van Coco Watkins lag aan 14th Street, in Noordwest, tussen R en S Street, op de eerste verdieping van een oud rijtjeshuis. Op de begane grond zat een buurtsuper, vroeger had er een District Grocery Store gezeten met een Joodse eigenaar die ook de winkel dreef, maar nu zat er een ambitieuze Porto Ricaan. In de nacht van de moord op Martin Luther King was 14th Street vanaf U Street tot aan Park Road in vlammen opgegaan, en hoewel de hevigste branden niet eens in dit deel van de straat hadden plaatsgevonden, hadden die gebeurtenissen ertoe geleid dat deze eens zo voorname straat op sterven na dood was. Maar niet alle nerinkjes hadden eronder geleden. Er was nog steeds een gestage stroom nachtelijke klanten, getrouwde burgers uit de buitenwijken en blanke tienerjongens die ontmaagd wilden worden, die hier één branche van de lokale economie aardig overeind hielden.

Coco was goed beschouwd een hoerenmadam, maar die titel betekende alleen maar dat ze manager was van een bordeel met zes peeskamertjes die elk ingericht waren met een kaal matras, een spaanplaat toilettafel, een staande kapstok met ijzeren kleerhangers en gedempt licht. De vrouwen ronselden hun klanten op straat, vooroverleunend in de open raampjes van stationair draaiende auto's. Voordat ze met hun klant naar binnen gingen, droegen ze het vooruitbetaalde tarief aan Coco af: dertig voor de seks en vijf voor de kamer.

In dit bordeel kwam er geen pooier aan te pas. Het was tamelijk ongewoon dat een vrouw de onbetwiste leiding over zo'n stal had, maar iedereen wist dat Robert Lee Jones Coco's kerel was, en ze wist zich beschermd door Reds keiharde reputatie. Zelfs als Jones in de lik zat, waagde vrijwel niemand het Coco's meiden af te pikken.

Coco en Jones zaten in haar kantoor, dat uitkeek op 14th Street. Een mooie grote kamer met een bar, een kingsize bed met koperen hoofdeinde, een roodfluwelen bank en stoelen, een bureau, een compact stereo en een paar ramen die uitkeken op de brede straat. Coco lag lui op de bank, gekleed in een negligé, met haar grote, elegante afrokapsel, een brandende Viceroy tussen haar vingers en de rozetring aan haar vinger. Jones zat op een stoel en maakte met een geoliede doek een van zijn twee .45's schoon, klassieke Colts met een roestvrijstalen slede en een zwarte handgreep met wafelpatroon. De .22 had hij kapotgeslagen op een vangrail bij de Anacostia en de stukken had hij in de rivier gegooid.

'Waar ga je met die gun naartoe?' vroeg Coco.

'Fonzo en ik hebben een klus.'

'Huurmoord?'

'Freelance.'

'Kijk maar uit. Dat akkefietje met Odum is nog vers.'

'Ze staan met lege handen.'

'Ik heb horen zeggen dat die rechercheur Vaughn de zaak onder handen heeft.'

'Die vent die ze Hound Dog noemen?'

'Ja. Een meid die ik ken, Gina Marie, vertelde me dat hij heeft rondgevraagd.'

'Ze hebben er tenminste iemand op gezet.'

Coco nam een trek van haar sigaret. 'Die vent laat niet los.'

'En denk je dat dat mij wat kan schelen?'

Jones was geboren in West Virginia en op jonge leeftijd naar de stad gekomen, waar hij straatarm was opgegroeid in een van de vele smerige krotwoningen die Washington telde. Nooit een vader gekend, maar wel een komen en gaan van sjacheraars die diens plaats innamen. Een moeder die werkte als hulp in de huishouding als ze kon. Hij kon het aantal halfbroers en -zussen nauwelijks bijhouden en hij kende ze amper. Vijfentwintig dollar huur in de maand, en zijn moeder kon dat bedrag meestal niet betalen. En ze hadden altijd honger. Vanwege die extreme armoede had Jones het gevoel dat niets hem daarna nog kon deren. Je neemt wat je wilt, en je hoeft je door niemand te laten naaien. Geen politieman kan je intimideren, geen vonnis kan je in de boeien slaan, geen cel kan je geest intomen.

Jones stond op, stopte de .45 in de band van zijn broek en liet een pand van zijn overhemd over de bobbel vallen. Zijn borst leek plat onder zijn kleren, maar hij was zo sterk als een beer. Vijfhonderd keer opdrukken per dag als hij in de gevangenis zat, hetzelfde regime als hij vrij was. Het verhaal ging dat een jong, eerzuchtig gastje hem in de gevangenis had proberen neer te steken, maar dat het lemmet op Reds borst was afgebroken. Alleen was het geen verhaal. Het was dan wel een zelfgemaakt steekwapen geweest, maar toch.

'De Fury staat in de steeg,' zei Coco.

'We nemen Fonzo's kar,' zei Jones. Hij boog zich voorover en kuste haar op haar volle rode mond. Zijn vingers streken over de binnenkant van haar blote dij, en ze werd vochtig.

'Zie ik je vanavond nog?'

'Zeker weten,' zei Jones.

Hij ging de kamer uit en liep de gang door, waar een jong hoertje met een grote moedervlek boven haar lip in een doorzichtige onderjurk voor haar deur een peuk stond te roken.

'Red,' zei ze.

'Girl.'

Buiten, op 14th Street, stopte Alfonzo Jefferson in zijn goudkleurige Electra met zwart interieur, bouwjaar '68, 360 pk, een Turbo 400-bak, banden met witte wangen en halfdichte wielkasten bij de achterwielen. Het was een groot, mooi beest van een wagen, een van de mooiste 225'ers die er rondreden. Jones stapte in aan de passagierskant en installeerde zich op de bank. Jones en Jefferson hadden elkaar in de bajes van DC leren kennen en hadden sindsdien samengewerkt als het even kon. Jones mocht Jeffersons felle karakter en zijn manier van werken wel.

Jefferson, klein en spichtig, leek achter het stuur wel een jochie. Hij droeg een synthetisch buttondownoverhemd, een broek met brede strepen en een flitsende pet met een klep die laag over zijn benige gezicht was getrokken. Hij had tweekleurige schoenen met plateauzolen aan. Hij had gouden jackets op zijn voortanden laten zetten, hij had een hese stem en hij was snel. 'Jody's Got Your Girl and Gone' klonk in de auto op een 8-sporencassettedeck.

'Hoe is het, Red?'

'We gaan het zien.'

Ze gaven elkaar een low five.

'Achter je liggen een paar blondjes,' zei Jefferson. 'Opener in het handschoenenkastje.'

Jones viste twee Miller High Lifes op, goudgeel in hun transparante flesjes, en wipte de kroonkurken eraf. Hij gaf er een aan Jefferson. Die nam een grote slok, zette het flesje tussen zijn benen, en reed weg.

Roland Williams woonde in T Street, tussen 13th en 14th Street, in een huis waarvan hij de huur altijd stipt op tijd en contant betaalde. Geen referenties nodig, en er werden geen vragen gesteld. De eigenaar van het pand was een van de vele krottenkoningen die voor en na de rellen van '68 vervallen huizen hadden gekocht, die ze stelselmatig met enorme winsten hadden verpatst aan de Amerikaanse overheid voor haar stadsvernieuwingsprojecten. Aan het eind van de jaren zestig waren die praktijken aan de kaak gesteld in een reeks artikelen in de *Washington Post*, die in de krantenwereld en in het Capitool veel opzien hadden gebaard. Journalisten hadden er prijzen mee gewonnen en promotie gemaakt, maar in de buurt zelf had hun werk weinig effect gehad; vijf jaar later verkeerde de wijk nog steeds in de greep van armoede en opportunisten.

Williams' huis zag er aan de buitenkant even vreselijk uit als alle andere huizen in de straat, maar vanbinnen was het goed gemeubileerd en fraai ingericht. Williams had geld. Hij was de heroïnedealer van de buurt, wat vrijwel iedereen wist, maar justitie legde hem nooit een strobreed in de weg. Williams betaalde protectiegeld aan Mike Hancock, een klerenkast die het Derde District onder zijn hoede had.

Williams was een heroïnedealer van de oude stempel, die rustig van huis uit werkte. Hij kocht het spul in porties van dertig gram, zogenoemde 'jumbo's', bij 116th en 8th Street in Harlem. Hij kocht het van kleine handelaren, zwarte jongens die het op hun beurt betrokken van Italiaanse maffiosi die zelf ook laag in de pikorde stonden, maar wel connecties met 'de Familie' hadden. Williams keek altijd uit naar het uitstapje naar Little Baltimore; hij vond het leuk om naar de grote stad in het noorden te rijden, zijn zaken te regelen, op zijn gemak te eten in een van die mooie restaurants die ze daar hadden, met ruitjeskleden op tafel, en dan rustig naar huis te rijden.

Williams versneed zijn heroïne met mannitol en kinine, en tegen de tijd dat het spul de eindgebruiker bereikte, bevatte het nog maar 4 tot 12 procent zuivere heroïne. Vier was rotzooi, twaalf een knaller. Het was verleidelijk om het spul zoveel mogelijk te versnijden om de winst op te schroeven, maar als een dealer daar te ver in ging, zou hij al snel geen klanten meer overhebben. Williams was geen graaier, en hij stond erom bekend dat hij een eerlijke kick verkocht.

Hij gebruikte zelf ook, maar hij had het onder controle. Zoals veel mensen in zijn branche functioneerde hij normaal. Hij moest altijd lachen om de slechte acteurs in tv-series met gegrimeerde donkere wallen onder hun ogen die verslaafde junks speelden die hun leven naar de kloten hadden geholpen. In Williams' kringen was het macho om verslaafd te zijn en te weten hoe je daarmee moest omgaan.

Het stond voor een bepaalde manier van leven. In zijn tijd waren criminelen geen amateurs. De inbrekers, autodieven, dopedealers, zakkenrollers en oplichters die hij kende waren allemaal vaklui die eer in hun werk stelden. Je zag nauwelijks kinderen dealen. Niemand had enig idee hoe snel dat allemaal zou veranderen.

De laatste voorraad dope die hij had gekocht, had hij nog niet betaald. Williams had op dat moment geen geld, omdat hij net een aanbetaling had gedaan op een fraaie '69 Mark IV die hij niet nodig had maar gewoon wilde hebben. Zijn hoogste contactpersoon, Jimmy Compton, had hem op de pof laten kopen omdat hij een trouwe, gerespecteerde klant was. Williams had het spul mee naar huis genomen, versneden en in porties van tien dollar verpakt in transparante papieren zakjes, waarvan hij weer bundeltjes van vijfentwintig stuks maakte. Runners, die met een shot werden betaald, bezorgden de zakjes bij particulieren en zakenadressen. Zijn klanten stonden genoteerd in een boekje, dat hij goed verborgen hield. Williams bewaarde de gebundelde zakjes op twee plaatsen: in de kledinghoes in zijn kast en in een gat in de muur achter een bergkast in zijn woonkamer. Hij was van plan het spul te verkopen, zijn New Yorkse connectie terug te betalen en er een kleine bonus bovenop te leggen, als dank voor het vertrouwen dat de man in hem had gesteld.

Williams trok piekfijne kleren aan, wat hij 's avonds rond dit tijdstip altijd deed, en maakte zich klaar om iets te gaan drinken in de Soul House, zijn favoriete bar in 14th Street. Eigenlijk was het een spelonk, gewoon een donker hol waar zachte muziek uit de jukebox klonk. Een tent waar hij zich thuis voelde. Daar, rustig nippend aan een drankje aan de bar, speelde hij de rol van de veelbelovende zakenman. Met een Schotse whisky uit het middensegment in de hand en soms met een jongedame naast hem dacht hij weleens: ik heb het voor mekaar.

Ze parkeerden in T Street ergens ter hoogte van nummer 1300, dronken nog een paar High Lifes, rookten een sigaret en wachtten tot het bijna donker was. Ze hielden een wit bakstenen huis met blauwe luiken en een kleine, ouderwetse veranda in het oog. Jefferson had het huis al verschillende avonden in de gaten gehouden.

'Kijk, daar komt-ie,' zei Jones.

'Ik zei het je toch?' zei Jefferson. 'Hij gaat rond dezelfde tijd de deur uit, aan het begin van de avond. Gaat-ie naar die bar, de Soul House in 14th Street. Je kunt de klok erop gelijk zetten. Zoals ze in Londen doen, in Engeland, met die grote klok die ze daar hebben.'

'Roland Williams,' zei Jones.

'Bedoel je Ro-Ro die op het Cardozo heeft gezeten?'

Jones schudde zijn hoofd. 'Long Nose Roland, van het Roosevelt.'

'Dat zie ik,' zei Jefferson.

Roland Williams, eind twintig, met een neus als een aardvarken, gekleed in een soulbroek en een overhemd met print. Hij deed de voordeur van zijn huis op slot en liep weg over de stoep.

'Eropaf,' zei Jones.

Ze stapten uit de Buick en staken de straat over. Ze liepen van achteren snel op Williams af, die had omgekeken en al sneller was gaan lopen, maar te laat. Jefferson haalde een oude .38 tevoorschijn, een politiewapen waarvan de gebarsten houten kolf met isolatietape bij elkaar werd gehouden, en duwde de loop tegen Williams' onderrug.

'Blijven lopen, vriend,' zei Jefferson. 'Recht naar de steeg.'

Williams deed wat hem werd gezegd. Hij bewoog zelfverzekerd en leek niet erg onder de indruk. Ze gingen een steeg in die achter Williams' huizenblok liep – ongelijke straatstenen in een betonnen ondergrond, die hard aanvoelde onder hun voeten.

'Staan blijven en omdraaien,' zei Jones. 'Mijn maat houdt je onder schot, dus geen geintjes.'

Williams draaide zich om en keek hen aan. Ergens achter een

hek begon een grote hond sloom te blaffen. Afgezien van het zwakke schijnsel van een straatlantaarn aan het eind van de steeg was er geen licht. De uitdrukking op Williams' gezicht was moeilijk te peilen, maar zijn stem klonk vast.

'Jullie zijn op mijn geld uit,' zei Williams. 'Pak het maar.'

'Geef maar op,' zei Jones.

Williams haalde papiergeld uit zijn broekzak en hield het hun voor. Jones nam het zonder te kijken aan en propte het in de opgestikte zak van zijn soulbroek.

'En nou je huissleutel,' zei Jones.

'Waarvoor?' vroeg Williams.

'Om je heroïne te pikken. Ik weet dat je die in huis hebt.'

'Wie...'

'Maak je daar maar niet druk om. Die hapt nu zand.' Jones gaf een knikje met zijn kin. 'Kom op. En ik wil geen losse zakjes van tien dollar. De bundels.'

'Je snapt niet waar je aan begint, jongen. Ik heb dat spul in consignatie.'

'Wátte?'

'Het is niet van míj.'

'Klopt. Want nu is het van mij.'

Williams zuchtte. Ze hoorden zijn adem ontsnappen en zagen dat hij zijn schouders liet hangen.

Jefferson werd ongeduldig en zette zijn revolver tegen het jukbeen van de man. 'Zeg op: waar ligt die shit?'

'Wat ik heb zit in de kast in mijn slaapkamer,' zei Williams. 'In een kledinghoes.'

'Dat is het?' zei Jones.

'Alles,' zei Williams. 'Ik zweer het bij God.' Williams speelde poker, en ze zagen niet aan zijn ogen dat hij loog.

'Geef me je sleutel.'

Jones liep de steeg uit met de sleutel van Williams' huis en de sleutel van de Buick. Jefferson hield de revolver losjes gericht op

Williams, die kalmpjes een sigaret opstak. Geen van beiden zei iets.

Vijf minuten later kwam Jones terug. Williams trapte de peuk uit.

'Heb je het?' vroeg Jefferson.

'Ja, we zitten goed.'

Williams bekeek hen aandachtig. De lange gast met de lichte huid zag er opvallend uit, en had een dito reputatie. Het moest Red Jones zijn, die ook wel Red Fury werd genoemd vanwege de auto van zijn vriendin. Van die kleine met die gouden tanden wist hij niets.

'Mag ik mijn huissleutel terug?' vroeg Williams.

Jones gooide die half in zijn richting. Williams ving hem niet op en de sleutel viel met een zielig gerinkel op de grond. Jones en Jefferson grinnikten.

Williams voelde een onbezonnen woede opwellen. 'Jullie klootzakken maken het niet lang meer.'

'We maken het langer dan jij,' zei Jones, en hij trok zijn .45 uit zijn broeksband.

Williams zette een wankelende stap naar achteren. Jones stapte naar voren, zette de loop van het pistool hoog tegen Williams' borst en haalde de trekker over. De nacht lichtte op en in de lichtflits zagen ze de geschokte uitdrukking op Williams' gezicht toen hij tegen het plaveisel van de steeg smakte. Onder zijn rug vormde zich een plas bloed. Zijn borst ging op en neer terwijl hij naar adem hapte. Toen gingen zijn ogen dicht en bleef hij roerloos liggen.

'Als je dat nog 's doet, waarschuw me dan effe,' zei Jefferson. 'Mijn oren tuiten, Red.'

'Die gast had te veel praatjes.'

Ze lieten hem voor dood achter. Dat bleek een vergissing.

5

Strange had bij de Curtis Chevrolet op de kruising van Georgia en Missouri Avenue zijn Impala ingeruild voor een volledig zwarte Monte Carlo uit 1970 met een lage kilometerstand. Hij zou er nog drie jaar aan moeten afbetalen, maar hij had er geen spijt van. Hij was een GM-man die uiteindelijk in een Cadillac hoopte te rijden, maar voorlopig was hij dik tevreden. De auto had een sobere belijning en rallyvelgen, Goodyear-radiaalbanden en een klein motorblok met 350 pk onder de kap. De auto had fraaie kuipstoelen, een versnellingshendel in de vorm van een omgekeerde U op de console, een ingebouwd 8-sporencassettedeck en een houtnerfdashboard. Het was een mooie auto.

Strange reed naar het centrum. 'Get Down' van Curtis Mayfields album *Roots* stond keihard op.

Hij vond een parkeerplek en ging de appartementen af in het gebouw op de hoek van 13th en R Street, waar Bobby Odum had gewoond. Hij begon op de bovenste verdieping, maar kwam niet veel te weten. Hij was een jonge, slanke zwarte vent met een sympathiek gezicht, goed gekleed maar niet overdreven, en hij was beleefd. En het allerbelangrijkste: hij zat niet bij de politie. Dus de meeste bewoners praatten vrijuit met hem. Maar met de informatie die hij kreeg kwam hij niet veel verder. Hij was op zoek naar een ring, en niet naar de moordenaar van Bobby Odum. Moord was trouwens het terrein van de politie, en dat was altijd al zo geweest.

Alleen in films en goedkope romannetjes losten privédetectives moorden op.

Op de begane grond trof hij een stevig gebouwde, fraai geproportioneerde jonge vrouw, Janette Newman, die posters van Marcus Garvey in haar appartement had hangen. Ze liet hem binnen, liet hem op de bank plaatsnemen en bood hem een glas frisdrank aan. Ze vertelde dat ze onderwijzeres op de Harriet Tubman-school was en dat ze alleenstaand was.

'Dus je woont hier alleen?'

'De meeste nachten wel,' zei ze.

'Dan weet je waarschijnlijk ook wie er allemaal bij Bobby Odum langskwamen. Hij zal toch weleens bezoek hebben gehad?'

'Hij kreeg weleens bezoek van een jonge vrouw met een lichte huid.'

'Heb je met haar gesproken?'

'Ze was niet erg toeschietelijk.'

'Ooit met Odum gepraat?'

'Soms. Hij had een baantje, en 's morgens gingen we hier meestal rond dezelfde tijd de deur uit.'

'Dus je weet waar hij werkte?'

'Hij was afwasser in die vistent op Georgia Avenue,' zei ze. 'Cobb's?'

'Die ken ik.'

'Hij liep naar 7th Street en daar nam hij elke dag de bus.'

'Dat zul je ook wel verteld hebben aan die rechercheur van Moordzaken die langs is geweest. Vaughn, heette hij toch?'

'Grote blanke vent. Hoe hij heette weet ik niet meer. Ik had geen trek om die man al te veel te vertellen. Ze doen trouwens ook nooit iets voor ons. Dat weet jij net zo goed als ik.'

Strange knikte. Hij had haar verteld dat hij voor zichzelf werkte als privédetective. Hij had haar niet verteld dat hij vroeger bij de politie had gezeten.

'Ik hoop dat je iets aan me hebt.' Ze deed haar lippen van elkaar en glimlachte.

Het was een aardige glimlach, maar niet echt warm, en in haar ogen las hij geen vriendelijkheid. Hij kon zich voorstellen dat ze ook vals uit de hoek kon komen.

Strange hield van allerlei verschillende soorten vrouwen. Ze hoefden niet beeldschoon te zijn om zijn aandacht te trekken, maar ze moesten wel aardig zijn. Zijn vriendin, Carmen, was dat allebei.

Hij was haar niet altijd trouw geweest, maar hij wist wat hij had.

'Kan ik verder nog iets voor je doen?' vroeg Janette.

'Vandaag niet,' zei Strange.

Weer buiten gekomen zag Strange een man op een muurtje zitten niksen. Hij zag eruit als een dakloze. Als dit zijn vaste stek was, was hij zo'n type dat dingen opmerkte, als hij tenminste niet al te ver heen was. Strange zette twee stappen in zijn richting. De man keek hem droefgeestig aan, stond op van het muurtje en liep weg. Strange ging naar zijn auto.

Het afhaalrestaurant aan de westkant van Georgia Avenue, in Park View, was gespecialiseerd in broodjes vis. Voor mensen die dat niet wisten hing er boven de deur een bord waarop een grote baars met een haak en een vislijn in zijn bek uit het water sprong. Strange vroeg de eigenaar, Ordell Cobb, of hij even tijd had. Cobb was in de vijftig en droeg een schort vol ketchup- en bloedvlekken. Hij deed wat korzelig. Ze stonden achter in de keuken bij een deur die op een steeg uitkwam, terwijl het personeel zich langs hen heen wrong, vlak naast het roestvrijstalen aanrecht waaraan Odum waarschijnlijk had staan werken, met de krachtige handdouche erboven. Op de radio van de zaak stond WOL op. Dat wist Strange, omdat Bobby 'the Mighty Burner' Bennett net een nummer aankondigde.

'Ik heb het die blanke rechercheur al verteld,' zei Cobb. 'Ik weet niks van die moord op Odum. Hij was hier bordenwasser, en dat is alles. Ik duik niet in het privéleven van mijn personeel.'

'Was u hem nog loon schuldig?'

'Hoezo?'

'Ik probeer erachter te komen of er familie of vrienden langs zijn geweest.'

'Hij was míj geld schuldig. Ik had hem een voorschot gegeven.'

'Nog één vraag: hebt u misschien gezien of hij ooit een ring droeg met een heleboel stenen erop?'

Cobb schudde geïrriteerd zijn hoofd. 'Zo goed heb ik hem niet bestudeerd. Hoor eens, jongen, ik moet weer aan het werk.'

'Goed. Nu wil ik alleen nog een paar broodjes meenemen.'

'Bot of forel?'

'Forel graag,' zei Strange. 'Met extra hete saus.'

Niet erg productief, dacht Strange, terwijl Cobb naar de frituurmand liep, dat ik Vaughns werk nog eens dunnetjes overdoe.

Strange nam de broodjes mee naar het rijtjeshuis op nummer 760 aan Princeton Place, waar zijn moeder woonde en waar hij was opgegroeid. Zijn vader, Darius, was een paar jaar geleden aan kanker overleden, en zijn oudere broer Dennis was vlak voor de rellen uitbraken door een kleine crimineel vermoord. Door dat verlies had zijn moeder een emotionele klap opgelopen, maar de dood van haar dierbaren had haar niet gebroken. Alethea Strange was een godvruchtige vrouw, en ze had haar jongste zoon nog.

Omdat het zaterdag was, wist Strange dat ze thuis zou zijn. Van maandag tot en met vrijdag werkte ze als receptioniste voor een oogarts die de gegoede klasse tot zijn cliënten mocht rekenen. Ze kende de man omdat ze zijn huis jarenlang had schoongemaakt. In april 1968 had hij haar een baan in zijn kantoor aangeboden, nadat ze had gezegd dat ze geen huishoudelijk werk meer wilde doen. De arts vond zichzelf liberaal als het om rassenkwesties ging, wat dat ook mocht betekenen, en hij had haar waarschijnlijk uit schuldgevoel aangenomen, want ze had geen enkele ervaring met kantoorwerk. Maar zijn motieven konden haar niets schelen. Ze maakte zich het werk snel eigen en deed het goed.

Alethea begroette Strange met een opgetogen glimlach. Hij probeerde haar elke dag een keer te bellen, maar zoals zoveel zoons met goede bedoelingen ging hij niet zo vaak bij haar langs als hij zou willen.

'Ik heb broodjes van Cobb's meegebracht, mama,' zei Strange, en hij hield de bruine papieren zak vol vetvlekken omhoog.

Ze aten in de woonkamer, waar Strange vroeger altijd met Dennis stoeide. Soms lagen ze wat te worstelen en soms liep het uit op een onvervalste bokspartij. Hun vader zat dan geamuseerd toe te kijken vanuit zijn stoel, waar hij de Washington-editie van de *Afro-American* las, naar Sam Cooke en Jackie Wilson luisterde, naar westerns keek op zijn Zenith-tv, of het over die vreselijke man had die eigenaar was van de Redskins en over plaatselijke sporthelden als Elgin Baylor en Maury Wills, die prof waren geworden. Strange had de platen van zijn vader nu in zijn eigen collectie opgenomen, maar het stereomeubel stond hier nog, al werd het voornamelijk gebruikt als tafeltje voor de potten met viooltjes van zijn moeder.

Het huis zag er nog hetzelfde uit: een kleine woonkamer, twee slaapkamers en een lange, smalle keuken. Zelfs aan de muur hingen nog steeds dezelfde dingen, maar het was te stil in huis; het enige geluid kwam van de bovenburen op de eerste verdieping, die daar ook al jaren woonden. De bezoekjes stemden Strange droevig als hij bedacht hoe stil het moest zijn als zijn moeder hier in haar eentje zat.

'Lekker,' zei Alethea, en ze deed haar ogen dicht terwijl ze een hap nam.

'Ik heb maar forel genomen,' zei Strange.

Na de maaltijd gingen ze naar de keuken, waar ze verderging met de afwas waar ze mee bezig was toen hij aanbelde. Voor het onderste ruitje van het keukenraam boven het aanrecht was met plakband een stuk karton bevestigd. Dat deed Alethea om het nestje niet te verstoren dat roodborstjes elk voorjaar op de vensterbank bouwden.

Hij keek naar haar terwijl ze in haar duster aan het werk was. Ze had nog steeds een figuur waarmee ze voor een jongere vrouw kon doorgaan, maar ze liep enigszins scheef, omdat ze haar gewicht liet rusten op de heup die geen pijn deed. Aan een bureau zitten om telefoontjes aan te nemen en cliënten te helpen was fysiek niet zwaar, maar de tijd die zijn moeder als hulp in de huishouding had gewerkt had zijn tol geëist van haar rug en knieën. De afgelopen vier jaar was ze tien jaar ouder geworden. In de laatste maanden van Darius' pijnlijke ziekte, toen ze haar man thuis verpleegde, was haar haar helemaal grijs geworden.

'Hoe is het met Carmen?' vroeg ze, hem over haar schouder aankijkend.

'Goed. We gaan vanavond naar de film.'

'Als je haar maar niet meeneemt naar een western.'

'Wat moet ik dan? Met haar naar zo'n jankfilm gaan, zeker?'

'Zorg ervoor dat ze gelukkig is, Derek.'

'Ja, mama.'

Strange stond met de armen over elkaar geslagen tegen het formica aanrecht geleund naar zijn bedrijvige moeder te kijken en luisterde naar haar geneurie. Toen ze klaar was, droogde ze haar handen af en hing de handdoek over een stang.

'Fijn dat je langsgekomen bent, jongen.'

'Graag gedaan,' zei Strange.

Hij was uitgewerkt voor die dag en hij had nog wat tijd over, dus reed hij verder over Georgia Avenue en legde even aan bij een bar die de Experience heette om een biertje te drinken. Het was een kleine zaak, gewoon een ruimte met een roestvrijstalen bar die van voor naar achter liep, een paar tafeltjes en een jukebox. De juke stond meestal uit, omdat de eigenaar, een jonge kerel die Grady Page heette, graag funkrock, de fusion waar hij zo gek op was, over het geluidssysteem van de bar afspeelde. De Experience was een buurtcafé dat posters aan de muur had hangen. De clientèle bestond uit een mengeling van mensen uit de buurt, junkies, agenten die geen dienst meer hadden, werklieden van nutsbedrijven, beveiligers en vrouwen die op mannen in uniform vielen.

Strange nam plaats aan de bar naast een agent van de surveillancedienst, Harold Cheek, die vandaag in burger was. 'You Hit the Nail on the Head' van Funkadelic stond op, de grote hit van hun nieuwste album, waarop George Clinton woest tekeerging op zijn hammondorgel: een circustentnummer geïnterpreteerd door een speedfreak. Grady Page draaide graag het nieuwste van het nieuwste.

'Geef me maar een Bud, Grady,' zei Strange. Page, lang en slank, dong mee naar de onofficiële prijs voor het grootste afrokapsel van DC. Hij deed een greep in de koelkast.

'Moet je Grady zien,' zei Cheek grinnikend. 'Die probeert eruit te zien als Darnell Hillman.'

'Artis Gilmore heeft ook een gigantische afro,' zei Strange.

'Niet zo groot als die van Darnell.'

Strange kreeg zijn biertje. Hij nam een grote slok en dronk de fles tot ver onder de hals leeg.

'Ik hoorde dat je maat Lydell zijn strepen heeft gekregen,' zei Cheek.

'Yeah, Lydell doet het goed.'

Lydell Blue, Strange' beste vriend toen ze als kind nog in Park View woonden, was tegelijk met hem naar de politieschool gegaan en was pasgeleden bevorderd tot brigadier. Hij had als beroepsmilitair in Vietnam gediend en was nog niet zo lang geleden getrouwd met een meisje dat hij in de kerk had leren kennen. Strange vond dat Lydell wel erg jong was voor zo'n stap, maar besefte ook dat híj degene was die er nog niet klaar voor was, en niet zijn vriend.

'Jullie hebben toch samen football gespeeld voor Roosevelt?' vroeg Cheek.

'Ik kon op twee posities spelen,' zei Strange. 'Tight end en safety.

Lydell was een full-back. Meestal probeerde ik ruimte voor hem te creëren.'

'Hij had toch dat Interhighschool-record voor het aantal meters gewonnen terrein op zijn naam staan?'

'In zijn laatste jaar. Lydell kon spelen, man.'

Cheek keek hem aan. 'Mis je het?'

'Football?'

'De politie.'

'Helemaal niet,' zei Strange. 'Ze hebben mij echt niet nodig. Niet als ze helden als jij in dienst hebben.'

'Ja hoor.'

'Zeg, jij kent Vaughn toch? Moordzaken?'

'Ik heb van hem gehoord.'

'Waar werkt hij tegenwoordig?'

'De laatste keer dat ik over hem iets heb gehoord, zat hij in het Derde District.'

Een beveiliger wiens dienst erop zat, Frank, kwam bij hen staan en begroette hen met een high five. 'Hoe staat het leven, brothers?'

'Frank,' zei Cheek.

Frank was vriendelijk en had een aardig gezicht. Hij droeg een wijd uitlopende soulbroek met een brede bruine riem en een dunne gebreide trui met horizontale strepen. Politiemensen noemden beveiligers soms 'vogelverschrikkers' of 'nepagenten', vooral degenen die in feite seizoensarbeiders waren en even de stad aandeden op weg naar elders. Maar niemand maakte grappen over Frank, geboren en getogen in DC, en een man met arbeidsethos. Twee dollar en vijf cent per uur, en hij deed zijn werk met toewijding.

'Waar houdt hij de boel tegenwoordig in de gaten?' vroeg Strange toen Frank weer ergens anders stond te praten.

'Hij werkt bij dat grote hotelcomplex in Foggy Bottom. Aan Virginia Avenue.'

'Frank is cool,' zei Strange.

Er kwamen een paar vrouwen binnen. Een van hen, een leuk,

heel donker meisje met een goed figuur, stelde voor om samen wat wiet te roken, en ze liepen via de achteruitgang naar de steeg, waar ze een joint tevoorschijn haalde en aanstak. Grady Page kwam even bij hen staan. Strange en hij deden een *shotgun*, waarbij ze rook van de joint in elkaars mond bliezen, en daarna deed Strange dat ook bij de jonge vrouw, die LaVonya heette. Page ging binnen weer aan het werk. LaVonya zei tegen Strange: 'Je bent groot', en hij antwoordde: 'Je moet me eens zien als ik overeind sta', en hoewel hij al stond en het nergens op sloeg, klonk het grappig en ze moesten er allebei om lachen. Ze schreef haar telefoonnummer op en Strange nam het aan omdat hij een man was, maar zodra ze terug waren in de bar, verloor hij haar uit het oog.

Page draaide het titelnummer van *The World Is a Ghetto*, de lange versie van de gloednieuwe plaat van War, en Strange was higher dan een hippie uit Denver terwijl hij nog een biertje nam. In het instrumentale gedeelte van het nummer werd een emotionele, bijna gewelddadige spanning opgebouwd die Strange meevoerde naar hoger sferen en hem deed beseffen dat hij jong was en ergens middenin zat, midden in een revolutie die de muziek, mode en cultuur van zwarte Amerikanen van die tijd in zijn greep had. Hij had geen idee waartoe het zou leiden, maar hij was blij dat hij er deel van uitmaakte.

'Man, je bent helemaal aan het trippen,' grinnikte Cheek. Hij was weer naast Strange komen staan, die niet had gemerkt dat hij weg was geweest. 'Waar is LaVonya?'

'Wie?'

'Neem nog maar een biertje om weer op aarde te komen.'

'Da's goed,' zei Strange. 'En een voor jou. Op mijn rekening.'

Grady Page stond met een afwezige glimlach tegen de bierkoeling geleund en haalde een afrokam met een handvat in de vorm van een gebalde vuist door zijn haar. Strange stak twee vingers op en gebaarde dat hij nog een rondje wilde.

Toen Strange wakker werd in de slaapkamer van zijn appartement op de noordwesthoek van 13th en Clifton, was de schemering al ingevallen. Dat dutje was precies wat hij nodig had gehad, en zijn hoofd was er weer helder van geworden. Hij nam een douche en trok schone kleren aan, en vlak daarna klopte Carmen op zijn deur.

Ze droeg een lichte broek, een mooie lila bloes die prachtig afstak tegen haar donkere huid en schoenen met een sleehak van kurk. Ze had kroeshaar, en als ze glimlachte zag je de kuiltjes in haar wangen. Hij kende haar al van jongs af aan en dacht dat hij al net zo lang van haar hield.

Ze kusten elkaar.

'Wat gaan we vanavond doen, schatje?'

'O, ik weet niet. Ik heb je nog gebeld om even af te stemmen.'

'Ik ben in slaap gevallen. Ik denk dat ik de telefoon niet heb gehoord.'

'Ik dacht dat je vandaag moest werken.'

'Héb ik ook gedaan,' zei Strange bozig, alsof hij ergens van werd beschuldigd. 'Ik werk de hele tijd. Ik werk zelfs als ik slaap.'

'Ja hoor, Derek.' Carmen glimlachte. 'Waar gaan we vanavond naar kijken?'

'*Culpepper Cattle Company?*'

'Alsjeblieft!'

'Geintje.' Maar eigenlijk wilde hij die film wel zien.

'Wat dacht je van *Georgia, Georgia*? Die draait in de Langston-bioscoop.'

'Helemaal in Noordoost?'

'Benning Road is niet zo ver.'

'Waar gaat-ie over?'

'Diana Sands speelt een zangeres die in Zweden verliefd wordt op een deserteur.'

'Dan kun je me net zo goed een slaappil geven.'

'Nou en? Jij wilt me meeslepen naar zo'n film over koeien.'

'Over cowboys.'

'Maakt voor mij geen verschil.'

'Oké, wat vind je hiervan? Ik heb die wijn die je zo lekker vindt in de koelkast staan. Zullen we daar een paar glazen van drinken en dan ergens een hapje gaan eten?'

Ze liep op hem af. 'Dat zouden we kunnen doen.'

Strange legde *Al Green Gets Next to You* op de draaitafel en schonk twee glazen Blue Nun in terwijl 'Are You Lonely for Me Baby' hen in de stemming bracht. Het was een doorleefde soulplaat van Al, vurig en gruizig. Ze dronken de veel te zoete wijn bij de openslaande balkondeuren aan de zuidkant van het appartement. Carmen zat dicht tegen Strange aan, en met zijn arm om haar schouder geslagen vertelden ze elkaar wat ze die dag hadden gedaan en keken ze uit over de lichtjes van de stad onder hen. Zijn appartement lag aan de rand van het Piedmont-plateau, een buurt waar de huur nog betaalbaar was, maar geen enkele rijke stinkerd had een mooier uitzicht over de stad.

'Heb je honger?' vroeg Strange.

'Niet echt.'

'Kom 's hier, meisje.'

Strange werd naakt wakker in bed. Carmen lag naakt boven op de lakens naast hem te slapen. Hoewel ze die avond twee keer hadden gevreeën, kreeg hij toch weer een droge mond bij de aanblik van haar lijf. Ze had medicijnen willen studeren, maar door financiële omstandigheden was ze in de verpleging terechtgekomen. Ze werkte nu als gediplomeerd verpleegster in het Columbia-vrouwenziekenhuis en stond aan het begin van een mooie carrière. Hij was trots op Carmen en wilde ondanks zijn tekortkomingen goed voor haar zorgen. Hij legde een laken over haar heen, trok zijn onderbroek aan en ging de slaapkamer uit.

Hij liep naar de woonkamer, waar her en der soulplaten op de grond slingerden rond zijn stereo-installatie, waarvan zijn dure Marantz-buizenversterker het middelpunt vormde. Aan de muur hing een originele poster van de Man zonder Naam, lang en rijzig in zijn poncho, een heel bijzondere affiche die Strange had gekregen van een vriend die in het Town-theater aan 13th en New York Avenue werkte. Van dezelfde gast had hij een kleinere poster van Jim Brown in *The Dirty Dozen* gekocht. Er was geen twijfel mogelijk: hier woonde een man.

Strange pakte de telefoon, draaide het nummer van het politiebureau van het Derde District en kreeg de brigadier van dienst aan de lijn. Hij gaf de man zijn privénummer en het nummer van zijn kantoor, en liet een bericht voor Frank Vaughn achter.

6

'Kunt u me dat bekertje aangeven, rechercheur?'

Vaughn pakte een plastic bekertje van een dienblad en reikte het Roland Williams aan. Williams dronk water door een rietje met een knik van negentig graden. Hij streek met zijn tong over zijn droge lippen en hield het bekertje in zijn hand.

'Je hebt behoorlijk veel geluk gehad,' zei Vaughn.

'Zie ik eruit of ik geluk heb gehad?'

Williams, zwak en vermagerd, lag in een ziekenhuisbed in het DC General aan een infuus, met zijn ene schouder en arm in een blauwe mitella en daaronder verband en gaas. De kogel had hem boven in de borst geraakt en was er bij zijn rug weer uit gekomen, zodat het eigenlijk een zegen was dat hij van dichtbij was beschoten.

Williams' geluk was niet van het soort waarmee je de loterij won, of waarmee een lelijke vent er met het mooiste meisje uit de bar vandoor ging, maar hij was er niet minder dankbaar om.

'Vertel eens wat er gebeurd is,' zei Rick Cochnar, de jonge man die naast Vaughn stond. Hij zag er heel anders uit dan de meeste assistent-openbaar aanklagers op zijn kantoor. Hij had op een openbare school gezeten, had tamelijk lang haar, en de bouw van een full-back. Hij was klein en had grote handen. Hij droeg een zwart pak met een krijtstreep.

Williams draaide zijn hoofd om en keek zijn advocaat aan, Tim

Doyle, oud-leerling van een jezuïetenschool en vroeger een uitmuntend honkballer, die nu verslingerd was aan de drank. Hij zat in de bezoekersstoel van de kamer.

'Je hebt onschendbaarheid,' zei Doyle met een knikje.

'Maar hoe zit het –'

'Dat is ontoelaatbaar bewijs.'

De politie had Williams' huissleutel in de steeg naast het bewusteloze slachtoffer gevonden. Een omstander had Williams geïdentificeerd en gezegd waar hij woonde. Onder leiding van een overijverige brigadier waren geüniformeerde agenten vervolgens de woning binnengegaan, hadden het appartement grondig doorzocht en hadden een grote hoeveelheid gebundelde heroïne gevonden in een bergplaats in de muur achter een kast. Ze hadden geen huiszoekingsbevel en er was geen sprake van gerede verdenking.

'Ik ben van Moordzaken,' zei Vaughn. 'Heroïne kan me geen reet schelen.'

'Wie heeft dit gedaan?' vroeg Cochnar.

Williams nam nog een slokje water en liet een stilte in de kamer vallen. 'Ik weet bijna honderd procent zeker dat die kerel Red heet.'

'Achternaam?' vroeg Vaughn.

'Jones.'

'Heeft Red ook een voornaam?'

'Dat zal wel, als hij niet door de duivel is uitgescheten.'

'Wat weet je nog meer van Jones?'

Williams zweeg. In het geruchtencircuit van het getto had hij gehoord dat de vriendin van Red Jones Coco heette en dat ze een bordeel had in 14th Street, in de buurt van R Street, boven een supermarkt. Maar er was geen reden om dat hier allemaal aan de grote klok te hangen. Hij had al te veel gezegd.

'Verder weet ik niks,' zei Williams.

Vaughn knikte. Aan de naam Red Jones had hij genoeg. Hij had het aantal Reds met een strafblad al tot drie teruggebracht. In de steeg was een .45 patroonhuls met een deel van een vingerafdruk gevonden. Jones had vast wel iets op zijn kerfstok, zodat er vinger-afdrukken in zijn dossier te vinden waren. Nu moest Vaughn nog iemand zien te vinden die hij onder druk kon zetten. In ruil voor het vertrouwelijke gesprek met Vaughn en Cochnar zou Roland Williams niet hoeven getuigen. Vaughn wilde Jones trouwens niet pakken voor een *poging* tot moord; hij zocht hem voor de moord op Odum.

'Beschrijf die Jones eens?' vroeg Vaughn.

Williams gaf hun een gedetailleerde beschrijving van Jones en zijn handlanger, wiens naam hij niet wist. Cochnar schreef de informatie op en Vaughn sloeg die op in zijn geheugen.

'U zit bij Moordzaken,' zei Williams. 'Dus wat doet u hier dan? Ik ben toch niet vermoord?'

'Dit gaat niet om jou,' zei Vaughn. 'Je hebt tegen je advocaat gezegd dat je denkt dat er een verband is tussen die Red en een zaak waar ik mee bezig ben. Het slachtoffer heette Robert Odum.'

Weer keek Williams zijn advocaat aan.

'Ga je gang,' zei Doyle.

'Ik ben beroofd,' zei Williams. 'Die vent heeft mijn geld gepikt en nog iets anders wat van mij was. Bobby Odum was een collega van me, en de enige die wist wat ik in huis had.'

'Je hebt toch ook runners?'

'Mijn runners weten pas wat ik heb als ik het ze vertel. Bobby was een tester. Hij wist als eerste dat ik spul in huis had. Odum moet me verlinkt hebben.'

Cochnar maakte aantekeningen in een notitieboekje met gelinieerd papier. Williams sloeg hem gade.

'Ik heb geen zin om mezelf het graf in te helpen,' zei Williams. 'Ik doe een beroep op mijn zwijgrecht als dat moet.'

'De rechercheur is al ingelicht,' zei Doyle.

'Waar heb je die dope vandaan?'

'Harlem,' zei Williams.

'Van brothers gekocht?'

'Ja, maar indirect van de Familie.'

'Dat zullen de Italianen niet leuk vinden.'

'Vertel míj wat. Als ik het ziekenhuis uit kom stop ik meteen met dit leven, zeker weten.'

'Vast.' Vaughn keek omlaag naar Roland, wiens gok uit zijn uitgemergelde gezicht stak als de pik van een hitsige hond. 'Ze noemen je Long Nose, toch?'

'Sommigen,' zei Williams afwerend.

'Ik snap wel waarom,' zei Vaughn met een brede grijns. 'Pas goed op jezelf.'

Vaughn en Cochnar gingen de kamer uit. Terwijl ze de drukke gang door liepen, bespraken ze de zaak. Cochnar leidde de rechtszaak tegen ene James Carpenter, die op het moment dat Odum werd geliquideerd in de gevangenis van DC wachtte tot hij terecht moest staan wegens moord. Cochnar vermoedde dat Carpenter opdracht tot de moord had gegeven omdat hij Odum ervan verdacht informatie te hebben doorgespeeld die tot de arrestatie van Carpenter had geleid. Vaughn en Cochnar verdachten Red Jones ervan dat hij deze huurmoord had gepleegd.

Ze liepen langs een lange, gespierde bewaker van een particulier bedrijf dat voor het ziekenhuis werkte. Hij heette Clarence Bowman en was opgegroeid in Temperance Court, een krottenbuurt in DC.

Bowman volgde Vaughn en Cochnar naar buiten naar het parkeerterrein, waar het RFK-stadion en de Armory, het plaatselijke hoofdkwartier van de Nationale Garde, boven het landschap uittorenden. Hij bewaarde ruim afstand, zodat ze hem niet zouden opmerken. De grote blanke man stapte in een Dodge sedan. Hij zag eruit als een politieman, dus dat was geen verrassing. De stevig gebouwde blanke knul in pak deed een gifgroene Ford Maverick van het slot en ging op de bestuurdersplaats zitten. Jonge vent, net klaar met zijn rechtenstudie en nu in zijn eerste baan en zijn eerste nieuwe auto. Cochnar, de openbaar aanklager. Dat moest hem zijn.

Strange zat in 13th Street in zijn Monte Carlo naar de radio te luisteren en wachtte. Hij hoopte dat de man die hij de vorige dag had gezien weer kwam opdagen. Dat was niet echt een slag in de lucht. Mensen die op straat leefden, hadden hun favoriete plekken en gingen alleen ergens anders heen als ze werden weggejaagd.

Hij zat er ongeveer een halfuur toen de man een appartementengebouw tegenover dat van Odum uit kwam. Hij stak bij het zebrapad over, liep naar zijn plek op het muurtje, ging op de rand zitten en liet zijn voeten boven de stoep bungelen. Strange stapte uit zijn auto.

De man verroerde zich niet toen Strange kwam aanlopen en hij keek ook niet weg. Strange kwam rustig op hem af, met zijn armen ontspannen langs zijn zij in een poging niet dreigend over te komen, en ging voor hem staan.

'Goeiemiddag,' zei Strange. 'Ik hoop dat we even kunnen praten.'

Van dichtbij stonden de ogen van de man niet onintelligent en had hij ook niet de lege blik van een drugsverslaafde, maar hij zag er wel afgepeigerd uit. Hoewel het warm was, droeg hij een ouderwets vest met daaronder een overhemd met een versleten boord. Zijn haar was kortgeknipt, met een kaal geschoren scheiding in het midden, een coupe die tien jaar geleden in de mode was. Met zijn afhangende schouders en zijn over elkaar geslagen armen straalde hij berusting uit.

'Ben je van de politie?'

'Niet meer. Ik werk voor mezelf. Ik heet Derek Strange. Zal ik een biertje voor u kopen, of iets anders?'

'Ik drink niet. Heb je een peuk?'

'Nee, sorry.'

De man beet nadenkend op zijn lip toen hem iets te binnen schoot. 'Ik heb een Strange gekend. Die jongen heette Dennis. Ouder dan jij, maar wel ongeveer even lang.'

'Dennis was mijn broer.'

'We zijn een tijdje met elkaar opgetrokken voordat hij bij de marine ging. We gingen samen naar feesten en zo. Ik hoorde dat hij overleden was. Mijn deelneming, man.'

'Dank u.'

De man stak zijn hand uit en Strange en hij schudden elkaar de hand. 'Milton Wallace.'

'Aangenaam,' zei Strange. 'Bent u ook in dienst geweest?'

'Landmacht,' zei Wallace, en toen begreep Strange het. Dit was geen dakloze, geen dronkenlap of junkie. Deze man was een veteraan die de oorlog had meegemaakt en er verscheurd uit was gekomen.

Strange keek omhoog naar de lucht. Er vielen regendruppels, en het zag ernaar uit dat er nog meer gingen vallen. 'We moeten maar ergens schuilen.'

'Ik woon met mijn moeder in dat gebouw,' zei Wallace, wijzend naar de deur waardoor hij naar buiten was gekomen. 'Maar ik stoor haar liever niet.'

'Mijn Chevy staat dáár.'

Wallace glimlachte droevig. 'Dat is een mooie MC.'

Het nieuwe nummer van de Stylistics, 'People Make the World Go Round', klonk zachtjes uit de radio, met de engelachtige stem van Russell Thompkins Jr. die treffend melodieus verslag deed van het leven dat ze in tableauvorm door de voorruit zagen. Op 13th Street schuifelde een vermoeide vrouw over de stoep met een tas boodschappen. Op de hoek stond een groepje jonge meiden touwtje te springen met twee touwen die tegen elkaar in draaiden, en vlakbij op de stoep probeerde een man een vrouw te overreden, heftig gesticulerend om zijn woorden kracht bij te zetten.

'De stad is eigenlijk niet eens zoveel veranderd sinds ik wegging,' zei Wallace. 'Beetje geschroeid aan de randen misschien. Maar het is nog hetzelfde rauwe getto als vroeger.'

'U bent de problemen misgelopen.'

'Ik had zelf al genoeg sores.'

'Waar hebt u gezeten?'

'Voor het grootste deel in Bao Loc. Ten noordwesten van Saigon. Ik zat bij de Charlie-compagnie van de honderddrieënzeventigste brigade.'

Strange had van de compagnie gehoord. Hij had er Lydell wel-eens vol eerbied over horen spreken.

'Jij?' vroeg Wallace.

'Ik ben afgekeurd op mijn knie. Blessure bij het football.'

'Je mag degene die je eruit geschopt heeft wel dankbaar zijn.'

'Dat denk ik ook,' zei Strange. 'Bent u vaak ingezet?'

Wallace gaf geen antwoord. Zoals voor veel veteranen gold waren zijn ervaringen op het slagveld heilig voor hem en zijn strijd-makkers. Hij was niet van plan om dat met deze jonge vent te be-spreken.

'Waar gaat dit over?' vroeg Wallace.

'Ik wil met u praten over de moord op Odum.'

'Dacht ik al. Maar dan moeten we eerst iets afspreken.'

'Ik heb niet veel geld.'

'Daar heb ik het ook niet over. Ik praat met jou, maar met nie-mand anders. En als je de politie op me af stuurt, ontken ik dat ik je ook maar iets heb verteld.'

'U kunt bescherming krijgen.'

'Ik ben niet bang. Maar mijn moeder is een been kwijtgeraakt door diabetes, en daardoor kan ze haar stoel niet uit. Ze heeft me nodig, man. Begrijp je?'

'U hebt mijn woord,' zei Strange. 'Heeft de politie u onder-vraagd?'

'Een blanke rechercheur heeft me geld en drank aangeboden in ruil voor informatie. Alsof ik een of andere zwerver was.'

'Hebt u Odum gekend?'

'Niet echt. Ik zag hem af en toe op straat.'

'Zat u daar op dat muurtje toen de moord werd gepleegd?'

'Ik zit daar elke dag.'

'En?'

'Het kwam door de muziek die ik uit dat appartement op de eerste verdieping hoorde komen. Eerst klonk die zacht, en daarna keihard. En toen, op de achtergrond, een knalletje. Klein kaliber pistool. Een paar minuten later komt er een lange gast met een lichte huid en een verkloot afrokapsel doodkalm het gebouw uit lopen. Hij liep naar een auto.'

'Wat voor auto?'

'Een recent model Fury, rood-wit. Met van die weggewerkte koplampen. Er zat een vrouw met een grote bos haar of een pruik achter het stuur. Die lange ging naast haar zitten.'

'Heeft hij u gezien?'

'Als dat zo is, maakte hij zich daar geen zorgen om.'

'Ik ben op zoek naar een ring die Odum in zijn bezit had toen hij werd vermoord. Ik vroeg me af of die lange vent die misschien in zijn hand had toen hij naar de Plymouth liep.'

'Shit.' Wallace grinnikte. 'Nou vraag je wel erg veel van me.'

'Het was te proberen.'

'Je bent aan het schatgraven, hmm?'

'Zo zou je het kunnen noemen.'

'Er zijn een heleboel politiemensen bij Odum in en uit gelopen. Zou best kunnen dat een van hen die ring heeft gepikt.'

'Die gedachte was bij mij ook al opgekomen.'

'Of misschien moet je het die lange gast zelf vragen.'

'Ik hoop dat dat niet nodig is,' zei Strange. 'Was er verder nog iets met die auto? Het nummerbord hebt u zeker niet gezien?'

'Er stonden geen cijfers op,' zei Wallace. 'Het was zo'n plaat met letters.'

'Weet u nog wat erop stond?'

'Coco,' zei Wallace. 'C-O-C-O.'

'En met het kenteken van DC?'

'Klopt.'

Strange voelde een lichte, vertrouwde opwinding. De laatste tijd had hij alleen maar kutklusjes gedaan voor het geld, en het was al een poos geleden dat hij met iets wezenlijks bezig was geweest.

'U hebt een goed waarnemingsvermogen,' zei Strange. 'Wat voor werk doet u?'

'Ik doe helemaal niks.'

'Kunt u geen baan vinden?'

'Ik raak ze telkens kwijt. Die vent van de veteranenzorg zegt dat ik problemen heb. Emotionele stress veroorzaakt door mijn "intense ervaringen overzee". Zegt dat de tijd de wonden wel zal helen.'

'Misschien heeft hij gelijk.'

'Eerlijk gezegd weet ik niet wat ik zou moeten doen. Dus zit ik daar maar.' Wallace glimlachte wat, en er schoot hem een herinnering te binnen. 'Je broer Dennis was grappig. We lachten ons altijd een breuk.'

'Hij was goed.'

Dennis was met opengesneden keel gevonden in de steeg achter het huis waar ze waren opgegroeid. Hij was afgeslacht als een beest.

Maar ik heb die gast die het gedaan heeft wel gegrepen, dacht Strange. Samen met Vaughn.

'Bedankt voor alles.' Strange stak zijn hand uit.

7

Lou Fanella en Gino Gregorio waren vanuit Newark over de tolweg komen aanrijden en hadden de BW Parkway in zuidelijke richting genomen naar DC. Ze reden de stad via New York Avenue binnen in een zwarte Continental uit '69, een sedan met zelfmoordportieren en een 7,5 liter V8-motor.

'Wat een gribus,' zei Fanella, groot en gezet, met donker haar en Groucho-wenkbrauwen. Zijn brede pols rustte onder het rijden op het stuur; tussen zijn vingers stak een brandende sigaret.

Hij keek naar de armoedige weg waarover je Washington binnenreed, die veel bezoekers van de hoofdstad een eerste indruk gaf met zijn mengeling van pakhuizen, slijterijen, ongezellige bars en stinkende motels waar criminelen, prostituees, reddeloze alcoholisten en bijstandsgezinnen onderdak vonden.

'Zei Zoot dat we híér een kamer moesten huren?' vroeg Fanella.

'Ja, dat zei hij.' Gregorio was een stuk jonger, pezig, met dun wordend blond haar en de kille blauwe ogen van een slechterik uit een spaghettiwestern, en hij had een gezicht vol kraters die herinnerden aan de nachtmerrieachtige acne van zijn tienerjaren.

'Er zitten hier alleen maar negers,' zei Fanella.

'Een eindje terug waren wel een paar tenten die er niet al te slecht uitzagen.'

'Dan rijden we een eindje terug.'

Ze draaiden om en vonden een motelkamer in een zijstraat van

Kenilworth Avenue, in Prince George's County, net over de districtsgrens, in Maryland. Hun kamer rook sterk naar bleekmiddel en vagelijk naar kots. De omgeving was geen haar beter dan die waar ze hun neus voor hadden opgehaald, maar hier waren de meeste mensen blank. Nu voelden ze zich op hun gemak.

Ze kochten ergens sterkedrank en frisdrank om mee te mixen en namen die mee naar hun kamer. Fanella dronk Ten High-bourbon en Gregorio Seagram's 7. *The Black Shield of Falworth* was op hun kleine tv te zien, en terwijl ze zaten te drinken en te roken, keken ze naar de film met ridders en jonkvrouwen. Al snel stond de kamer blauw van de rook en waren ze in een diepzinnige conversatie verwikkeld.

'Janet Leigh,' zei Fanella. 'God!' Hij schudde met de ijsblokjes in zijn glas en keek Gregorio aan. 'Tony Curtis is een Jood. Wist je dat?'

'Nou en?'

'Dat betekent dat Janet haar salami besneden lust.'

'Dat heb ik ook, daarbeneden.'

'Ja, maar jij ziet er niet zo uit als Tony. Ik durf te wedden dat hij dat wijf de hele dag van voren en van achteren naaide.'

'Hoe kun jij dat nou weten?'

'Omdat hij met haar getrouwd was, eikel.'

'O.'

'Moet je kíjken. Ik ben gek op wijven met zo'n slanke taille en van die grote tieten. En jij, Gino?'

'Denk het wel.'

'Je denkt van wel?'

'Wie houdt daar nou niet van?'

'Homo's,' zei Fanella.

In de buurt vonden ze een tent waar ze steaks op het dagmenu hadden staan, met een saladbar. Daarna werkten ze nog een paar plakken cheesecake naar binnen, betaalden de rekening en reden weer terug de stad in. Ze troffen Thomas 'Zoot' Mazzetti aan de bar van een kroeg die The Embers heette, in 19th Street, in het blok met huisnummers in de 1200.

De Frank Hinton Group, een jazzy bandje, speelde in het zaaltje voor een publiek van advocaten, advocatentypes en secretaresses, die allemaal piekfijn gekleed rond het zacht verlichte podium zaten. Fanella en Gregorio droegen sportieve jacks, polyester broeken en schreeuwerige overhemden waarvan de boord over de revers van hun jack was geslagen. Ze zagen eruit als de mannen die ze waren.

Fanella had door dat Zoot indruk probeerde te maken door in zo'n chique tent af te spreken. Zo van: kijk mij eens, ik heb het dik voor mekaar. Zoot kwam uit dezelfde buurt als zij en was ook onderaan in de organisatie begonnen. Ze waren allemaal highschool-drop-outs. Gino Gregorio, die helemaal onderaan in de pikorde zat, had een tijdje in het leger gezeten, maar was nooit verder gekomen dan bewaker van het wagenpark.

Jaren geleden was Zoot een meisje naar het zuiden gevolgd, richting Baltimore-Washington. Ze had hem al snel ingeruild voor een vent met hersens en een baan. Ondertussen was Zoot zich daar thuis gaan voelen. Hier was hij een nieuw fenomeen, een echte Italiaan net als Pacino in plaats van de zoveelste boerenlul uit de buurt. Hij besloot te blijven en bouwde in DC een bestaan op als bookmaker en handelaar in informatie. Onlangs had hij banden aangeknoopt met een plaatselijke politieman die vanwege een gokschuld van tweeduizend dollar en nog wat bij hem in het krijt stond. Zoot mocht dan geen boekenwurm zijn, maar hij was wel leep.

'*Big shot*,' zei Fanella. 'Moet je jezelf zien!'

Zoot glimlachte en deed een stap van de bar vandaan om zijn outfit te tonen: een strakke spijkerbroek en een riem met een gesp in de vorm van een dollarteken, een kunstzijden overhemd en een kaneelkleurig leren jasje.

'Die spijkerbroek zit wel erg strak, niet dan?' zei Fanella met een knipoog naar Gregorio.

'Dat is voor de dames,' zei Zoot. 'Ik draag links, zoals je ziet.'

'Je ziet eruit als een kapper,' zei Fanella.

'Krijg het lazarus. Geef me maar gauw wat te drinken.'

Ze bestelden cocktails en kwamen te spreken over de reden van hun komst. Zoot vertelde hun waar ze Roland Williams konden vinden, de man naar wie ze op zoek waren. Hij zei dat hij de informatie had gekregen van een politieman van wie hij 'iets te goed had', en het was een gouden tip gebleken. Als dank betaalden ze de rekening, maar ze gaven Zoot niets extra. Er werd stilzwijgend van uitgegaan dat hij nog steeds banden, zij het heel oppervlakkig, met de maffia had en altijd zou blijven hebben.

'Waar kunnen we hier in de stad wat wijven vinden?' vroeg Fanella. 'Je weet wel wat ik bedoel. Van die Ann-Margret-types.'

Zoot deed ze een paar suggesties.

Fanella en Gregorio reden naar de Gold Rush, een stripteaseclub aan het begin van 14th. Geen entree, geen minimumconsumptie. Daphne Lake en haar 'exotische revue' traden er op. Daphnes protegees waren meiden met een flinke bos hout voor de deur die voor de rest ook goed in het vlees zaten, maar tot teleurstelling en ergernis van Fanella hielden ze hun slipje aan. Gedesoriënteerd liepen ze in hun nieuwe omgeving over straat en kwamen langs een bioscoop, de Playhouse, waar een seksfilm getiteld *Bacchanale* draaide. U MOET UTA ERICKSON GEZIEN HEBBEN! stond er op de luifel, en ze hapten toe. In de zaal zaten ze samen met engerds in regenjassen die zich kreunend aftrokken in een ouwe krant of een sok. Het was een verbijsterende ervaring, maar uiteindelijk stond Fanella's broek strak en ging hij naar het toilet om in de privacy van een wc-hokje aan zijn gerief te komen. Terug in zijn stoel trok hij Gregorio aan zijn jasje en zei dat het tijd was om te gaan.

'De film is nog niet afgelopen,' zei Gregorio.

'Buitenlandse films deugen niet,' zei Fanella. 'Kom mee.'

De Lincoln stond waar ze hem hadden achtergelaten, om de hoek bij de Gold Rush. Fanella reed de stad uit en lette erop dat hij vijftien kilometer onder de snelheidslimiet bleef. Hij had een stiletto met een benen heft op zak. Onder de bestuurdersplaats lag een geladen .38. In de achterbak lagen twee jachtgeweren met afgezaagde loop, draagriemen, handvuurwapens van diverse kalibers, dozen munitie, een honkbalknuppel, een stel met lood gevulde bullenpezen, wat slagersmessen gewikkeld in een zachte doek en een witte regenjas. Fanella had liever niet dat hij vanwege een verkeersovertreding een agent moest neerschieten. Zijn mensen zouden het niet op prijs stellen als hij de bak in draaide voordat hij zijn opdracht had uitgevoerd. Gino en hij hadden werk te doen.

Robert Lee Jones zat in de leunstoel naast de roodfluwelen bank waarop Shirley 'Coco' Watkins lag te luieren, nippend van een glas roze champagne en genietend van een Viceroy. Haar nieuwe ring lag in een bestekdoos onder het bed, waar ze haar sieraden bewaarde. Jones dronk een King George-scotch met een scheutje water. In de kamers die uitkwamen op de gang waren Coco's meiden aan het werk.

'Ik moet ertussenuit,' zei Jones. 'Ik ga een tijdje bij Alfonzo in Burrville zitten. Ik kan niet hier blijven.'

'Echt niet?'

''t Wordt me hier te heet.'

'Je hebt zelf de kachel aangemaakt.'

'Je ziet me toch niet zweten?'

'Dat zou voor het eerst zijn.'

'Ik zit echt niet te stressen. Ik heb cash, Coco. Een paar duizend. Fonzo heeft de hele partij in één keer verkocht en we hebben de opbrengst gedeeld.'

'Je zou meer hebben gemaakt als je het per pakje had verkocht.'

'Ik wil niks met heroïne te maken hebben. Ik wil alleen geld.'

'Dus als je oké bent, wat is dan je probleem? Je hebt hier ook een bed staan.'

'Mensen hebben ons samen gezien. Ik ga niet zitten wachten tot de politie hier op de stoep staat. Fonzo en ik willen een grote slag slaan.'

Jones haalde een pakje Kool uit zijn borstzak, tikte ertegen en schudde een mentholsigaret uit het gat dat hij in de onderkant had gemaakt. Hij stak hem aan met een lucifer uit het boekje van Ed Murphy's Supper Club dat hij uit het appartement van Odum had meegenomen.

'Wat zijn jullie van plan?' vroeg Coco.

'We gaan Sylvester Ward pakken.'

'Two-Tone Ward? De lottoman?'

'Die, ja. Fonzo heeft hem een tijdje in de gaten gehouden en nu kennen we zijn vaste gewoonten.'

'Shit. Dus nu gaan jullie Ward pakken.'

'Omdat we het kunnen.'

Ze knipperde zedig met haar ogen. Uit haar blik sprak waardering en genegenheid. Maar ook bezorgdheid om haar kerel.

'Je wordt overmoedig,' zei ze.

'Mijn naam gonst overal rond in de stad,' zei Jones. 'De mensen praten over me bij de kapper, op straat. Die jonge gastjes doen een stap opzij als ik de club binnenkom. Ze willen allemaal zijn zoals ik.'

'Hoe bekender je wordt, hoe groter de kans dat je wordt omgelegd.'

'Dan word ik maar omgelegd.'

'En hoe moet het dan met ons?'

'Jij bent mijn alles, meisje.'

Hij boog zich voorover en kuste haar volle mond. Hij legde zijn hand in haar nek om haar tegen zich aan te houden. Haar tong krulde zich rond die van hem. Soms was haar mond net zo lekker als haar doos, vond hij. Soms.

'Waarom moet je je gedeisd houden?' vroeg Coco.

'Ik heb een fout gemaakt met Roland Williams. Hij ligt nu in het DC General, maar als hij eruit komt moet ik het rechtzetten. Een ouwe gabber van me gaat nog een paar andere problemen oplossen.' Jones nam twee trekken van zijn sigaret en blies de rook langzaam uit. 'Hoe heet die meid van je met die vlek op haar gezicht?'

'Dat heet een moedervlek, Red. Je bedoelt Shay.'

'Ze heeft wat met die gast die uit Lorton is ontsnapt. Klopt dat?'

'Dallas Butler. Je hebt zelf een keer iets met hem gedronken, hier in deze kamer.'

'Dallas, yeah. Slappe klootzak. Waar heeft-ie voor gezeten?'

'Hij moest zestien jaar zitten voor een gewapende overval, maar hij is uitgebroken.'

'We gaan er ook voor zorgen dat hij een moordenaar wordt. Maar dan heb ik wel je hulp nodig.'

Na een laatste gulzige trek drukte Coco haar Viceroy uit in de asbak. 'Wat wil je dat ik doe?'

'Vraag Shay om een afspraak te regelen. Zeg dat ik met haar kerel wil praten, maar dat hij er niets van mag weten. Ze mag natuurlijk niet achterdochtig worden. Jij weet vast wel hoe je dat moet aanpakken. Fonzo en ik regelen de rest.'

'En verder?'

'Pak de telefoon,' zei Jones.

Hij gaf haar instructies. Ze belde het politiebureau van het Derde District en vroeg naar rechercheur Vaughn. De stem aan de andere kant van de lijn zei haar dat die niet aanwezig was.

'Dan laat ik wel een bericht voor hem achter.'

'Wat is uw naam en adres?'

'Laat dat maar zitten,' zei Coco. 'Dit heeft te maken met de moord op Robert Odum, bij 13th en R. Ik weet wie die gast om zeep heeft geholpen. De moordenaar heet Dallas Butler. Dallas als de footballclub, en Butler zoals je het zegt.'

Ze hing op.

Jones glimlachte en stond op. 'Dat deed je goed.'

'Waar ga je heen?'

'Uit.'

'Vergeet het concert niet. Dat is binnenkort.'

'Welk concert?'

'Donny en Roberta in het Carter Barron. Je hebt die kaartjes zelf gekocht, sufferd!'

'O ja.' Hij vond er niets aan. Dat was muziek voor wijven en mooie jongens. Slappe shit.

'Kom's hier.'

Hij boog zich voorover om haar kus te beantwoorden. Hij strekte zich in zijn volle lengte uit, streek de zijkant van zijn rommelige afrokapsel glad en liet zich door haar bewonderen.

'Ik ga je zien, Coco.'

'Weet ik.'

8

Frank Vaughn en Derek Strange zaten te lunchen aan de bar van een diner op Vermont Avenue die door een Griek werd gedreven die Nick heette. De diner had zevenentwintig zitplaatsen: vijftien krukken met blauwe vinylbekleding en drie zitjes van hetzelfde materiaal met elk vier plaatsen. Aan de wit-met-blauw betegelde muren hingen statige familiefoto's van zijn ouders en oude foto's van het dorp waar zij vandaan kwamen. Vlak bij de voordeur stond een sigarettenautomaat met een paar exemplaren van de *Daily News* erop. Naast de automaat hing een munttelefoon.

Nick Michael, geboren als Nick Michaelopoulos in Sparta, was als peuter naar Amerika gekomen en had meegevochten in de beruchte Slag bij Peleliu in de Stille Zuidzee. Zoals veel mariniers die in de oorlog hadden gevochten, had Nick een vreedzaam bestaan gevonden van overdag hard werken en 's avonds rustig ontspannen. Hij had een hoop Japanners neergeschoten of aan zijn bajonet geregen, en hij had veel vrienden zien sneuvelen, maar afgezien van een USMC-tatoeage aan de binnenkant van zijn onderarm verried niets in zijn gedrag of verschijning dat hij een verschrikkelijke oorlog had meegemaakt. Toen hij afzwaaide woog hij maar vijfenzestig kilo; nu was hij eenenvijftig en woog hij ruim tachtig, en had hij een respectabel buikje dat net zichtbaar was onder zijn schort. Hij had nog een flinke kop met haar, van boven donker, aan de zijkanten grijs, en had een prettige, zelfverzekerde glimlach.

'Is er nog iets van je dienst?' vroeg Nick.

'Je zou die twee koppen koffie kunnen opwarmen,' zei Vaughn.

Nick legde zijn handen om Vaughns kop en begon die overdreven op te wrijven. 'Zo beter?'

'Die grap is zo oud als de weg naar Rome,' zei Vaughn.

'Net als wij.'

Nick pakte hun koffiekoppen, liep naar een van de grote koffieketels, trok de zwarte hendel naar beneden en schonk ze vol verse koffie. Hij zette de koppen voor Vaughn en Strange neer, leegde Vaughns asbak en zette hem terug. Vaughn stak meteen een L&M op met zijn zippo en legde die boven op zijn net opengemaakte pakje.

'Goeie tent,' zei Vaughn.

'Hij is oké,' zei Strange.

Ze hadden net ontbeten met gehaktbrood en eieren. Het eten was met opzet niet te gekruid, omdat er vooral blanke kantoormensen kwamen eten. De mensen die achter de bar werkten, die voor de warme gerechten en die voor de koude gerechten, de serveerster en de afwasser, waren allemaal zwart. De vrouw van de warme gerechten had de eieren van Strange wat pittiger gemaakt met gebakken ui en peper, en hij had ze nog wat extra op smaak gebracht met tabasco. Strange' vader had in de Three-Star achter de grill gestaan, eenzelfde soort eettent in Kennedy Street. Darius Strange had ook voor een Griek gewerkt, Mike Georgelakos, die in 1969 een zware hartaanval kreeg en op slag dood was.

'Dus je bent op zoek naar een ring,' zei Vaughn.

'Van Maybelline Walker. Je hebt haar ontmoet.'

'Mooie vrouw. Lerares, als ik het goed heb.'

'Ze geeft privéles wiskunde.'

'Oké...' Vaughn trok aan zijn sigaret. 'Ik geloof niet dat ze me erg mocht. Ik vond het niet goed dat ze in Odums appartement ging snuffelen.'

'Ze had een sleutel. Ze is naar binnen gegaan nadat jullie de plaats delict hadden vrijgegeven.'

'Vindingrijk typje. Wat is er zo bijzonder aan die ring?'

'Hij heeft emotionele waarde, zegt ze. Hij is nep. Ze zegt dat ze een goeie vriendin van Odum was. Odum zou de ring voor haar laten taxeren om te kijken of hij wat waard was. De stenen waren van glas, maar de ring zelf was van goud. Zégt ze tenminste.'

'Je gelooft haar niet?'

'Ze heeft me ingehuurd om de ring te vinden. Het waarom kan me niet zoveel schelen.' Strange keek naar Vaughn, die een dunne sliert rook over de formica bar blies. 'Je bent hem toch niet toevallig tegengekomen?'

'Een ring? Nee. Er lagen wel wat vrouwensieraden in een ladekast in zijn slaapkamer. Een armband en een ketting, als ik het me goed herinner.'

'Echt spul?'

'Dat zou ik niet weten. Vroeger zette Bobby regelmatig een kraak. Hij zei dat hij daar geen trek meer in had toen hij aan de heroïne verslingerd raakte. Misschien hoorden die glimmers in zijn slaapkamer nog bij een oude buit die hij bewaarde.'

'Wat is er met die sieraden gebeurd?'

'Die liggen bij Eigendommen,' zei Vaughn. 'Denk je dat de moordenaar van Odum de ring heeft meegenomen?'

'Of een van de geüniformeerde agenten heeft hem in zijn zak laten glijden.'

'Dat gebeurt weleens. Maar ik zet mijn geld op degene die Odum heeft koud gemaakt.'

'Heb je al een verdachte?'

Vaughn lachte zijn tanden bloot. 'Jij bent een bijdehandje. Wist je dat?'

'Misschien kunnen we elkaar helpen.'

'Dat zei je ook al aan de telefoon. Maar ik heb nog helemaal niks gehoord.'

'Als jij de jouwe laat zien, mag jij de mijne zien,' zei Strange.

Vaughn grinnikte. 'Als je me een stuiver geeft.'

Het was een verwijzing naar een oud, vulgair grapje over een zwart meisje. Vaughn was een lomperik. Zijn soort zou binnenkort uitgestorven zijn. Hij was het soort man van wie Strange' moeder barmhartig zou zeggen dat hij 'een product van zijn tijd' was. Strange wist dat Vaughn nu eenmaal zo was. Maar hij was ook een goeie rechercheur.

'Ik heb iets voor je waar je wat aan hebt,' zei Strange. 'Dat beloof ik je.'

'Nu ga je onderhandelen.'

'En waarom zou ik dat niet doen?'

'Je bent altijd slim geweest. Het is verdomd jammer dat je bij de politie bent weggegaan.'

'Ik had geen keus,' zei Strange.

Vaughn tipte de as van zijn sigaret. 'Ik verdenk ene Robert Lee Jones. Wordt Red genoemd.'

'Red Jones.'

'Heb je van hem gehoord?'

'Natuurlijk.'

'Hij heeft een fiks strafblad. Tot nu toe relatief onschuldige misdrijven. Bedreiging met geweld – dat soort shit.'

'Heb je een signalement?'

'Lang, kleurling met een lichte huid. Roodachtig haar.'

Strange liet dit even bezinken. 'Dat verklaart zijn bijnaam.'

'Dat zou je denken. Heeft een afro, net als jij, maar die van hem is totaal verkloot. Ik heb zijn meest recente politiefoto gezien. Hij ziet eruit als Stymie die volledig ontspoord is.'

'Wat is het motief?'

'Huurmoord. Odum was een van mijn informanten. Hij had me een tip gegeven over een moord waar ik aan werkte. De kerel die we hebben gearresteerd en aangeklaagd, heeft waarschijnlijk vanuit de gevangenis opdracht tot de moord gegeven.'

'Ik weet dat Odum afwasser was bij Cobb's. Wat schuift dat, één dollar zestig per uur? Je zegt dat hij jouw informant was, maar dan nog, hoe kon hij dat appartement en zijn heroïneverslaving dan betalen?'

'Hij testte het spul, dus de kicks waren gratis. Het zou kunnen dat hij nog op zijn vroegere inbraken teerde. Bobby bedacht altijd wel een manier om het hoofd boven water te houden. Een beroepscrimineel, maar niet gewelddadig.' Vaughn trok aan zijn L&M en blies de rook langzaam uit. 'Hij was een goeie kerel.'

'Hoe weet je dat allemaal?'

'Red Jones heeft een kleine heroïnedealer beroofd en neergeschoten. Die dealer, Roland Williams, heeft het overleefd. Hij heeft Jones als dader aangewezen en heeft een bij ons onbekende handlanger beschreven: een kleine vent met gouden tanden. Odum testte heroïne voor Williams. Hij moet Jones op het spoor van Williams hebben gezet voordat hij werd gemold. Ik denk dat er een verband is.'

'Dat denk je.'

'Yeah.'

'Waarom arresteer je Jones dan niet?'

'Dat zouden we ook wel doen, als we hem konden vinden. Zijn foto is op alle bureaus tijdens het appel verspreid. Hij is voorwaardelijk vrij, maar zijn reclasseringsambtenaar zegt dat hij zich al maanden niet bij haar gemeld heeft. De afdeling Voortvluchtigen is naar hem op zoek, maar tot nu toe zijn ze niks opgeschoten. Zijn laatst bekende adres is bullshit. Mijn informanten weten ook niks, of ze zijn te bang om te praten. Als hij een auto heeft, is die niet geregistreerd.'

'En op dat punt kan ik je misschien helpen.'

'Wacht even.' Vaughn drukte zijn sigaret uit en wuifde naar de eigenaar van de diner. 'Hé Nick, geef mij eens een Hershey-reep, alsjeblieft? Ik wil iets zoets bij die koffie.'

'Mannetje of vrouwtje?'

'Met noten,' zei Vaughn. Terwijl Nick naar de kassa liep, waar het snoep in een rek lag uitgestald, richtte Vaughn zijn aandacht weer op Strange. 'Ga verder.'

'Mijn bron heeft een man die aan jouw beschrijving van Red Jones beantwoordt ten tijde van de moord in 13th Street gezien. Hij hoorde een schot van een klein kaliber pistool vlak voordat de man het gebouw uit kwam waar Odum woonde.'

'Is je bron bereid te getuigen?'

'Uitgesloten,' zei Strange. 'Hij praat niet met de politie, niet officieel en niet onofficieel. En ik ga je niet vertellen wie het is.'

'Ik luister nog steeds,' zei Vaughn. Hij haalde de verpakking van de Hershey-reep die Nick voor hem op de bar had gelegd, brak een stuk af en stopte dat in zijn mond.

'Jones – als hij het tenminste was – stapte in een recent model Plymouth, rood met een wit interieur.'

'Wat voor Plymouth?'

'Fury, met van die weggewerkte koplampen.'

'Dat moet dan bouwjaar '71 zijn geweest.' Vaughn knikte en dacht aan Martina Lewis, naast hem in de Lincoln-bioscoop. *Ik heb hem ook wel Red Fury horen noemen. Ik weet niet waarom.* 'Verdomd.'

'Wat?'

'Ik geloof dat ik een stijve krijg.'

'Wacht maar tot je de rest hebt gehoord.'

'Voor de draad ermee.'

'Er zat een vrouw achter het stuur van de Fury. Lang, voor zover mijn informant kon zien. Donkere huid en een grote bos afrohaar.'

'Je bron heeft zeker niet toevallig de cijfers van het kenteken gezien?'

'Nee.'

'Shit.'

'Omdat er geen cijfers op stónden,' zei Strange met een glimlachje. 'Het waren gepersonaliseerde nummerplaten.'

'Dat meen je niet.'

'Er stond COCO op de nummerplaten. C-O-C-O.'

Vaughn gleed van zijn stoel en stond op. 'Met een DC-kenteken?'

'Correct.'

Vaughn stak een nieuwe sigaret op, liep naar de munttelefoon van de diner en belde. Strange stond op, slenterde naar het eind van de bar en trok de aandacht van de vrouw achter de grill, die zei dat ze Ida heette. Strange gaf haar een complimentje en bedankte haar omdat ze zijn eieren op de zuidelijke manier had gebakken, en hij stopte haar een paar dollarbiljetten toe. Hij liep terug naar de kassa, waar Vaughn haastig met Nick stond af te rekenen.

'Ik betaal wel,' zei Vaughn.

'Heb je mij soms aanstalten zien maken?' zei Strange.

'Bedankt, marinier,' zei Nick terwijl hij de lade van de kassa dichtduwde.

Vaughn en Strange liepen terug naar hun auto's, die allebei op Vermont stonden.

'Alles goed met je moeder?' vroeg Vaughn.

'Ja, prima,' zei Strange. 'Ze werkt bij een oogarts in het centrum.'

'Ik ben langs geweest bij de Three-Star. Hoorde dat je vader was overleden. Gecondoleerd.'

'Bedankt.'

Vaughn bleef staan, nam een laatste, felle haal van zijn sigaret en schoot de peuk weg, de straat op.

'Als je die ring toevallig tegenkomt...' zei Strange.

'Oké,' zei Vaughn. 'Pas goed op jezelf.'

'Dat was ik wel van plan.'

Ze schudden elkaar de hand.

9

Lou Fanella stond in het DC General naast het bed van Roland Williams. Gino Gregorio leunde tegen een muur.

Toen ze binnenkwamen was een verpleegster net bezig Williams' pols, temperatuur en bloeddruk op te nemen, en Fanella had gevraagd of ze de patiënt even onder vier ogen mochten spreken. Hij had naar haar geglimlacht op een manier waaruit geen vriendelijkheid sprak en zei: 'Zeg maar tegen niemand dat we hier binnen zijn, schatje. Dan zou ik weleens kunnen denken dat we geen vrienden zijn.' Ze liep met neergeslagen ogen naar buiten en trok de deur achter zich dicht. Buiten begon het te schemeren en er vielen lange schaduwen over het terrein van het stadion en de Armory. Er hing een zwak grijs licht in de kamer.

'Wie heeft je bestolen?' vroeg Fanella, op Williams neerkijkend. 'En denk er maar niet al te lang over na. Daar heb ik het geduld en de tijd niet voor.'

'Hij wordt Red genoemd,' zei Williams zonder aarzelen. 'Red Jones. Ik weet niet hoe de predikant hem noemde toen hij werd gedoopt.'

'Hoe weet je dat hij het was?'

'Ik had al eens van hem gehoord. Lange gast met een lichte huid en een achterlijk verwaarloosde kop met haar, roestkleurig.'

'Wie heeft hem op het spoor van je voorraad gezet?'

'Een tester die voor me werkte, Bobby Odum. Jones heeft Odum van kant gemaakt, en toen is hij met een kleine gast met gouden tanden achter mij aan gegaan.'

'En ze hebben je handel geript.'

'Onder bedreiging van een pistool,' zei Williams.

'Vreemd dat ze je niet het laatste zetje hebben gegeven.'

'Niet dat ze hun best niet hebben gedaan.'

'Ik had er een door je kop gejaagd.'

'Die gast heeft me neergeschoten,' zei Williams, die in de gaten kreeg waar Fanella heen wilde en dat helemaal niet zag zitten. 'Van dichtbij, met een .45. Denk je dat ik me zo door hem heb laten toetakelen om te faken dat ik was beroofd?'

Fanella keek omlaag naar Williams en staarde hem aan. 'Ik vroeg het me alleen maar af, dat is alles.'

'Ik ben een zakenman. Vraag maar aan Jimmy, in 116th Street. Ik ben betrouwbaar.' Hij had het over Jimmy Compton, de opdrachtgever van Fanella en Gregorio in Harlem.

'Gino en ik hebben al met Jimmy gepraat,' zei Fanella. 'En nu praten we met jou.'

'Oké,' zei Williams. 'Goed.' Op zijn voorhoofd hadden zich grote zweetparels gevormd.

'Zeg ons maar waar we de heroïne kunnen vinden,' zei Fanella. 'Of het geld. Dat maakt me niks uit.'

'De politie heeft de helft van de dope,' zei Williams. 'Ik heb Red maar een deel van het spul gewezen. Ik wilde niet dat hij alles zou pikken, snap je? Maar de politie heeft de rest gevonden op de plek waar ik het verstop.'

'En waar is dat?'

'In m'n huis.'

'Dus de helft is voorgoed verdwenen.'

Williams wilde iets zeggen, maar zijn mond was droog. Hij voelde zijn lip trillen. Hij probeerde het te laten ophouden, maar dat lukte niet.

Fanella glimlachte. 'Je voelt je toch wel goed?'

'Jawel,' zei Williams. Hij keek beschaamd een andere kant op.

'Laat eens zien hoe Red je heeft toegetakeld.'

'Waarom?'

'Ik ben nieuwsgierig.' Fanella keek over zijn schouder en zei: 'Gino.'

Gregorio liep naar de deur en ging er met zijn rug tegenaan staan.

'Niet doen,' zei Williams.

'Niet doen?'

'Ik bedoel, ik heb liever niet dat je dat doet. De dokter heeft gezegd dat ik er niet aan mag komen.'

'Toe,' zei Fanella met gespeelde bezorgdheid, waardoor zijn wenkbrauwen elkaar raakten, wat een komisch effect gaf. 'Laat me 's kijken.'

Fanella trok zijn stiletto uit de zak van zijn sportjack en drukte op een knopje, waardoor het lemmet met een zachte klik tevoorschijn sprong. Williams kromp in elkaar en maakte een zacht kreunend geluid. Fanella grinnikte toen hij de mitella van Williams' schouder sneed. Daarna ritste hij met het mes het verband van de wond weg. Williams' gezicht vertrok van de pijn bij het vochtig zuigende geluid van het gaas en de zalf die van zijn huid loskwamen.

'Wauw!' zei Fanella. 'Moet je kijken, Gino.'

Gregorio verroerde zich niet.

'Asjeblieft, man,' zei Williams.

'Dat is een groot gat,' zei Fanella. Op de plek waar de kogel Williams' lichaam binnen was gegaan, had het gat een diameter van wel tweeënhalve centimeter, zwart bij de randen, roze in het midden, waar de huid al aan het genezen was, glad en glanzend van de zalf. 'Het lijkt wel of het niet eens is ontstoken.'

'Asjeblieft.'

'Wat heb je de politie verteld?'

'Wat ik jullie ook heb verteld. Ik heb hun Reds naam gegeven. Dat is het.'

'Ze hebben de heroïne in je woning gevonden en ze hebben je niet eens in staat van beschuldiging gesteld?'

'Het was een ruil, omdat ik ze waardevolle informatie heb gegeven. En ze hadden geen huiszoekingsbevel toen ze mijn appartement doorzochten.'

'Je zei dat je van die Red had gehoord. Dan zul je vast wel meer weten.'

'Ik heb die smerissen genoeg verteld zodat ze me verder met rust lieten.'

'Ik ben geen smeris,' zei Fanella. 'Dus wat heb je ze niet verteld?'

'Ik kan echt niet meer zeggen. Ik heb geen zin mijn eigen doodvonnis te tekenen.'

Fanella zette zijn knie op het matras bij wijze van steun. Hij legde zijn hand losjes op Williams' schouder, boven de wond, en hield zijn duim vrij.

'Wat heb je ze niet verteld?' grijnsde Fanella. 'Wat nog meer?'

'Red heeft een vriendin,' zei Williams met trillende stem. 'Ze wordt Coco genoemd. Ze drijft een bordeel in 14th Street. Dat heb ik tenminste gehoord.'

'Waar gehoord?'

'Op straat.' Williams zei waar het was en beschreef het gebouw.

'Is dat alles?'

'Ik zweer het bij God.'

Fanella greep Williams' schouder vast. 'Doet dit pijn?'

'Nee.'

'En dit dan?' Fanella duwde zijn duim in de schotwond. Het voelde als gelatine toen hij door de huid heen brak. Williams begon wild om zich heen te maaien en te gillen.

'Lou,' zei Gregorio, en hij wendde zijn hoofd af.

Fanella legde zijn rechterhand over Williams' mond. Williams piste op de lakens, waarna hij buiten westen raakte.

'Nikkers halen me het bloed onder de nagels vandaan,' zei Fanella.

Ze gingen de kamer uit en liepen de gang door. Ze liepen niet gehaast, want Lou Fanella vond dat je rustig, met rechte schouders en opgeheven kin van een misdaad moest weglopen. Ze liepen langs een verpleegster die hen niet opmerkte, langs een bejaarde zaalhulp die een rolstoel voortduwde en langs een lange beveiliger met scherpe gelaatstrekken die tegen een muur geleund stond en hen doordringend aanstaarde.

'Waar kijk jij verdomme naar?' zei Fanella tegen de jonge man.

'Nergens naar, meneer.'

'Dat dacht ik ook.'

Clarence Bowman keek hen belangstellend na.

Frank Vaughn zat in een neutrale Dodge naast rechercheur Henry A. Passman, een vriendelijke huisvader die vanwege zijn initialen door bijna iedereen in het korps Hap werd genoemd. Net als alle politiemensen die de gelederen van de geüniformeerde politie wilden ontstijgen, was hij van de ene afdeling naar de andere overgeplaatst en had uiteindelijk onderdak gevonden bij wat ooit Perversiteiten en Prostitutie werd genoemd, maar nu bekendstond onder de beknoptere benaming Zedenpolitie.

De nacht was ingevallen in de stad. Het was bijna zomer, en de mensen liepen licht gekleed over straat. Op de hoek van 14th en R Street stond een goudgele Camaro uit 1970 op HiJacker-schokdempers stationair te draaien. Een jonge blanke vrouw in witte hotpants en een rood gestreept naveltruitje onderhandelde voorovergebogen bij het open raampje aan de bestuurderskant met de inzittenden van het racemonster. Er klonk luide muziek uit het 8-sporensysteem, maar in Vaughns oren was het allemaal geschreeuw en een hoop gitaren. Zijn aandacht ging uit naar het meisje, minderjarig zo te zien, en naar de hoofden van de vijf langharige jongens die in de auto zaten gepropt.

'Er is iemand jarig,' zei Vaughn.

'Een van de jongens op de achterbank is net zestien geworden,' zei Passman. 'Zijn vrienden hebben een cadeautje voor hem.'

'Ontmaagding in 14th Street. Dat is een inwijdingsrite hier in de stad.'

'Maar die blanke meid willen ze niet. Dat soort kunnen ze op school bij de vleet krijgen. Deze hier neemt het geld aan en draagt die jongen over aan een van de zwarte meiden van de stal.'

'En dan?'

'Die jongen wordt naar binnen gestuurd en moet de trap op. Stel je voor hoe dat voor hem voelt. Hoe zijn hart in zijn keel klopt. Dat joch is hier nog nooit geweest en nu zit hij in een onbekend gebouw in wat in zijn ogen een getto is. Hij treft zijn hoertje aan in een kleine, donkere kamer en ze zegt meteen dat hij een condoom moet gebruiken. Ze biedt aan om het hem om te doen, en als hij nee zegt, dringt ze aan. Dat doet ze omdat ze geen zin heeft om op haar rug te liggen. Meestal komt zo'n jongen al klaar terwijl ze het condoom over zijn pik trekt.'

'Bingo,' zei Vaughn. 'Maar wel een teleurstelling, denk ik.'

'Hij is haar dankbaar. Sterker nog: hij loopt met verende tred terug naar zijn vrienden. Met grote verhalen dat hij een zwarte chick heeft geneukt.'

'Heb je dochters, Hap?'

'Twee. Ik hou ze scherp in de gaten.'

'Mijn zoon is zesentwintig en hij woont nog bij ons, gratis en voor niks. Olga zorgt dat er altijd wc-papier, Hai Karate en zijn lievelingsmerk tandpasta met mintsmaak in zijn badkamer liggen.'

'Dan weet je tenminste waar hij is.'

Er klonk een signaal op Passmans mobilofoon. Het was een agent in burger die bij Coco Watkins naar binnen was gegaan en nu boven met een van de dames in een kamertje zat. Hij vertelde Passman dat de transactie was gesloten en dat hij de vrouw zijn badge had laten zien. Passman schakelde over naar een andere frequentie en riep een paar surveillanceauto's op die in de buurt op zijn telefoontje stonden te wachten. Vlak daarna kwamen ze met loeiende sirenes en zwaailichten aangereden, gevolgd door een busje. De Camaro ging er meteen vandoor en het blanke meisje verdween een steeg in.

'De dissonante symfonie van het leven,' zei Passman, een derderangsfilosoof, ploeterend in een wereld van hoeren, pooiers, pijpgatliefhebbers, flagellanten, vrouwen die met de benen wijd in de metro van DC zaten en kerels die in het openbaar met hun lid speelden.

'Laten we eens kijken wat we binnen vinden,' zei Vaughn.

Het gebouw was ooit een rijtjeshuis met woonbestemming geweest, waar nu winkels in zaten met een supermarkt op de begane grond. Ze gingen achter de geüniformeerde agenten de deur naast de supermarkt binnen en namen de trap naar de eerste verdieping. De agenten hadden hun dienstwapen getrokken, maar dat van Vaughn bleef in de holster. Als Red Jones er was geweest, zou hij bij het geluid van de sirenes naar beneden zijn gevlucht langs de brandtrap die uitkwam in de steeg, waar twee agenten op wacht stonden. Maar die lieten via de radio weten dat alles rustig was. Vaughn had ook niet verwacht Jones in het gebouw aan te treffen. Hij was op zoek naar informatie.

De stille hield het onfortuinlijke jonge hoertje in de hal losjes vast bij de bovenarm. Ze zag er onvolgroeid uit en droeg een paars negligé. Ze had een grote moedervlek op haar gezicht. Twee andere soortgelijk geklede vrouwen stonden rokend toe te kijken.

'Uitlokking,' zei het meisje, dat Shay heette. 'Uitlokking.' Ze was geïnstrueerd dat woord te herhalen en verder niets te zeggen.

'Eind van de gang,' zei de agent in burger tegen Passman en Vaughn.

Dat hadden ze zelf ook al gezien. Coco Watkins – rode lippenstift, paarsblauwe oogschaduw, hoge hakken, een rood jurkje en een groot afrokapsel – stond aan het eind van de gang met peeskamertjes in een deuropening. Ze had haar armen over elkaar geslagen. Haar borsten leken net chocolade grapefruits die oprezen uit haar diepe decolleté.

'Goed, zo is het wel genoeg,' zei Vaughn, waarop de uniform-agenten hun vuurwapens wegstaken.

Toen Vaughn op Coco afliep, viel hem op dat hij op gelijke oog-hoogte met haar stond. Het gebeurde niet vaak dat hij een vrouw tegenkwam die even lang was als hij. Ze droeg dan wel hakken van zeker zeven centimeter, maar ze moest op z'n minst een meter tachtig zijn.

Passman liet zijn politiepenning zien.

'De vraag is,' zei Coco, 'wie is híj?'

'Rechercheur Frank Vaughn,' zei hij met een vriendelijk knikje.

'Hound Dog,' zei Coco, met haar ene mondhoek opgetrokken in een flauw glimlachje. 'Hebben jullie een huiszoekingsbevel?'

'Doe eens aardig en laat ons even binnen,' zei Passman.

'Overal afblijven,' zei Coco. 'Ik maak geen geintje.'

Ze haalde haar armen van elkaar en ging haar appartement annex kantoor binnen. Vaughn en Passman liepen achter haar aan. In Vaughns ogen was het typisch het boudoir van een hoerenmadam: een roodfluwelen bank, een mooi groot bed en een goed gevulde huisbar.

'Iets drinken?' vroeg Coco, die zijn blik volgde.

Vaughn schudde zijn hoofd.

'We nemen je medewerkster in hechtenis wegens prostitutie,' zei Passman. 'Jou en de anderen ook.'

'Dit is een massagesalon met volledige vergunning.'

'Je mag één telefoontje plegen,' zei Passman.

'Shit!' Ze keek Vaughn aan. 'Ik weet waarom de zedenpolitie bij me op de stoep staat. Maar wat doe jíj hier?'

'Ik ben op zoek naar Robert Lee Jones,' zei Vaughn. 'Roepnaam Red.'

'En?'

'Hij wordt gezocht op verdenking van moord. Jij bent toch zijn vriendin?'

'Misschien wel. Maar ik weet niet waar hij uithangt. Als je hem toevallig ziet –'

'Ja, ik weet het. Dan doe ik hem de groeten.' Vaughn keek rond en zag een afgesloten deur. 'Is dat een kast?'

'Ga maar kijken. En als je toch bezig bent, kijk dan ook onder het bed, als je daar zin in hebt.'

Vaughns ogen gleden naar het bed, zo'n geval met koperen spijlen. Onder het bed zag hij de rand van een houten doos die op de vloer stond. Nette mensen hielden hun kostbaarheden vaak bij de hand, onder hun bed. Criminelen ook. Vaughn wierp een blik op Coco's gemanicuurde handen, waaraan ze geen sieraden droeg.

'Ik denk niet dat Red Jones zich onder een bed zou verstoppen,' zei Vaughn.

'Daar kun je zeker van zijn, grote meneer.'

Coco keek Vaughn recht in de ogen. Vaughn glimlachte.

'Laat de armbanden maar zitten, Hap,' zei Coco.

'Oké,' zei Passman, die zich tot een van de geüniformeerde agenten richtte. 'Neem haar mee naar buiten. Zachtjes.'

Terwijl de meiden buiten op de gang naar de trap werden gevoerd, wierp Coco een blik op Shay, die met gebogen hoofd en haar dat alle kanten op stond door de stille werd weggeleid. Shay was een van de meiden die hier nog niet zo lang werkten, en dit was haar eerste arrestatie. Het zou niet de enige emotionele klap zijn die ze vanavond zou moeten incasseren.

Coco kreeg bijna medelijden met Shay. Maar het werd tijd dat ze zag hoe dit leven werkelijk was, in plaats van hoe ze zou willen dat het was. Die meid moest maar wijzer worden.

Vaughn was de laatste die het pand verliet. Hij controleerde de voordeur voordat hij de straat op liep.

10

Om halfelf die avond liep Dallas Butler, tot bloedens toe in elkaar geslagen, het bureau van het Derde District op de hoek van 16th en V Street in Noordwest binnen, stevende recht op de brigadier van dienst af en zei: 'Ik wil de moord op Robert Odum bekennen. Ik geef mezelf aan.'

Brigadier Bill Herbst, een zware man met donker haar, wees naar een rij stoelen. 'Wacht daar maar even.'

Een paar minuten later kwam Vaughn het kantoor uit lopen en zag Butler zitten, nu met een geüniformeerde agent naast zich. Vaughn nam Butler op, een jonge man met brede schouders en vlezige handen. Zijn onderlip was gescheurd alsof hij met een fileermes te pakken was genomen, en zijn ene oog zat dicht. Over zijn linkerwang liep een dikke striem en zijn oor aan dezelfde kant was helemaal dik en gezwollen als een kalebas.

De voorkant van zijn witte overhemd zat onder de bloedspatten en hij had bloedkorsten op zijn kin.

'Jij bent?'

'Dallas Butler.'

'Ik heb begrepen dat je iets over een moord te zeggen hebt.'

'Ja, meneer.'

'Ik ben rechercheur Vaughn.' Hij stak zijn hand uit. Butler schudde die slapjes. 'Kom mee naar achteren, dan kun je jezelf even opfrissen.'

Vaughn hielp Butler overeind en leidde hem naar het kantoor, dat niet uit afzonderlijke kamers bestond, maar meer een open ruimte met bureaus was. Aan de andere kant van de ruimte waren Passman en een paar jonge agenten van zijn team bezig het papierwerk af te ronden met Coco Watkins, Shay en de andere meiden. Coco's advocaat, Jake Tempchin, die veel leden van de penoze in DC bijstond, was gearriveerd en sprak druk gesticulerend en op luide toon tegen Passman en de andere agenten, die druk bezig waren en hem nadrukkelijk niet aankeken.

'Dallas!' riep Shay toen ze haar vriendje door het kantoor zag lopen. Ze sloeg haar hand voor haar mond in een onwillekeurige schrikreactie toen ze zag hoe Butler eraan toe was.

'Kop houden, meisje,' zei Coco.

Butler keek zijn vriendin even aan, maar gaf geen blijk van herkenning, liet zijn hoofd toen weer zakken en liep door. Maar het was Vaughn niet ontgaan.

Butler werd in een van de verhoorkamers gezet waarin een gehavende tafel en stoelen stonden. Naast een van de stoelen was een voetboei aan de vloer vastgeschroefd en op de tafel stonden een asbak en een taperecorder, en daarnaast lag een geel notitieblok. Vaughn stuurde agent Anne Honn naar binnen, blond en vrouwelijk, die officieus de verpleegster van het politiebureau was en altijd veel aandacht kreeg van haar mannelijke collega's. Ze ging aan de slag met watten en een ontsmettingsmiddel. Honn zei tegen Vaughn dat Butler naar het ziekenhuis moest, dat in elk geval zijn lip moest worden gehecht. Vaughn was het met haar eens maar zei erbij dat dat even moest wachten. Hij richtte zich tot Butler.

'Heet je echt Dallas?'

'Op mijn geboorteakte staat Leonard.'

'Ik ben zo terug,' zei Vaughn. 'Wil je water?'

'Ik heb liever frisdrank.'

'Oké.' Vaughn haalde zijn pakje sigaretten uit zijn binnenzak en legde ze samen met een doosje lucifers op tafel. Zijn aansteker liet hij nooit in een verhoorkamer liggen.

Butler keek teleurgesteld naar Vaughns L&M's. 'Kan ik geen mentholsigaret krijgen?'

'Ik zal mijn best doen.'

Vaughn verliet de ruimte. Hij wist Passmans aandacht te trekken en nam hem even apart. Die vertelde hem dat Coco en de anderen die nacht in de gevangenis moesten doorbrengen en de volgende dag werden voorgeleid, waarna Tempchin hun borgtocht via een geldschieter zou betalen, zodat ze weer vrij waren. Naar alle waarschijnlijkheid zou dit bewerkelijke en nutteloze proces in een boete resulteren. Passman vroeg Shay of ze met rechercheur Vaughn wilde praten, maar ze weigerde.

Vaughn liep terug naar zijn bureau. Hij zocht Butler op in het kaartsysteem en pleegde een paar telefoontjes, eerst met de afdeling Voortvluchtigen en tot slot met de tuchtschool Lorton. Dat duurde alles bij elkaar een uur. Op de terugweg naar de verhoorkamer trok hij een Nehi uit een automaat en vroeg een jonge zwarte rechercheur, Charles Davis, om een paar Newports.

Hij kwam weer binnen, ging tegenover Butler aan tafel zitten, zette de sinaasappelfrisdrank voor hem neer en rolde twee Newports zijn kant op. Butler pakte er een en stak die voorzichtig in zijn mondhoek. Vaughn nam een L&M, pakte zijn aansteker, stak Butlers sigaret aan en daarna die van hemzelf. Hij liet de nicotine zijn longen in stromen en blies een lange, tevreden ademtocht uit. Butler sloot zijn ene oog dromerig terwijl hij een trek nam.

Vaughn drukte tegelijkertijd de PLAY- en RECORD-knop van de taperecorder in, en sprak de datum en tijd in.

'Laten we beginnen.'

'Ik ben er klaar voor.'

'Dallas is een aparte naam.'

'Dat is mijn bijnaam. Mijn moeder is sinds 1960 al een fan van de Cowboys. Ik ook.'

'Kom je hiervandaan?'

'Honderd procent DC.'

'Maar je bent dus niet voor de Redskins.'

'Voor Old Dixie zitten juichen zeker? Alsjeblieft, zeg. Ik kán niet voor ze zijn.'

Veel zwarte inwoners van Washington waren fan van de Cowboys. De Redskins waren onder de vorige eigenaar George Preston Marshall het laatste team van de NFL dat zwarte spelers had gecontracteerd. Veel inwoners zouden dat nooit vergeten.

'Jij bent de Leonard Butler die op 19 april uit Lorton is ontsnapt. Klopt dat?'

'Mm mm.'

'Er zijn een heleboel mensen naar je op zoek geweest, Dallas.'

'Hier ben ik dan.'

'En nu wil je bekennen dat je Bobby Odum hebt vermoord.'

'Robert Odum – ja meneer.'

'Waarom?'

'Omdat ik hem heb vermoord.'

'Wat was je motief?'

'Ik mocht die vent gewoon niet.'

'Dan moet je flink de pest aan hem hebben gehad.'

'Dat klopt.'

'Waar woonde hij ook alweer?'

Butler gaf Vaughn het juiste adres en voegde eraan toe: 'Eerste verdieping.'

'Hoe heb je hem eigenlijk weten te overmeesteren? Ik bedoel, je bent geen kleine jongen, Dallas. Maar die Odum zal toch wel minstens een meter negentig zijn geweest?'

'Bobby? Die kon je zo in je zak steken.'

'En het was niet erg sportief om hem in de rug te schieten.'

'In zijn achterhoofd. Twee keer.'

'Met een .38, klopt dat?'

'Met een .22 Colt Woodsman.'

'Dat wapen wordt bijna alleen door huurmoordenaars gebruikt.'

'Wie de schoen past,' zei Butler, 'trekke hem aan.'

'Dat denk ik niet,' zei Vaughn.

Ze zwegen een poosje en genoten van hun sigaret. De kleine ruimte stond blauw van de rook. Hun ogen en neus raakten geïrriteerd, maar ze rookten toch door. Butler nam een lange haal van zijn Newport en blies de rook in de wolk die al in de kamer hing.

'Terug naar Odum...' zei Vaughn.

'Goed.'

'Ik ben al aan de ouwe kant, als je dat nog niet had gezien,' zei Vaughn. 'Ik doe dit werk al een poos. Ik weet zo onderhand niet meer hoe vaak ik moordenaars heb ondervraagd in verhoorkamers als deze. Sommigen hebben in een impuls gehandeld, of uit woede of jaloezie. Anderen hebben de moord ruim van tevoren beraamd. Verschillende redenen en motieven, maar ze hadden allemaal één ding gemeen. Ze waren in staat om de trekker over te halen of het mes te draaien. Wat ik bedoel is: ze schrokken niet terug voor moord. Maar jij? Jij hebt dat niet in je, jongeman.'

'O nee?'

'Er is niks op je strafblad te vinden wat daarop wijst. Geen geweld. Zelfs het misdrijf waarvoor je zestien jaar hebt gekregen. Gewapende roofoverval? Shit, jíj had niet eens een wapen bij je. Je maat had dat pistool.'

'Daar binnen die muren leer je een hoop.'

'Het zit niet in je ogen.' Vaughn nam nog een laatste trek van zijn sigaret en drukte de gloeiende peuk uit. 'Die dag dat je die supermarkt beroofde. Wat had je toen genomen? Een of andere drug?'

Butler schudde zijn hoofd en zei op zachte toon: 'Italian Swiss Colony-wijn.'

'Je had vast wel een paar flessen Bali Hai nodig om jezelf moed in te drinken. Zo is het toch, Dallas? Of niet soms?'

Butler ontweek zijn blik.

'Jij hebt niemand vermoord,' zei Vaughn.

'Ik wil een advocaat spreken.'

'Ik weet al dat Red Jones Odum heeft vermoord. Wie heeft jou in elkaar getremd en je hierheen gestuurd om te bekennen? Was het Jones?'

Butler sloeg zijn armen over elkaar. Zijn sigaret was tot het filter opgebrand. 'Stuur me maar terug naar Lorton. Ik vind er hier toch al geen zak meer aan.'

'Eerst moet je me vertellen wie dit heeft gedaan.'

'Dat kan ik niet, man.'

'Waarom niet?'

'M'n moeder.'

Vaughn boog voorover. 'Vertel het me maar.'

'Ze zeiden dat ze m'n moeder zouden killen als ik mezelf niet aangaf.'

'Jones?'

'En z'n maat.'

'Kleine kerel met gouden tanden.'

'Alfonzo Jefferson.'

Vaughn trok een pen uit zijn jasje en schreef de naam op het notitieblok. 'Heeft je moeder iemand naar wie ze toe kan tot we die klanten van straat hebben geplukt?'

Butler knikte. 'Mijn zus woont in Maryland met haar man en kinderen.'

'Ik stuur wel iemand bij je moeder langs. We zeggen haar dat ze een tijdje bij je zus moet intrekken.'

'Dat zal m'n zwager niet fijn vinden,' zei Butler. Maar hij gaf Vaughn het adres van zijn moeder.

'Ze hebben je flink te pakken genomen,' zei Vaughn.

'Het was vooral die Fonzo.'

'Waarom heeft hij je zo afgetuigd?'

'Dat was nergens voor nodig.' Butler stak zijn tweede sigaret aan met de peuk van de eerste.

'Waar kan ik die twee vinden?'

'Weet ik niet. Ik had een afspraak met... nou ja, een meisje met wie ik ga. Ik ging naar die plek, en opeens kwamen zij eraan rijden. Ze trokken me een steeg in.'

'Waar reden ze in?'

'Goudkleurige 225 met dichte wielkasten. Mooie auto... Een '68'er.'

'Hard- of soft-top?'

'Hard.'

Vaughn schreef het op. 'En dat meisje met wie je gaat, is dat meisje met die moedervlek op haar gezicht, dat daarnet op het bureau was. Zo ben je hierin verzeild geraakt?'

'Shay,' zei Butler. 'Lieve meid.'

'Zo ziet ze er ook uit.'

'Pak haar niet te hard aan, man. Ze wist er niks van. Dat heeft Red me zelf verteld.'

'Ik ben er niet op uit om haar nog meer problemen te bezorgen dan ze al heeft.'

'Met mij heeft ze geen problemen gehad.'

'O nee?'

'Ik kon niet van haar afblijven.' Butler glimlachte mijmerend. 'Die meid heeft een lekker poesje, man.'

'Ja, jonge poesjes zijn altijd schattig.' Vaughn stond op. 'Je hebt medische verzorging nodig voordat ze je weer opsluiten. Ik ga dat voor je regelen. En ik zal je ook nog wat sigaretten geven.'

'Als jullie mijn moeder spreken,' zei Butler, 'zeg haar dan alsjeblieft niet dat ik in mekaar ben geramd. Ik wil niet dat ze zich zorgen maakt.'

'Geen probleem.'

Vaughn ging de kamer uit en trok de deur achter zich dicht. Passman was nog aan het werk, maar Coco, de dames en hun advocaat waren al weg. Hij gaf agent Anne Honn wat instructies om Butler verder te verzorgen en zei dat ze bij zijn moeder langs moest gaan. Toen ging hij aan zijn bureau zitten en belde Derek Strange thuis. Hij vertelde Strange wat hij in Coco's slaapkamer had gezien, en dat er vermoedelijk alleen vanavond een kans was. Hij beschreef de indeling van het gebouw en de voordeur.

Daarna belde Vaughn met Olga. Hij zei dat hij van haar hield en dat ze niet op hem moest wachten, omdat hij administratief werk te doen had.

Buiten liep hij naar zijn Monaco en reed richting de buitenwijken. Hij stopte bij het Woodner-complex aan 16th Street, voorbij de brug met de leeuwen, en nam de lift naar het appartement van Linda Allen. 'Zin in een drankje met een ouwe vriend?' zei Vaughn toen Linda de deur opendeed.

Ze zette een plaat van June Christy op en maakte twee cocktails. Ze hadden lol en neukten als beesten.

11

Alfonzo Jefferson woonde in een genummerde straat, ergens hoog in de vijftig, in een buurt die bekendstond als Burrville, in het uiterste noordoosten van de stad, een wijk waar nauwelijks over gerept werd, vergeten door de meeste machthebbers, mysterieus en vrijwel onbekend bij de meeste bewoners van de buitenwijken. Jefferson huurde een huis van twee verdiepingen met asbestshingles in de buurt van Watts Branch Park, in een straat met weinig huizen die op grote lappen grond stonden. Het was een plek in de stad waar je je op het platteland waande. Een paar bewoners hielden kippen in hun achtertuin, en een oude man had een geit aan een ketting. Het was hier rustig, en dat kwam Jefferson goed uit.

Jefferson had geen chequeboek of bankpas. Hij betaalde de huisbaas in contanten. De huur was wat hoog voor de omgeving, maar het extra bedrag was voor water, gas en elektra. Jefferson wilde zijn naam namelijk op geen enkele rekening hebben staan. Zijn auto had hij bijvoorbeeld bij de Auto Market op de hoek van 3rd Street en Florida Avenue gekocht, en hij had hem op naam gezet van zijn vriendin, Monique Lattimer. Op zijn belastingformulier vulde hij 'klusjesman' in als beroep. Hij beweerde dat hij een laag inkomen had en betaalde niets of bijna niets. Hij gebruikte het adres van zijn moeder als het nodig was, en dat was een oud adres. Hij leefde zo onzichtbaar als maar kon.

Jefferson zat in de woonkamer, waarin versleten meubels met

dikke kussens rond een grote kabelhaspel stonden die als tafel dienstdeed. Jefferson, die in huis een gevlochten rieten hoed droeg, maakte een nietige indruk in de grote stoel met de hoge rugleuning. Red Jones en Clarence Bowman zaten op de bank en dronken Miller High Life uit flesjes en paften sigaretten. Monique Lattimer was ook ergens in huis, maar Jefferson had haar gevraagd de kamer uit te gaan. Ze hoorden haar boven op de eerste verdieping rondscharrelen.

'Tempchin zegt dat Coco en de meiden morgen vrijkomen,' zei Jones. 'Ze heeft via die advocaat laten weten dat die rechercheur Vaughn ook bij de inval was. Hij zit achter me aan vanwege dat akkefietje met Odum.'

'Ik dacht dat je daar niks had achtergelaten,' zei Jefferson.

'Is ook zo,' zei Jones. 'Het losse eindje was Roland Williams. Hè, Clarence?'

Bowman, die overdag in een beveiligingsuniform rondliep, zag er nu verzorgd uit in vrijetijdskleding van de Cavalier Men's Shop. Hij was een wat stil type en had nog niet zoveel gezegd sinds hij daar was aangekomen. 'Vaughn en die openbaar aanklager, dat broekie, zijn bij hem langs geweest.'

'Cochnar,' zei Jones.

'En zij waren niet de enigen,' zei Bowman. 'Er kwamen ook nog twee blanke gasten langs; dat leken me professionals. Toen ze weg waren, kwamen de verpleegsters aangerend en was er een hoop heisa omdat een van die blanken Williams op een of andere manier te grazen had genomen.'

'Dat betekent dus dat Williams hun ook het een en ander heeft verteld,' zei Jones. 'Ik had die motherfucker moeten killen. Hoe zagen die blanke gasten eruit?' vroeg hij.

'Spaghettivreters,' zei Bowman. 'Een donkere en een blonde.'

Bowman zei alleen iets als het belangrijk was, maar hij wist zich goed uit te drukken en hij had een apart gevoel voor humor. Hij kon altijd heel grappig buurtbewoners nadoen toen Jones en hij nog kinderen waren, toen ze net begonnen en de kunst afkeken van de oudere criminelen in het vroegere Temperance Court. Dat was voordat het stadsbestuur de bewoners naar een andere locatie liet verhuizen. Sommigen noemden de krottenwijk Temperance Court met een mengeling van bitterheid en weemoed nog steeds 'Square 274'.

'Die zijn op zoek naar de heroïne die we hebben gepikt,' zei Jones. 'Die gasten komen vast uit het noorden.'

'Wat heeft dat met mij te maken?' vroeg Bowman.

'Niks,' zei Jones.

'Waarom laat je me hier dan komen?' vroeg Bowman. 'Ik heb een geil wijf in de auto zitten.'

'We willen dat je een klus doet,' zei Jones. Hij drukte een opgerookte Kool uit in de asbak.

'Roland Williams?'

'Die neem ik zelf wel voor m'n rekening.'

'Wie dan?'

'Die openbaar aanklager.'

'Cochnar?' vroeg Bowman. 'Dat is linke shit.'

'Je wordt ervoor betaald.'

'Ik moet er góéd voor worden betaald.'

'Geen probleem. Fonzo en ik zitten goed in de slappe was en binnenkort worden we nog rijker.'

'Ik weet dat jullie oké zijn.' Bowman stond plotseling op, streek de voorkant van zijn bandplooibroek glad en stak zijn hand uit. 'Twee-vierenzeventig.'

'Twee-vierenzeventig,' antwoordde Jones, en de oude maten grepen elkaar bij de duim en bewogen hun hand heen en weer.

Bowman knikte naar Jefferson en liep de deur uit.

'Je maat lijkt op Rafer Johnson,' zei Jefferson.

'Clarence' gezicht heeft dezelfde vorm,' zei Jones.

Jefferson stond op en legde een plaat op de draaitafel van zijn compactinstallatie. Het was de nieuwe van Kool and the Gang, *Mu-*

sic *Is the Message*. Hij liet de naald zakken bij 'Soul Vibrations'. Toen het nummer begon, zei hij: 'Deze jam is helemaal te gek.'

Jones zei niets. Hij had niet veel met muziek of boeken. Als hij tijd had, keek hij graag naar films waarin zwarten de dienst uitmaakten, maar meestal concentreerde hij zich op zijn werk. Hij wilde dat mensen zich hem later zouden herinneren. Dat zou tenminste íéts zijn. En misschien was dat ook het enige. De enige manier waarop je kon winnen. Want uiteindelijk kwam iedereen in een bed van maden terecht.

'Ik zou nog wel een blondje lusten,' zei Jones.

Jefferson riep zijn vriendin, en een paar tellen later kwam ze de kamer binnen. Ze was langer dan Jefferson. De bovenkant van haar borsten piepte schaamteloos uit haar truitje, en ze had gestraight, ongekamd haar. Monique had iets van een wilde mustang, wat Jones wel aansprak. Hij vroeg zich af hoe hij zo'n ongetemde provinciaalse meid een glimlach zou kunnen ontlokken.

'Breng ons nog 's twee High Lifes, Nique,' zei Jefferson.

Monique sloeg met haar hand op haar heup. 'Is er iets mis met je benen?'

Jefferson lachte een rij gouden tanden bloot. 'Schud 's met je staartveren, schatje.'

Monique draaide zich op één hiel om en liep naar de koelkast om bier voor hen te pakken.

'Daar heb je je handen aan vol,' zei Jones.

'Die meid kan bokken, man.'

Nadat ze hun hun drankjes had gebracht en de kamer weer uit was gegaan, bespraken ze hun plannen. Er viel veel te doen.

Strange parkeerde zijn Monte Carlo langs de stoep in 14th Street, een blok ten noorden van het huis waar Coco Watkins haar bordeel had. Het was al ruim na tweeën. De laatste ronde was geweest en de bars met een vergunning hadden hun deuren al gesloten. Maar er waren nog genoeg tenten open waar je na sluitingstijd terechtkon, zoals in drankholen en illegale kaartclubs op wisselende adressen, maar die waren meestal in de zijstraten te vinden, niet in de hoofdstraat. Hier en daar hingen nog mensen rond, sommigen op straathoeken, anderen wankelend en duidelijk stomdronken. Weer anderen gingen naar huis en waren in zichzelf verzonken. Verder was het echter rustig op straat. Zelfs de hoeren hielden het voor gezien.

Strange liep ongewapend over het trottoir. In de kofferbak van zijn auto had hij een uitschuifbare wapenstok liggen, en soms had hij een Buck-mes bij zich. Maar nu stond hij op het punt in te breken, en als hij een wapen bij zich had, zou dat een onvoorwaardelijke celstraf betekenen. Hij was van plan naar binnen te gaan, te vinden waarnaar hij op zoek was, en er weer vandoor te gaan. Geen geweld, geen complicaties.

Terwijl hij naar de deur naast de supermarkt liep, speurde hij de omgeving snel af en zag nergens wetsdienaren. Om getuigen maakte hij zich niet druk. Hij was van plan naar binnen te lopen alsof hij daar woonde. Hij trok zijn hand terug in zijn mouw, draaide de knop van de niet-afgesloten deur om, ging naar binnen en deed de deur achter zich dicht.

Hij bleef in een soort kleine hal staan luisteren. Het enige wat hij hoorde was het nachtelijk getik en gekraak van een oud huis. Hij haalde een paar latex handschoenen uit zijn kontzak, die hij uit een doos had gepakt die Carmen uit het ziekenhuis had meegenomen. Hij trok de handschoenen aan.

'Hé!' zei Strange, en hij hoorde alleen de echo van zijn eigen stem.

Hij ging de trap op naar de eerste verdieping; zijn gehandschoende rechterhand gleed over de leuning. Hij wist waar hij moest zijn omdat Vaughn hem de indeling had beschreven. Maar eerst wilde hij controleren of er een vluchtroute was. In plaats van meteen naar Coco's kantoor te gaan, liep hij de andere kant op, een gang door, langs een rij kleine kamers, tot bij een smerig raam dat uitkwam op een brandtrap die naar een steeg leidde.

Strange maakte het raam open. Terwijl hij dat deed, hoorde hij een geluid op de begane grond. Een klop op de deur, en vervolgens de deur die openzwaaide. Twee mannen, luid pratend en onbekommerd over de herrie die ze maakten. Toen klonken hun zware voetstappen op de trap.

Fanella en Gregorio liepen de trap op. Gregorio had onder zijn jasje een .38 in een holster zitten. Fanella had onder zijn witte regenjas een Ithaca riot-gun kaliber 12 met afgezaagde loop in een draagriem hangen. Op de overloop gekomen trok Gregorio zijn revolver en wachtte op Fanella's instructies. Fanella keek naar de voorkant van het gebouw en zag een openstaande deur die toegang bood tot een grote kamer. Hij wees met zijn kin die kant uit, en Gino Gregorio richtte zijn revolver erop. Het was duidelijk dat hij zou schieten als hij dat nodig vond.

Fanella sloeg zijn regenjas open en trok zijn jachtgeweer. Hij liep systematisch de gang door, inspecteerde elke kamer omzichtig en trapte de dichte deuren open. Het werd hem al snel duidelijk dat alle kamers leeg waren. Toch liepen ze met hun wapen in de aanslag op de grote kamer af. Pas toen ze naar binnen gingen en bleek dat hij leeg was, lieten ze hun wapen zakken.

Vanaf de straat hadden ze het licht achter het raam zien branden. Fanella vond het vreemd dat er niemand was. Hij begreep er niets van en was enigszins teleurgesteld. Hij keek om zich heen naar het rode meubilair, de roodfluwelen gordijnen en het koperen bed.

'We zijn in elk geval naar de juiste plek gekomen, Gino.'

'Het is een hoerenkit, Lou.'

'Denk je?'

Fanella liet het jachtgeweer weer in de draagriem glijden en liep toen naar een serveerboy met drank en pakte een fles Crown Royal. Hij schonk zich wat in, dronk het half op, trok een vies gezicht en liet het glas op de vloer vallen.

'Wat is er?'

'Een of andere nikker heeft bocht in een Crown Royal-fles gedaan.'

Ze keerden de kamer binnenstebuiten, maar vonden geen heroïne. Voordat ze weggingen, zag Gregorio dat Fanella zijn hand in een doos stak en er iets uit haalde, dat hij in zijn zak stopte.

'Voor wie is dat?'

Fanella zei: 'Voor mijn vrouw.'

Toen Strange zeker wist dat ze weg waren, ging hij het huis weer binnen. Hij had ze vanaf zijn plaats, zo ver mogelijk naar achter op de brandtrap, door het smerige raam in de gaten gehouden. Hij had alles kunnen zien: ras, lengte, haarkleur, wapens en de witte regenjas van de langste man.

Strange liep de gang door naar de grote kamer, waar nog licht brandde. Voorzichtig schoof hij het gordijn van een van de hoge ramen die uitkeken op 14th Street iets opzij en keek de straat in. Een grote man met donker haar en een magere met blond haar stapten in een zwarte Lincoln van eind jaren zestig. Vanwaar hij stond kon hij de cijfers op het kenteken of de plaats van uitgifte niet lezen. De auto startte met een diepe grom en reed weg.

Strange keek snel om zich heen. De kerels hadden het huis ruw overhoopgehaald en de kamer zorgvuldig doorzocht. Naast het bed stond een houten doos, zo'n ding waar tafelzilver in wordt bewaard, op de vloer.

Het was de doos die Vaughn had beschreven. Hij was opengemaakt en stond nog steeds open. Er lagen maar een paar sieraden in. Halskettingen van gekleurd glas, een diadeem bezet met kapotte bergkristallen en een broche met een camee die van plastic leek te zijn. Een uiteenlopende verzameling goedkope namaakjuwelen.

Strange liet zijn hand door de spullen gaan. Er zat geen ring bij.

12

Frank Vaughn schoof zijn bord weg, pakte zijn pakje L&M's en schudde er een sigaret uit. Hij stak de sigaret aan met zijn zippo, zette de aansteker op het pakje en trok een asbak naar zich toe. Voor hem lagen een notitieblok en een pen.

'Doe mij nog maar een bakkie, Nick.'

'Komt voor mekaar, marinier.' Nick Michael, eigenaar en uitbater van de diner aan Vermont Avenue, pakte Vaughns lege kop, liep ermee naar de twee grote koffieketels en tapte een kop verse koffie. Hij liep met de volle kop terug naar de bar en zette die op Vaughns schoteltje. Tegen de jonge zwarte man met de volle snor en de brede schouders naast Vaughn zei Nick: 'En jij, jongeman? Zal ik er warme koffie bij schenken?'

'Ik hoef even niets,' zei Strange. Hij had zijn eieren, gehaktbrood en aardappelkoekjes met ui al verorberd en veegde nu het eigeel op met zijn toast. Nick nam de lege borden weg en liep naar een bak met vuile vaat bij de kassa.

'Ben je dat huis nog goed binnengekomen?' vroeg Vaughn.

'Dankzij jou.'

'Was ik maar blijven hangen.'

'Ik moest door een smerig raam kijken, dus ik had niet het beste zicht.'

'En toen zag je...'

'Twee blanke mannen. Eén donkere, aan de grote kant; de ander mager, met een lichte huid. Die grote vent had een jachtgeweer. De ander had een revolver.'

'En hun auto?'

'Zwarte Lincoln met zelfmoordportieren, eind jaren zestig.'

Vaughn noteerde dat op zijn blocnote. 'Het lijkt erop dat het signalement overeenkomt. Twee blanken hebben Roland Williams gisteren in het DC General opgezocht en hebben hem onder handen genomen. Een verpleegster heeft ons een globaal signalement gegeven dat dicht in de buurt van dat van jou komt.'

'Waarvoor onder handen genomen?'

'Williams zegt dat hij dat niet meer weet. Ik vermoed dat ze wilden weten waar Red Jones uithing. Als ik het goed heb, heeft Williams het adres van Coco Watkins' bordeel gegeven. Dat kwamen ze daar doen: ze waren op zoek naar Red.'

'Wie zijn het?'

'Huurmoordenaars uit het noorden,' zei Vaughn. 'Italianen. Williams heeft op de pof heroïne gekocht van een vent in Harlem die banden heeft met de maffia. In feite was hij hun dus geld schuldig. Jones heeft Williams' voorraad gejat. Dus nu zijn de Italianen op zoek naar Jones om de rekening te vereffenen.'

'Heb je daar bewijs voor?'

'Williams heeft me net genoeg verteld om het te kunnen reconstrueren. Het klinkt plausibel.'

'Red Jones speelt met vuur.'

'Hij is zo brutaal als de beul,' zei Vaughn. 'Samen met zijn maat, een klein mannetje dat Alfonzo Jefferson heet, heeft hij Dallas Butler, een jongen die uit Lorton was ontsnapt, gisteravond gedwongen hier op het bureau een valse bekentenis af te leggen voor de moord op Bobby Odum.'

'Gedwongen? Hoe dan?'

'Ze hebben hem bont en blauw geslagen en dreigden zijn moeder koud te maken. Butler is op de terugweg naar de gevangenis en is blij dat hij die bus nog heeft gehaald. Maar ik heb nog wel een snippertje informatie van hem gekregen voordat ik hem weg-stuurde.'

'En dat is?'

'Jefferson rijdt in een goudkleurige Electra '68, hard-top met dichte wielkasten.'

'Een 225?'

'Mm, mm. Als je die op straat ziet...'

'Ik snap het. Dan moet ik voorzichtig zijn.'

'Ik denk dat Jones bij Jefferson is ingetrokken,' zei Vaughn. 'Co-co's hoerenkast werd hem veel te link.'

Strange leende een pen van Vaughn en krabbelde de beschrij-ving van Jeffersons auto op een servetje. Hij vouwde het op en stop-te het in zijn broekzak.

'Als je Red tegen het lijf loopt,' zei Vaughn, 'dan zou ik hem als ik jou was niet naar zoekgeraakte sieraden vragen.'

'Vroeg of laat moet iemand die vent omleggen.'

'Dat gaat ook gebeuren,' zei Vaughn. 'Jones heeft een groot ego tussen zijn benen hangen en hij heeft letterlijk overal schijt aan. Maar hij krijgt het voor zijn kiezen. Gasten als hij overschatten zichzelf. Ze schoppen tegen de verkeerde schenen, en dan is het tijd voor liquidaties. Dan gaat het licht uit.'

'Misschien vind jij hem wel eerder.'

'Dat hoop ik,' zei Vaughn. Hij nam een trek van zijn sigaret en keek ernaar terwijl hij de rook uitblies. 'Ik geloof dat ik van die vent begin te houden.'

'Hoe ga je het verder aanpakken?'

'Ik heb Alfonzo Jefferson opgezocht in het systeem. Hij is eerder veroordeeld, maar hij staat niet meer onder toezicht. Vader overle-den, geen vermelding van broers of zussen. Als zijn moeder nog leeft, is haar verblijfplaats onbekend. Ze heeft waarschijnlijk een andere achternaam dan hij.'

'Spoor die Electra op, dan heb je Jefferson.'

'Klopt. Er rijden een paar Buicks rond in de stad die aan de beschrijving voldoen, maar die staan niet op zijn naam. Ik ga die lijst maar eens aflopen om te zien of iemand anders dat ding voor hem op zijn naam heeft gezet. En eens met mijn informanten praten. En jij?'

'Ik denk dat ik mijn cliënt maar eens wat beter ga bekijken.'

'Maybelline Walker? Groot gelijk.'

'Ik ben gewoon nieuwsgierig, dat is alles.'

'Dat mokkel is zo geil als boter. Ik heb haar gezien, weet je nog?'

'Daar gaat het me helemaal niet om,' zei Strange.

'O, wacht, ik snap het al. Je vindt haar áárdig,' zei Vaughn vals grijnzend. 'Heel diep vanbinnen.'

'Ik zég toch: ik ben bezet? Ik ga vanavond trouwens uit met mijn vriendin. We gaan naar een concert in het Carter Barron.'

'Ik heb Olga een paar jaar geleden meegenomen naar Henry Mancini en Harry Belafonte. Mancini speelde "Moon River" en ik deed net of ik het mooi vond.'

Nick legde de rekening tussen hen in, en Strange pakte zijn portemonnee. 'Dit keer betaal ik.'

'We houden contact, Derek.'

'Absoluut.'

Vaughn drukte zijn L&M uit. Strange schoof een paar dollar over de bar naar de vrouw achter de grill en rekende af bij Nick.

Red Jones en Alfonzo Jefferson zaten in de goudkleurige Electra, die met zijn neus naar het oosten in Oglethorpe Street stond, in de wijk Hampshire Knolls in het noordoostelijk deel van de stad. Ze droegen felgekleurde kleren, schoenen met plateauzolen en over-sized overhemdkragen. Jones' .45 lag op de voorbank, tegen zijn been. Jeffersons .38 politiewapen lag knus tussen zijn benen.

Het blok bestond uit kleine twee-onder-een-kapwoningen. Ze waren in 1950 gebouwd en werden in het kader van de GI Bill aanvankelijk voor twaalfduizend dollar verkocht, met een aanbetaling van slechts vijfhonderd dollar als je uit militaire dienst ontslagen was. Ondertussen waren bijna al die veteranen en hun jonge gezinnen vertrokken naar voorsteden in Maryland op zoek naar betere scholen, een veiliger leefomgeving en blankere buurten.

Halverwege de straat, in de schaduw van een gemeente-eik, stond een jongen een nieuwe Cadillac op te wrijven, die hij had gewassen en in de was had gezet. Een oudere man keek vanaf een klapstoel in de schaduw van dezelfde boom met een sigaar in de hand toe.

'Hij zit in die twee-onder-een-kapwoning rechts,' zei Jefferson. 'Ward gaat altijd bij dezelfde vrouw langs, elke week op dezelfde dag, op hetzelfde tijdstip. Hij laat dat joch zijn Caddy poetsen terwijl hij die vrouw neukt.'

'Beetje vroeg, vind je niet?'

'Die gast heeft zeker een ochtenderectie.'

'Je hebt je huiswerk goed gedaan, Fonzo.'

'Dat probeer ik.'

'Hoe lang moeten we hier nog zitten?'

'Dat joch is bijna klaar. Dat betekent dat Ward zo naar buiten komt.'

Jones trok aan zijn sigaret en liet zijn arm rusten op de rand van het open raampje aan de passagierskant.

'Ze zeggen dat hij elk jaar een nieuwe bak koopt.'

'Je toch moet wat als je zoveel geld hebt.'

'Hij geeft een hoop uit, maar niet alles,' zei Jefferson, die dromerig naar de Eldorado keek. 'Dat is een bloedgeile auto.'

De nieuwste aankoop van Sylvester Ward was contant betaald. Het was een coupé in drie schakeringen groen, met een opera-raam, dichte wielkasten achter, spaakwielen en banden met brede witte wangen. Hij kocht zijn auto's bij Capitol Cadillac in 22nd Street in Noordwest. Hij mocht graag zeggen dat hij ze inruilde 'wanneer de asbak vol was'. Dat was wat overdreven, maar niet eens zoveel.

Ward, een rolronde man van begin veertig, kwam het halfvrijstaande huis uit. Hij had de zelfverzekerde, ontspannen tred van iemand die goed in zijn vel zat. Hij droeg een mosgroen pak met wit stiksel op de revers, een wit geribbeld overhemd, witte schoenen en een witte riem. Het ensemble was doelbewust afgestemd op zijn auto. Ward was voor het grootste deel donker, met kleine beige vlekjes op zijn wangen, voorhoofd en op de rug van zijn handen. Sinds zijn jeugd had hij last van een huidziekte.

'Nou snap ik waarom ze hem Two-Tone noemen,' zei Jones.

'Volgens mij zijn het eerder drie kleuren,' zei Jefferson.

'Oké, we pakken hem.'

Ze pakten hun wapens, staken die onder de panden van hun overhemd, stapten uit de Electra en staken de straat over. Jones stopte even om zijn sigaret met zijn Flagg Brother-schoen uit te trappen en liep toen voorovergebogen verder.

Ward zag de armoedig geklede onbekenden aankomen toen hij de betonnen treden van het huis af liep. Hij gaf geen blijk van angst en liep over de stoep naar zijn Cadillac. Daar bleven ze met z'n allen rond de auto staan in die typisch dreigende sfeer die voorspelde dat er een conflict aan zat te komen. De jongen liet de zeem vallen die hij in zijn hand had en deed een stap achteruit. De oude man pakte de armleuningen van zijn klapstoel vast en keek strak voor zich uit.

'Wat moeten jullie?' vroeg Ward vermoeid.

Jones lichtte het pand van zijn overhemd op en liet Ward de kolf van zijn .45 zien. De ogen van de jongen sperden zich open en hij voelde zijn hart kloppen van aangename opwinding. Het was voor het eerst dat hij iets spannends meemaakte, en het zou ook voor het laatst zijn. Als teleurgestelde rimpelige man van middelbare leeftijd zou hij zijn vrienden nog vaak vervelen met het verhaal over Red Jones, lang en trots, strakke soulbroek, hoge plateauzolen en een groot afrokapsel, die op hem en zijn oom af was komen lopen, zijn schietijzer had laten zien en Sylvester Ward, de grootste gokbaas van de stad, had ontvoerd.

'Jij gaat met ons mee,' zei Jones. 'Nu meteen.'

'Weten jullie niet wie ik ben?' vroeg Ward met een hese stem die paste bij zijn omvang.

'Dat weten we toevallig wel.' Jefferson lachte zijn gouden tanden bloot. 'We staan niet op het punt een arme sloeber van de straat te plukken.'

'Meekomen,' zei Jones.

Ward gebaarde vol ongeloof naar zijn auto. 'En mijn wagen dan?'

'Laat die maar staan,' zei Jefferson. 'De jongen kan erop passen.'

'Betaal hem maar vast voordat we gaan,' zei Jones. Hij knikte de jongen toe.

Ward haalde een paar bankbiljetten van een stapeltje dat hij uit zijn broekzak trok en liep daarna met Jones en Jefferson naar de Electra. Jones ging samen met Ward achterin zitten, trok zijn pistool en legde het losjes op zijn schoot.

Jefferson ging achter het stuur zitten en startte. Hij keek in de binnenspiegel naar Ward en zei: 'Je woont toch in Shepherd Park?'

'Holly Street,' zei Ward halfluid.

Jefferson reed weg. 'Dat is een mooie El D, Two-Tone. Wat heb je erin zitten, een zescilinder?'

'Shít,' zei Ward. 'Het is een V8-blok van 8,2 liter.'

'Hoe noemen ze die kleur? Mintgroen of zoiets?'

'Wilgengroen. Dit jaar geïntroduceerd.'

'Mooi,' zei Jefferson.

Daarmee was de conversatie een poosje afgelopen. Jefferson reed in zuidelijke richting over New Hampshire Avenue, sloeg rechts af op Missouri Avenue en reed de stad door.

'Jullie ontvoeren me,' zei Ward, alsof dat nu pas bij hem opkwam. 'Weet je wel dat dat een halsmisdaad is?'

'Dus?' zei Jones.

'Ik heb mijn vrouw aan de dijk gezet en mijn kinderen zijn al volwassen en zelfstandig. Ze hebben amper geld van me gekregen, voor het geval je losgeld voor me wilt vragen...'

'Daar hebben we geen tijd voor,' zei Jones. 'En jij bent eigenlijk niet zo belangrijk.'

De rest van de rit werd er niet veel meer gezegd. Ward zat uit het raam te kijken met zijn handen op zijn omvangrijke schoot, met een pruilende onderlip, als van een kind. Sylvester Ward was niet bang, maar zijn trots had wel een knauw gekregen.

Ward woonde in een straat in de bomen- en bloemenbuurt van Shepherd Park, de meest noordelijk gelegen buurt voor de districtsgrens met Maryland, ten westen van Georgia Avenue en ten oosten van 16th Street. Pasgeleden hadden de inwoners actief verzet geboden tegen speculanten die na de rellen in DC munt wilden slaan uit de angst onder de blanken. Hier woonden zwarten en blanken uit de betere middenklasse naast elkaar, en soms onder hetzelfde dak. Het was een van de rijkere buitenwijken, waar stellen van gemengd ras niet met de nek werden aangekeken. Er was een tijd geweest dat Joden die winkels aan Georgia Avenue hadden niet in Shepherd Park werden geduld. Maar ook die beperking was lang geleden begraven, samen met andere rottende lijken uit het verleden.

Ward vond dit gewoon een prettige buurt, met zijn bakstenen eengezinswoningen met houten dakspanen, grote tuinen, schaduwrijke bomen en bloeiende heesters. Hij had zijn huis contant betaald, zoals alles wat hij bezat. Hij had zich makkelijk een kast van een huis aan de Black Gold Coast in North Portal Drive kunnen veroorloven, tussen mensen die gestudeerd hadden, maar hij bleef liever in Shepherd, waar je niet alleen prettig woonde, maar waar het ook gemoedelijker was. Hij vond dat je niet moest vergeten waar je vandaan kwam en dat je je niet anders voor moest doen dan je was. De hoge takken van de boom gaan dood als de wortels worden doorgesneden – dat idee.

Ward was al een hele tijd een van de grootste gokbazen van de stad. Hij deed niet in paardenraces of sportuitslagen. Hij hield zich niet bezig met drugshandel of prostitutie en had daar ook geen zin in. Hij was groot geworden in de loterij, waar je voor een habbekrats loten van drie cijfers kon kopen. Hij had runners in de hele stad zitten; de mensen die voor hem werkten waren koeriers, bordenwassers, conciërges, en in het verre verleden liftboys. Ze waren zwart, maar ze verkochten aan alle rassen. Ze werkten op provisiebasis en ze kregen vaak royale fooien van sentimentele en bijgelovige winnaars. Boven de runners stonden mannen die de boeken bijhielden en het geld ophaalden. Na uitbetaling van de winnende combinatie werd de dagelijkse opbrengst in kleine coupures en muntgeld verdeeld tussen Ward, zijn werknemers en het New Yorkse syndicaat, via een tussenpersoon in Baltimore wiens bijnaam een koninklijke afkomst deed vermoeden. Er werd beweerd dat er in DC geen noemenswaardige georganiseerde misdaad bestond, en in zekere zin was dat ook zo, als je daarmee de maffia en de Italianen bedoelde. Maar die hadden de criminele elementen van Washington allang in hun zak zitten. Er werd gezegd dat het protectiegeld voor New York welbesteed was, omdat het de maffia buiten de deur hield.

Wards loterijhandel bracht jaarlijks miljoenen dollars op. Nadat de medewerkers waren uitbetaald en nadat New York zijn aandeel had ontvangen, en nadat Ward het nodige had afgeschoven aan plaatselijke bestuurders met macht en invloed, hield hij jaarlijks netto tussen de honderd- en honderdvijftigduizend dollar over. Daar was hij dik tevreden mee. Hij leidde een onverwacht aangenaam leventje. Ward was zo arrivé als je in zwart Washington maar kon zijn. Hij maakte zich geen zorgen over vervolging of gevangenisstraf. Hij genoot bescherming.

Dat was de reden waarom Ward eerder verbouwereerd dan kwaad was toen hij met zijn twee ontvoerders zijn huis binnenging. Hij was het niet gewend om zo behandeld te worden.

Hij deed zijn groene jasje uit en hing het over de rug van een rijkversierde eetkamerstoel. Jones hield met zijn pistool in de hand

Ward in de gaten, terwijl Jefferson om zich heen keek en al die overdaad in zich opnam. Het leek wel een museum in zijn ogen: kristallen kroonluchters, meubels met gekrulde armleuningen, oosterse tapijten en gipsen standbeelden van naakte blanke vrouwen en blanke mannen bij wie hun zak lager hing dan hun pik.

'Ik ruik geld,' zei Jefferson.

Ward schudde langzaam zijn hoofd. 'Jullie hebben duidelijk je huiswerk niet goed gedaan.'

'Hè?' zei Jones.

'Er is hier eigenlijk niks van waarde,' zei Ward. 'Niet de grote klapper waar jullie op uit zijn. Ik heb alleen geld voor dagelijkse uitgaven in huis.'

'Dan pakken we wat de fuck je wel in huis hebt,' zei Jefferson.

'Haal het,' zei Jones.

'Het ligt boven in mijn slaapkamer.' Maar Ward verroerde zich niet.

'Hé, ben je nog niet weg?' zei Jones.

Jefferson trok zijn wapen en wees ermee naar de trap. Ward liep die kant op en Jefferson kwam achter hem aan.

Jones liep naar een bar op wieltjes en koos een fles Schotse whisky die er duur uitzag. Hij schonk de amberkleurige vloeistof in een zware, gegraveerde tumbler en nam een slok. Hij sloot zijn ogen bij de fluwelige smaak.

Jones schonk zich een tweede glas in, en net toen hij bezig was het leeg te drinken, kwamen Ward en Jefferson de woonkamer weer binnen. In zijn vrije hand hield Jefferson een bundel bankbiljetten.

'Vierentwintighonderd,' zei Jefferson. Hij klonk niet enthousiast.

'Is dat alles?'

'Ik heb zijn horloge ook,' zei Jefferson. 'Met diamanten rond de wijzerplaat.'

'Dat is geslepen glas,' zei Ward. 'Heb ik gekregen van een bitch die ik ken. Ik draag het alleen als ze langskomt.'

'Geef me dat klokje aan je pols dan maar,' zei Jones. 'Want ik weet dat dat geen nep is.'

Ward nam alle tijd om een gouden Rolex van zijn pols los te maken. Jones schoof het horloge aan zijn eigen pols en bekeek het. Het zat ruim, precies zoals hij het mooi vond.

'Nu hebben jullie alles wat ik heb,' zei Ward. Op zijn gezicht stond ergernis te lezen.

Jones voelde zijn pols kloppen. 'Je hebt ook nog een stapel biljetten in je zak zitten, dikke. Hier ermee.'

Ward wilde iets zeggen, maar beet op zijn lip. Hij haalde het geld tevoorschijn, dat met een zilveren klem bij elkaar werd gehouden, en Jones stopte het in de opgestikte zak van zijn soulbroek.

Jones nam Ward van top tot teen op. 'Als iemand het je vraagt: Red Jones heeft je uitgeschud.'

'Daar zal niemand naar vragen,' zei Ward met onverholen minachting.

'O nee?'

'Het kan niemand ook maar ene flikker schelen wie je bent of hoe je heet,' zei Ward. 'Niemand zal zich jou nog herinneren als je er niet meer bent.'

Jones' ogen stonden vlak, en hij zei niets.

'Als ik je een goeie raad mag geven –'

'Nee,' zei Jones.

'Schiet dan maar op,' zei Ward met een driftig gebaar naar de voordeur. 'Wegwezen.'

De loop van de .45 was een wazige veeg toen Jones' hand uitschoot. Het vizier raakte Wards neus en liet een snee op de brug achter. Jones gromde toen hij nog krachtiger uithaalde en Ward keihard nog eens op dezelfde plek sloeg. Ward was zo groot dat hij niet viel, maar hij wankelde wel en zocht steun bij een stoelleuning. Er stroomde bloed uit zijn neusgaten als uit een opengedraaide tapkraan. Jones lachte en trapte de stoel onder hem weg, zodat Ward op de grond viel. Hij lag op zijn zij op de hardhouten vloer. Zijn mooie witte overhemd zat onder het bloed en hij hield zijn ene hand voor zijn neus, waarvan het kraakbeen kapotgeslagen was. De tranen sprongen hem in de ogen en stroomden over zijn gezicht.

'Je had je kop moeten houden,' zei Jones. 'Een vent met vlekken op z'n snuit die míj wil vertellen wat ik moet doen?'

Red Jones en Alfonzo Jefferson liepen het huis uit. Ze verdeelden het geld in de auto.

13

Maybelline Walker woonde in een van de appartementengebouwen aan 15th Street, die uitkeken op het groen van Meridian Hill, dat door velen in de stad nu het Malcolm X Park werd genoemd. Blanken, wezenloos van de drugs, brothers en *sisters* met grote afrokapsels en latino's van onduidelijke afkomst, van wie sommigen op Carlos Santana geïnspireerde hoofdbanden droegen, stroomden voortdurend het park in en uit. In het Malcolm X kon je afhankelijk van het uur een balletje trappen, je gratis of tegen betaling laten aftrekken, of drugs scoren. Het karakter van het park was de afgelopen jaren wel veranderd, maar het was nog steeds een van de mooiste openbare ruimten van de stad. Van Strange' huis was het maar een klein eindje lopen; hij kwam er vaak als de zon scheen om naar het talent te kijken en zijn hoofd leeg te maken.

Maybellines lilablauwe Firebird stond in 15th Street geparkeerd. Nadat hij met Vaughn ontbeten had, zat Strange nu al een paar uur in dezelfde straat, maar dan een blok verder, in zijn Monte Carlo te wachten. Hij keek naar de mensen die het park in en uit liepen en hield Maybellines gebouw in de gaten terwijl hij op WOOK naar 'Love the One You're With' van de Isley Brothers luisterde, die er een hit mee hadden in de soul top-40, dankzij het geheime wapen van de band, het orgel van neef Chris Jaspers. Strange dacht: T-Neck, nummer 930. Net op dat moment kwam Maybelline door de glazen deuren van haar gebouw naar buiten en liep naar haar auto.

'Verdomme!' zei Strange onwillekeurig, en zijn mond werd droog bij haar aanblik, haar wiegende heupen in een kort, strapless jurkje, waarin ook haar mooie schouders goed te zien waren, omdat de wind haar haar naar achteren blies. Ze liet de stoffen kap van haar Pontiac zakken, startte en reed weg in noordelijke richting. Strange wachtte even en reed toen achter haar aan.

Er waren drie mensen met een goudkleurige Buick Electra uit '68 die in het District of Columbia stond geregistreerd. De eerste op zijn lijst, keurig opgeschreven in zijn notitieboekje, was ene Dewight Mitchell. Mitchell woonde in Adams Street in Bloomingdale, net ten zuiden van het McMillan Reservoir, vlak achter de Howard University. Vaughn zette zijn hoed op, stapte uit de Monaco en liep een trapje op naar een bakstenen huis met een stalen schommelbank op de veranda. Er stond geen Electra in de straat, maar voor de zekerheid klopte Vaughn toch op de deur en kreeg geen reactie. Vanachter een ruit keek een lapjeskat hem verveeld aan.

Vaughn liep naar 2nd Street en sloeg de steeg in die achter Adams Street liep. Het was niet zozeer een ingeving als wel een gewoonte van rechercheurs en politieagenten in DC om de stegen te controleren als ze mensen wilden ondervragen. Voor veel inwoners van Washington fungeerde de steeg als voortuin.

Hij trof een stevig gebouwde zwarte vrouw met vriendelijke ogen aan op een lapje omgespitte aarde achter haar huis. Ze droeg een lange broek en een werkschort, en leunde op de steel van een schop. Hij had de huizen geteld en wist dat dit het huis van Mitchell was.

'M'vrouw.' Vaughn knikte haar toe en stelde zich door het hek van harmonicagaas aan haar voor. Hij klapte het etui met zijn politiepenning open. 'Bent u mevrouw Mitchell?'

'Ja,' zei de vrouw. 'Ik ben Henrietta, de vrouw van Dewight.' Er liepen een paar katten rond in de tuin, maar ze bleven allemaal bij

Henrietta in de buurt. Een van de katten, met bruine strepen op een grijze vacht, lag lieftallig uitgestrekt onder het trappetje naar het huis. 'Wat kan ik voor u doen?'

'Heeft uw man een Buick Electra uit '69, goudkleurig met een zwart interieur?'

'Dat is onze auto,' zei ze opgewekt. ' Mijn naam staat er niet op, maar hij is ook van mij – wanneer ik erin mag rijden, tenminste.'

Ze was in de vijftig en had grijzend, ontkroesd haar waar een mooie glans over lag. Aan haar figuur in de strakke broek zag hij dat ze nog jong was op de plekken waar het ertoe deed. Vaughn was aangenaam getroffen door haar manier van doen en haar verschijning.

'Ik zag de Buick niet voor de deur staan.'

'Dewight gaat ermee naar zijn werk.'

'Waar werkt hij?'

Ze gaf hem het adres en vroeg: 'Waar gaat dit eigenlijk over?'

'Ik ben op zoek naar de eigenaar van net zo'n auto als die van u. Maar ik ben er vrij zeker van dat uw man niet degene is die ik moet hebben. Leent hij zijn auto weleens uit? Aan een vriend of zo?'

'Niet dat ik weet. Maar dat moet u hem zelf maar vragen.' Henrietta keek naar de aarde die ze net had omgespit. 'Ik wil wat tomatenplanten neerzetten. Denkt u dat ik te lang heb gewacht? Het is wel erg laat in het seizoen, hè?'

'Ik zou het niet weten,' zei Vaughn. Hij had al in geen twintig jaar een grasmaaier voortgeduwd en hij had nog nooit een tuin beplant. Hij betaalde kinderen uit de buurt om zijn tuin te verzorgen. Hij had geen hobby's of interesses buiten zijn werk. Het politiewerk dreef hem elke ochtend zijn bed uit. Daarbuiten was er niet veel.

'Ik plant ze toch maar,' zei Henrietta Mitchell. 'En als ze het niet redden, is er geen man overboord.'

'Zo mag ik het horen,' zei Vaughn.

Toen hij naar zijn auto terugliep, dacht hij aan Olga. Aan wat ze op dit moment aan het doen was, waar ze was. Ze was waarschijnlijk aan het winkelen in Wheaton Plaza of bij een van haar vriendinnen langsgegaan, voor het merendeel Joodse vrouwen. Misschien zaten ze bij een van hen in de keuken Silva Thins of Vantages te roken, van die sigaretten met een gaatje in het filter, en zaten ze koffie te drinken, te roddelen of mahjong te spelen. De Vaughns waren katholiek en gingen 's zondags naar St John's, een kerk bij hen in de buurt. Dat wilde zeggen, Olga ging naar de kerk, en Vaughn ging mee. Hoe katholiek ze ook was – en ze was vroom –, ze ging voornamelijk met Joodse vrouwen om. Vaughn krabde op zijn voorhoofd. Een vrouwelijke Jood noemde je toch een Jodin? Olga had hem gezegd dat dat een ouderwetse term was, die alleen nog door holbewoners werd gebruikt.

Oké, Olga. Wat jij wilt.

Vaughn moest glimlachen toen hij zich haar voor de geest haalde wanneer ze hem de les las, in driekwartbroek, met haar hand op haar heup en haar vuurrode lippenstift die schril afstak tegen de witte make-up op haar gezicht.

Hij dacht vaak aan Olga als hij aan het werk was. Hoe vaak hij zich thuis ook aan haar ergerde en hoe weinig romantisch hun relatie ook was, ze was nooit lang uit zijn gedachten. En aan Linda Allen dacht hij alleen wanneer hij het in zijn broek voelde kriebelen. Gek was dat.

Ik zal wel van mijn vrouw houden, dacht Vaughn.

Na deze overpeinzing stapte hij in zijn Dodge.

Maybelline Walker was vanaf 16th Street Military Road in geslagen en nam daarna Oregon Avenue. Ze stak het kruispunt met Nebraska Avenue over en sloeg net voorbij het tehuis voor weduwen van oud-strijders links af Tennyson Street in en stopte in de wijk Barnaby Woods voor een groot huis in koloniale stijl met de entree in het midden.

Strange parkeerde zijn Chevy op veilige afstand en liet de motor lopen.

Maybelline stapte uit haar Pontiac, liep naar het huis, klopte op de voordeur en werd vlak daarna begroet door een blanke vrouw die haar binnenliet. Toen de deur weer dichtging, zette Strange de automaat weer in de *drive*-stand en reed langs het huis. Hij noteerde het adres en reed door naar Connecticut Avenue, waar hij in een winkelstraat ten zuiden van de Chevy Chase Circle een telefooncel vond.

Strange belde Lydell Blue op het bureau van het Vierde District. Hij had geluk: Lydell had bureaudienst.

'Hoe is het, brigadier?' vroeg Strange.

'Heb je wat van me nodig, dat je me brigadier noemt?'

'Ik wil je om een gunst vragen, *blood*.'

'En noem me ook geen blood,' zei Blue. 'Zeker niet als je om een gunst vraagt.'

'Gebeurt dat dan zo vaak?'

'Eigenlijk wel. Het zou leuk zijn als je me zo nu en dan eens belde om samen een biertje te gaan drinken of zo.'

'Wat wil je, man? Moet ik nog een doos bonbons meenemen ook? Je lijkt wel een wijf.'

'Kom maar deze kant op, dan verkoopt dit wijf je een schop onder je kont.'

'Als ik probeer je het huis uit te krijgen, zeg je altijd dat je niet kunt.'

'Ik heb nu verantwoordelijkheden.'

'Ík heb nooit gezegd dat je moest trouwen.'

'Wat weet jij van trouwen? Zelfs al zou je getrouwd zijn, dan zou dat nog niet veel betekenen, Derek.'

'Je hebt gelijk.' Strange was er niet trots op. Zijn vriend Lydell kende hem door en door. 'Wat die gunst betreft...'

'Waar gaat het over?'

Strange gaf hem het adres dat hij had onthouden. 'Ik heb een telefoonnummer en namen nodig.'

'Waar kan ik je bereiken?'

'Ik blijf wel even hangen. Ik weet dat je zo bij het systeem kunt.'

'Een momentje,' zei Blue. Vlak daarna kwam hij weer aan de lijn met de gevraagde informatie. Strange klemde de hoorn tussen zijn wang en schouder terwijl hij de gegevens noteerde.

'Bedankt, brother.'

'Is dat alles?'

'Van welke bloemen hou je? Dan stuur ik je een boeket.'

'Fuck you, man.'

'Je bent mijn beste maat,' zei Strange, en hij hing op.

Strange had de tijd, en hij had honger. Hij reed naar de Hot Shoppes aan Connecticut Avenue, net ten zuiden van Albemarle Street, ging aan de bar zitten en bestelde een Teen Twist met frietjes en een cola. De serveerster zei dat Isaac Hayes aan de overkant van de straat in de WMAL-studio's was voor een interview in het kader van een optreden in Washington. Toen Strange zijn eten op had betaalde hij en ging buiten op Connecticut Avenue staan. Het duurde niet lang voor Isaac Hayes het gebouw aan de overkant uit kwam en naar een wachtende limousine liep. Hayes droeg geen overhemd; zijn brede borst en schouders waren behangen met de gouden kettingen met de grote schakels die hij op het Wattstax-festival en op de hoes van *Hot Buttered Soul* had gedragen.

'Black Moses,' zei Strange bewonderend.

Hij keek op zijn horloge. Hij dacht dat Maybelline in het grote huis nog wel een uurtje met de bijles bezig zou zijn, dus hij liep een half blok naar het noorden naar Nutty Nathan's, een zaak in huishoudelijke apparaten en stereo-installaties, en snuffelde daar wat rond. Een besnorde verkoper met rode ogen en omgeven door een walm van wiet, bier en tic tacs klampte hem aan en loodste hem meteen mee naar de geluidskamer achter in de winkel, waar hij een plaat op een BSA-draaitafel legde en het geluid demonstreerde van een zware versterker waarop de bejubelde Bose 901-luidsprekers waren aangesloten. Een snerpende gitaarintro klonk door de speakers.

Strange sperde zijn ogen onwillekeurig open. Het was niet het soort muziek waar hij gewoonlijk naar luisterde, maar de geluidskwaliteit van de installatie was ongehoord, en het nummer blies hem omver.

'Steely Dan,' zei de verkoper. 'Nieuwe groep uit Californië.'

'Mooi,' zei Strange.

'*Your everlasting summer, you can feel it fading fast*,' citeerde de verkoper op theatrale toon. Hij veegde met zijn hand een Hitler-lok naar achter die over zijn voorhoofd was gevallen en tokkelde op een luchtgitaar. 'Die gasten kunnen spélen, Jim.'

'Ik heet Derek.'

'Johnny McGinnes,' zei de verkoper, en hij stak zijn hand uit.

Strange schudde hem. 'Misschien kom ik nog terug.'

McGinnes lachte stompzinnig. 'Nou, tot horens dan maar?'

Strange kocht nog vier blanco Memorex-cassettebandjes. Een mager blank joch van een jaar of zestien met een white-boy afro tot op zijn schouders, in een Levi's 501 met opgerolde smalle pijpen en een Nutty Nathan-T-shirt, stond Strange bij de kassa aan te gapen. Hij was waarschijnlijk een magazijnknecht, want hij had een stofdoek in zijn handen. Vermoedelijk een Italiaan of een Griek, aan die grote mediterrane neus te zien. Ook hij keek stoned uit zijn ogen.

Een vrouwelijke winkelbediende met verwijde pupillen deed de cassettebandjes in een zakje en gaf ze aan Strange. Het pakje was niet groter dan een lunchpakketje.

De jongen zei: 'Zal ik dat even naar uw auto brengen, meneer?'

'Ik denk dat ik het zelf wel afkan,' zei Strange.

De jongen glimlachte. 'Ik doe gewoon mijn werk, hoor.'

Bijdehandje, dacht Strange. Toen hij de deur uit liep dacht hij: ligt het aan mij, of is iedereen in deze tent nou high?

Vaughn had een kort gesprek met Dewight Mitchell, een busmonteur bij het openbaar vervoer van DC die storingen verhielp in de remise bij 14th Street en Decatur Street. Mitchell was ongeveer net zo oud als Vaughn, stevig gebouwd, met kort grijs haar en aderen zo dik als regenwormen op de rug van zijn werkhanden. Toen Mitchell hem zijn Electra had laten zien, een met een vouwdak, wist Vaughn zeker dat hij de verkeerde te pakken had. Dat wist hij in feite al sinds hij Henrietta, Mitchells vrouw, had ontmoet.

Ze hadden het voornamelijk over auto's. Vaughn vertelde dat hij een Mopar-man was, maar dat hij vond dat Dodge de plank had misgeslagen met de wijziging in het design na de gouden jaren '66 en '67. Mitchell vond de elegante belijning van de GM's fraai, maar gaf toe dat ze mechanisch wat minder waren. Hij zei dat hij elke motor kon demonteren, dus hij lag niet wakker van dat soort tekortkomingen, zolang hij maar in een auto reed die er goed uitzag.

Ze schudden elkaar de hand en Vaughn ging weer weg.

Vaughn vond zelf dat hij correct tegenover zwarten was. Hij kon over het algemeen goed met ze overweg, als ze beleefd waren en zo'n beetje dezelfde leeftijd hadden als hij. Maar hij ergerde zich vaak wild aan de jongeren met hun brutale mond. Als om dat feit te illustreren stak er op Colorado Avenue een donkere gast met een stekelkapsel over die daar uitgebreid de tijd voor nam toen Vaughn in zijn Monaco aan kwam rijden. Vaughn moest stoppen en wachten tot de jongeman voorbij was, en kreeg een vuile blik als dank voor zijn hoffelijkheid. Het was zo'n bepaalde blik die zei: waag het eens om me aan te rijden, bleekscheet.

Misschien moet ik even uit m'n auto komen om je een lesje te leren, dacht Vaughn. Maar op aandringen van Olga probeerde hij zich tegenwoordig aan te passen en zich tot een hoger spiritueel plan te verheffen, het licht te zien en alle gekleurde mensen de hand te reiken.

Vaughn grijnsde zijn tanden bloot naar de zwartjoekel en reed door.

14

Het eerste wat Clarence Bowman deed toen hij zich die ochtend in alle vroegte op zijn werk had gemeld, was kijken of Roland 'Long Nose' Williams er nog lag. Hij keek door de openstaande deur van zijn kamer en zag een ziekenbroeder de lakens op Rolands lege bed verschonen. Nadat hij had gecheckt of Williams inderdaad uit het ziekenhuis ontslagen was, belde hij de administratie en zei dat hij last had van zijn maag en vandaag niet kon werken. Verlost van zijn verplichtingen voor die dag reed hij terug naar zijn woning achter H Street, en verruilde zijn bewakersuniform voor een zwarte band-plooibroek, een grijs polyester shirt, zwarte instappers en een zwart lichtgewicht sportjack. Vervolgens belde Bowman met Coco Watkins en vertelde haar dat Williams weer rondliep.

'Ik geef de boodschap door aan Red,' zei Coco. 'Ben je al bezig met je klus?'

'Ik zou wel wat vrouwelijke hulp kunnen gebruiken,' zei Bowman. 'Om telefoontjes te plegen en van die shit.'

'Mijn meiden zijn nog steeds van de kaart door die politie-inval van gisteravond. Het zijn soms net tere poppetjes.' Bowman hoorde Coco een flinke haal van een sigaret nemen terwijl ze nadacht. 'Ik ken een meid die voor alles in is, Gina Marie. Waarschijnlijk zit ze op dit moment in die diner in U Street. Daar gaat ze altijd heen om de dag te beginnen.'

'Gina ken ik wel.'

'Veel mannen kennen Gina,' zei Coco. 'Die meid doet alles voor een grijpstuiver.'

Bowman beëindigde het gesprek. Hij liep naar de kleine keuken en trok de ovendeur van zijn vrijstaande elektrische fornuis open. In de koele ruimte lagen twee wapens: een S&W .38 en een Colt .22. Bowman controleerde of ze geladen waren en stopte ze in een kleine sporttas. Hij pakte de sleutels van zijn Mercury Cougar, en met zijn tas in de hand verliet hij zijn woning.

Vanuit het grote raam van haar kantoor-slaapkamer wierp Coco Watkins een blik op het brede gedeelte van 14th Street. Verderop, op de hoek met R Street, zag ze een neutrale witte sedan in standaarduitvoering staan met een zijspiegel, en een hand met een sigaret erin, die losjes op de rand van het opengedraaide raampje van de bestuurdersstoel rustte en die toebehoorde aan de politieagent achter het stuur. De politie had een agent in burger voor haar huis gezet voor het geval haar vent langs zou wippen. Dat had ze ook verwacht. Maar ze zag wel een ander detail over het hoofd.

Coco was zo gefocust op de politieauto dat ze geen oog had voor de zwarte Continental die aan de overkant van 14th Street geparkeerd stond, noch voor de twee blanke mannen erin. Als ze de Lincoln beter bekeken had, zou het haar zijn opgevallen dat het geen politieauto was en dat de mannen in de auto er niet uitzagen of ze bij de politie werkten.

Het was niets voor Coco om zo onoplettend te zijn, maar ze was gestrest. Ze had de nacht in de cel doorgebracht en had op de harde brits geen oog dichtgedaan. En toen ze de volgende ochtend terugkwam, bleek er te zijn ingebroken en was alles overhoopgehaald. In de kamers van de meiden waren een paar deuren bij de scharnieren afgebroken en die mooie ring die ze van Red had gekregen was verdwenen. Ze wist niet hoe ze hem dat moest vertellen. Bovendien maakte ze zich zorgen om hem. Ze had al gehoord dat hij eerder op de dag Sylvester Two-Tone Ward had beroofd en hem ook nog eens had afgetuigd. Dat zou hij nog een keer op zijn brood krijgen.

Coco trok een strakke spijkerbroek met uitlopende pijpen aan, lage hakken en een mooie zijden blouse. Ze deed wat sieraden om en maakte zich op bij het licht van haar kaptafel. Daarna liep ze de gang op en wisselde een paar woorden met Shay en een paar andere meisjes die op hun kamer lagen te luieren, en zei dat ze even weg moest en dat ze niet wist hoe laat ze terug zou komen. Tegen Shay zei ze dat ze haar later nog even wilde spreken. Ze herinnerde de vrouwen eraan dat er vanavond gewerkt moest worden en dat ze zich klaar moesten maken om op pad te gaan.

Coco nam de brandtrap die in de steeg uitkwam, waar een jongen op haar Fury paste. Ze gaf hem vijf dollar en startte de Plymouth.

Strange liep naar een telefooncel buiten de bloemenwinkel van Boukas aan het eind van Connecticut Avenue en draaide het nummer dat Lydell Blue hem had gegeven voor de woning in Tennyson Street. De bewoonster, Hallie Young, nam op. Strange noemde zijn naam, maar zei er niet bij wat voor werk hij deed.

'Ik heb begrepen dat u gebruikmaakt van de diensten van een zekere Maybelline Walker als wiskundelerares,' zei Strange. 'Ze is mij aanbevolen voor mijn dochter.'

'Ja, we hebben Maybelline aangetrokken om onze zoon te helpen.'

'Ze heeft mij uw naam als referentie gegeven.' Strange vermoedde dat Maybelline van die leugen zou horen, maar dat probleem zou hij later wel afhandelen als het zover was.

'Tot nu toe zijn we heel tevreden over haar. Ze is vandaag pas voor de tweede keer geweest.'

'Zou ik mogen vragen hoe u eigenlijk bij haar terecht bent gekomen?'

'We hebben haar naam gekregen via een stel dat we uit de buurt kennen. De familie Rosen. Seth en Dayna wonen op Thirty First

Place. Dayna heeft langer van haar diensten gebruikgemaakt dan wij.'

'Hebt u hun telefoonnummer toevallig?'

'Een ogenblikje, meneer Strange.'

Strange bleef aan de lijn en kreeg waarnaar hij op zoek was. Hij verbrak de verbinding, tilde de hoorn weer van de haak en draaide het volgende nummer.

De tweede naam op Vaughns lijst voerde hem naar de wijk Brightwood, achter Georgia Avenue. Hij was op zoek naar een zekere Costas Lambros, die geregistreerd stond als de eigenaar van een goudkleurige Electra uit '68.

Lambros woonde in Tuckerman Street in een keurig huisje van baksteen en overnaadse planken. Tegen de zuidmuur van het in koloniale stijl opgetrokken huis stond een grote, vitale vijgenboom. Uit de tijd dat hij surveillancediensten reed, wist Vaughn dat als je een tuin met een vijgenboom zag, je er zeker van kon zijn dat er Grieken woonden of gewoond hadden.

Vaughn bekeek de Buick die voor het huis stond geparkeerd. Het was een basisuitvoering van de Electra, zonder extra's en regelrecht van de fabriek, met een wit dak. Het was een fraaie auto, maar het was geen 225.

Een oude man kwam het huis uit lopen in een broek die met een versleten leren riem boven zijn middel was vastgesjord. Daarachter volgde zijn vrouw, het grijze haar opgestoken, in een jasschort, orthopedische schoenen en kniekousen. Allebei liepen ze moeilijk. Toen de oude man dichterbij kwam, bewogen zijn lippen, maar er kwam geen geluid uit zijn mond.

Costas en Voula Lambros wilden weten wat Vaughn bij hun auto deed. Ze moesten op hun hoede zijn voor vreemden. De buurt was er alleen maar slechter op geworden sinds de *mavri* hier waren komen wonen. Costas had jarenlang een groente-en-fruitstal op de Eastern Market gehad en zijn vrouw Voula had met hem meegewerkt. Hun kinderen hadden nu zelf een gezin en woonden in de buitenwijken. Nixon moest snel iets doen aan de steuntrekkers en al die criminaliteit.

Vaughn bedankte hen voor hun tijd. Terwijl hij wegreed dacht hij: bespaar me dat het met mij ooit zover komt.

Clarence Bowman parkeerde zijn Cougar op 11th Street, sloeg de hoek om en liep de diner binnen die als een van de weinige tenten in U Street na de rellen nog steeds goede zaken deed.

Bowman zag Gina Marie aan de bar zitten op een van de barkrukken met rode kussens. Links van haar zat een andere tippelaarster, die Martina heette. Martina zat in een bakje frieten te prikken die verdronken in de ketchup. Alle plaatsen aan de bar waren bezet, net als de meeste twee- en vierpersoonstafeltjes vooraan in het restaurant. Op de legendarische jukebox draaide 'Talking Loud and Saying Nothing', het nieuwste nummer van James Brown, part 1 en 2, en zowel de hardwerkende serveersters als hun klanten bewogen hun hoofd mee op het swingende, aanstekelijke ritme. Bowman ging vlak achter een man staan die rechts van Gina Marie zat en wachtte. De man voelde zijn aanwezigheid, draaide zijn hoofd om en keek hem aan, keek hem toen nog eens aan en gleed van zijn barkruk af, met zijn lunch in de hand. Bowman had een zitplaats.

'Girl,' zei Bowman.

'Clarence.'

Aan de wallen onder haar ogen te zien kwam Gina Marie net uit bed. Ze had sowieso een hard gezicht en was op haar vijfentwintigste al zwaar door het leven getekend. Ze droeg een bruine, krullende pruik en valse wimpers, en een kort rood jurkje dat haar gespierde benen fraai deed uitkomen. Ze deed Bowman denken aan Don Nottingham, de running-back die voor Baltimore speelde, de kleine, gedrongen man die ze de 'menselijke bowlingbal' noemden. Gina Marie had dezelfde lichaamsbouw als hij, driehoekig. Sommige mannen hielden daarvan, maar Bowman hield van lang. Gina Marie dronk zoete thee uit een grote kartonnen beker en trok ondertussen verwoed aan een sigaret.

Bowman stak er zelf ook een op. 'Hoe is-ie?'

'Je hebt het zeker wel gehoord van Red?'

'Is-ie dood?'

Gina Marie schudde haar hoofd. 'Het gonst overal rond. Hij en Fonzo Jefferson hebben Sylvester Ward vanmorgen beroofd. Ze hebben hem ook nog eens helemaal verrot geslagen.' Gina Marie nam een trek en snoof de rook die uit haar mond kwam weer op via haar neus. 'Je weet dat Two-Tone de politie en politici in zijn zak heeft zitten. Dit ziet er niet goed uit voor Red. Je maat is aan het doordraaien.'

Bowman bestudeerde de brandende mentholsigaret tussen zijn vingers.

'Die rechercheur Moordzaken,' zei Gina Marie, 'die ze de Hound Dog noemen? Die heeft ook rondgevraagd.'

'Vaughn, bedoel je.'

Gina Marie gebaarde met haar hoofd naar links. 'Hij heeft met Martina gesproken. Maak je geen zorgen, Martina heeft niks gezegd.'

Bowman wierp een strakke blik op Martina Lewis, een mannelijke stoephoer die zich als een vrouw kleedde en opmaakte. Martina hield zijn blik even vast en keek toen weg.

'Martina is oké,' zei Gina Marie. Bowmans kille, starende blik beviel haar niet.

'Je kunt iets voor me doen,' zei Bowman.

'Zeg het maar.'

Bowman haalde een stukje papier uit het borstzakje van zijn shirt en gaf het aan Gina Marie. Daar stonden het telefoonnummer en het adres op van de assistent openbaar aanklager Richard Cochnar. Bowman had het recht uit het telefoonboek overgenomen. De openbaar aanklager deed dit werk nog niet lang genoeg of had nog niet genoeg vijanden gemaakt om zich te realiseren dat hij zijn adresgegevens geheim moest houden. Hij was nog een groentje.

'Cock-nar,' zei Gina Marie terwijl ze moeizaam de naam probeerde te lezen.

'Het is *Coch*-ner,' zei Bowman. 'Er zit geen *k* in.'

'Wat moet ik voor je doen?'

'Loop naar die telefoon daar en bel hem op. Zorg ervoor dat je klinkt alsof je iets wilt verkopen. Vraag de heer des huizes te spreken. Ik weet al dat hij er niet is.'

'Waarom moet ik dan bellen?'

'Goed luisteren. Degene die je aan de lijn krijgt zal je vertellen dat-ie op zijn werk is. Dus dan vraag jíj wanneer hij thuiskomt.'

Bowman liet een kwartje en een stuiver op de bar vallen. Het kwartje tolde rond en viel toen plat neer. 'Kun je dat?'

Gina Marie pakte de munten op. Ze sprong van de barkruk af en liep met snelle, zelfverzekerde passen naar de telefoon. Zelfs op hoge hakken was ze amper een meter vijftig.

Terwijl ze aan het bellen was, keek Bowman Martina Lewis aan. 'Hé,' zei hij zacht grinnikend.

Gina Marie kwam trots glimlachend teruglopen en klom weer op haar barkruk. 'Hij is om een uur of zeven thuis.'

Martina Lewis stond opeens op en liep langs hen heen naar buiten.

'Martina is een vent,' zei Gina Marie plompverloren.

'Ja, dat ziet zelfs een blinde,' zei Bowman en hij stond ook op. Hij drukte zijn sigaret uit, haalde een biljet van tien dollar uit zijn portefeuille en schoof dat naar Gina Marie toe.

'Bedankt, schat,' zei ze.

Bowman, een man van weinig woorden, was de deur al uit.

Dayna Rosen had Strange over de telefoon niets willen zeggen. Hij zei dat hij toevallig in de buurt was en vroeg beleefd of hij even langs mocht komen om haar persoonlijk te spreken. Na een lange stilte van haar kant stemde ze daarin toe. Maar toen ze hem zag, een sterke zwarte jonge man die haar tuinpad op kwam lopen, nam ze hem mee naar de zijkant van het huis, een in koloniale stijl opgetrokken bakstenen huis met een hal in het midden zoals je die veel zag in Barnaby Woods, en liet ze hem plaatsnemen op de met horgaas afgeschermde veranda. Ze was voorzichtig vanwege zijn huidskleur, iets wat ze nooit aan hem of aan zichzelf zou toegeven. Maar hij wist het.

Dayna Rosen was achter in de twintig. Ze had donker haar, bruine ogen en droeg een spijkerbroek met wijde pijpen, een leren mouwloos vestje en touwsandalen, en ze had een Hanoi Jane-kapsel dat regelrecht op *Klute* leek te zijn geïnspireerd. Strange en zij gingen zitten in de comfortabele stoelen van een duur uitziend tuinameublement. Ze schonk hem ijsthee in. Aan de stijlen van de veranda hingen Afrikaanse maskers en aan de houten buitenwand prijkte een ingelijste affiche van John Coltrane. De familie Rosen wilde daarmee een statement maken en Strange nam er nota van.

Dayna vertelde hem in het kort iets over hun gezin. Haar man, Seth, werkte als advocaat voor een vakbond en was nu op zijn werk. Hun zoontje, Zach, zat in de eerste klas van de Lafayette-school. Hij had wat moeite met rekenen en ze hadden besloten om het in een vroeg stadium aan te pakken en hem bijles te laten geven. In de Chevy Chase-bibliotheek had Dayna een foldertje op het mededelingenbord zien hangen en ze had het nummer van Maybelline Walker gebeld, die zich als privélerares aanbood.

'Hoe heeft dat uitgepakt?' vroeg Strange.

'Prima,' zei Dayna. 'Ze heeft ons goed geholpen.'

'Is de eerste klas niet een beetje jong om al bijles te krijgen?'

'Zach had hulp nodig.' Ze keek hem aan. 'Hoe oud is uw dochter?'

'Ze is tien,' zei Strange roekeloos. Hij had niet over de leeftijdskwestie nagedacht.

Dayna's ogen flikkerden even. Ze keek naar zijn handen, waar ze geen trouwring zag zitten. 'Dan moeten uw vrouw en u wel heel jong zijn geweest toen u haar kreeg.'

'Ik heb mijn bruid zo uit de wieg geplukt,' zei Strange met een onbeholpen glimlach. 'Maar goed, Maybelline Walker. Hoe lang hebt u van haar diensten gebruikgemaakt?'

'Een maand, geloof ik. Ze is vier keer geweest.'

'Een maand maar?'

'Er is iets...' Ze zweeg, keek van hem weg en maakte haar zin toen pas af. 'Er is iets gebeurd.'

'Was er iets niet goed aan haar werk?'

Geagiteerd en ietwat kregelig stond ze op en streek met haar handen de kreukels uit haar spijkerbroek. Ze pakte haar glas op, waarvan ze amper een slok had genomen, en zei iets te gehaast: 'Ik ga nog wat ijsthee halen. Wilt u ook nog een glas?'

'Het is goed zo,' zei Strange.

Ze bleef een tijdje weg. Toen ze terugkwam bleef ze naast de tafel staan en maakte geen aanstalten om te gaan zitten. Haar gezicht stond strak en haar stem had een kille klank. 'Ik wil dat u weggaat. Ik heb de politie gebeld.'

'Waarom zou u dat doen?'

'Om te beginnen geloof ik niet dat u een dochter hebt of dat u getrouwd bent. U vertelt me niet de waarheid.'

Strange knikte. 'Soms is het in mijn vak makkelijker om de waarheid niet te vertellen.'

'Wie bent u?'

'In opdracht van een cliënt verricht ik een antecedentenonderzoek naar Maybelline Walker,' zei Strange, en hij vertelde daarmee weer een leugen. 'Ik ben privédetective.'

'Kunt u zich legitimeren?'

Strange haalde zijn vergunning uit zijn portefeuille en overhandigde die. 'U hebt de politie niet gebeld, hè?'

'Nee, maar dat had ik wel moeten doen.' Ze liet de legitimatie op de glazen tafel voor hem vallen. 'Vertrek alstublieft.'

'Zal ik de bediende-uitgang maar nemen?'

'Wat bedoelt u daarmee?'

'Ik wil alleen maar zeggen dat Maybelline het beter heeft gedaan dan ik. Zij mocht in elk geval via de voordeur naar binnen.'

Strange stelde zich voor hoe Dayna nog niet eens zo heel lang geleden op een campus rondliep, bevlogen deelnemend aan de revolutie. Sinds ze dit prettige leventje in Chevy Chase, DC, leidde, besefte ze dat het kapitalisme eigenlijk nog zo slecht niet was, maar probeerde ze desondanks aan haar idealen vast te houden. Dat blanke schuldgevoel moest wel heel zwaar op haar schouders drukken.

Strange' impliciete aantijging kwam hard aan, maar stemde haar niet milder. Er verscheen een blos op haar wangen.

'Gelul,' zei ze. 'Daar moet je bij mij niet mee aankomen.'

'Het spijt me dat ik hier onder valse voorwendselen ben binnengekomen,' zei Strange.

Geërgerd ging Dayna weer zitten. 'Wat wilt u nu eigenlijk? Waar gáát dit over?'

Strange boog zich voorover. 'U zei dat er iets gebeurd is.'

15

Vaughn stak de Anacostia over, reed op Minnesota Avenue naar het noorden en sloeg rechts af bij een van de straten met eenlettergrepige namen die in alfabetische volgorde door het centrum van Noordoost liepen. De straat kwam uit op een pleintje met wat struiken en bomen waar een beek doorheen slingerde. Aan de andere kant van het bosje stonden vierkante bakstenen flatgebouwen waar bijstandstrekkers woonden.

Vaughn parkeerde de Monaco voor een vervallen houten eengezinswoning, pakte zijn hoed van de passagiersstoel en zette hem op. Hij liep over een met onkruid begroeid pad met schots en scheef liggende tegels naar het huis waarvan hij het adres had genoteerd. Op de veranda zat een vrouw op een klapstoel met in haar hand een blikje Schlitz waarop condensdruppels parelden. Hoewel ze zat, zag hij dat ze lang was en lange benen had. Haar haar hing steil naar beneden. Ze droeg een hemdjurk waarvan de knoopjes bij haar hals openstonden, en ze had volle borsten die van nature hoog zaten. Ze droeg geen schoenen. Een plattelandsmeisje dat in de grote stad hard was geworden.

Vaughn bleef vlak voor het trapje van de veranda staan. 'Mevrouw. Ik ben op zoek naar Monique Lattimer.'

Haar ogen gleden langzaam van zijn gezicht naar zijn voeten. 'Wat voor soort politieagent ben je?'

'Moordzaken. Mijn naam is Frank Vaughn.'

'Ik zie geen politiepenning.'

Vaughn liet haar zijn penning zien en stopte hem weer in zijn jasje. Door haar manier van doen wist hij al dat het tijdverspilling was om beleefd te zijn. Het was zoals advocaten altijd zeiden: hij moest recht op zijn doel af gaan en haar vijandig bejegenen.

'Ben jij Monique?'

'In eigen persoon,' zei ze, en ze nam een grote slok bier. 'Heb je een sigaret voor me?'

Vaughn haalde zijn pakje tevoorschijn, schudde er twee sigaretten uit en gebaarde met zijn kin naar haar veranda. 'Ik kan je van hieraf geen vuurtje geven.'

'Kom dan maar naar boven.'

Hij liep het trapje naar de veranda op. Gebruikte zijn aansteker om haar een vuurtje te geven, stak daarna zijn eigen sigaret aan en klikte de zippo weer dicht. Hij leunde voorzichtig tegen een houten stijl die aan de onderkant leek weg te rotten.

Monique nam een flinke haal van de L&M en bekeek de sigaret met een vies gezicht terwijl ze de rook uitblies. Waarmee ze duidelijk maakte dat het haar merk niet was.

'Volgens het Bureau Kentekenregistratie,' zei Vaughn, 'ben jij de eigenaar van een Buick Electra '68.'

'Klopt, die is van mij.'

'Goudkleurige 225. Een convertible?'

'Klopt alweer.'

'Ik zie hem niet staan.'

'Dat komt doordat hij er niet is.'

'Waar is hij dan, Miss Lattimer?'

Ze staarde naar de brandende sigaret tussen haar lange vingers. 'Mijn broer heeft hem vanochtend meegenomen om de remmen te laten nakijken.'

'Waar heeft hij hem naartoe gebracht? Naar een garage of zo?'

'Ik zou het niet weten. Hij zei dat-ie een vriend had die ermee aan de slag ging.'

'Hoe heet je broer?'

'Orlando.'

'Lattimer?'

'Roosevelt. Zoals de high school.'

'Waar kan ik hem vinden?'

'Hè?'

'Heeft je broer een adres?'

'Hij zit bij een meisje daar in Seat Pleasant, maar ik weet niet precies waar ze woont.'

'Heeft hij een telefoonnummer?'

'Dat zal hij vast wel hebben, ja.'

'Oké,' zei Vaughn en hij haalde diep adem. 'Waar werk je?'

'Ik zit even zonder werk.'

'Hoe lang ben je al werkloos?'

'Twee jaar, zoiets.'

'Voor zo'n Electra met alles erop en eraan betaal je toch al gauw vijf-, zesduizend.'

'Ik heb hem tweedehands gekocht.'

'Oké, vierduizend dan. Waar haal je het geld voor zo'n bak vandaan als je niet werkt?'

Monique haalde haar schouders op en glimlachte even, alsof hij iets heel stoms had gezegd. 'Ik kon een goeie deal maken.'

'Waar?'

'Tweedehands autobedrijf.'

'Waar?'

'Shit, dat weet ik niet meer. Marlow Heights?'

'De naam van de dealer zou op de autopapieren moeten staan.'

'Verdomd dat ik niet meer weet waar ik die papieren heb opgeborgen. Ze liggen ergens in huis.'

'Ik kan ook even binnenkomen en je helpen zoeken.'

'Dat zou je kunnen doen, ja. Als je een huiszoekingsbevel had.'

'Daar kan ik aankomen.'

'Moet je vooral doen.'

Vaughn nam een trek van zijn sigaret en blies de rook naar Monique toe. De rook waaierde uit elkaar bij haar gezicht, maar ze knipperde geen seconde met haar ogen.

'Ken je een zekere Alfonzo Jefferson?' vroeg Vaughn.

'Nou, nee.'

'En Robert Lee Jones? Lange gast, licht getint; hij wordt ook wel Red genoemd.'

'Ik kan je niet helpen.'

'Ga je me niet vragen waar dit allemaal over gaat?'

'Dat zou ik doen als het me ook maar ene reet interesseerde.'

Vaughn grijnsde, nam een laatste trek van zijn sigaret en schoot de peuk haar tuin in. 'Ik zie je nog wel, Monique.'

'Wanneer je maar wilt.'

Met hernieuwde energie liep Vaughn terug naar zijn auto en ging achter het stuur zitten. Hij nam de omgeving eens goed in zich op: het bosje, het soortement speeltuintje met zijn verroeste toestellen, de flatgebouwen aan de overkant van het beekje. Het zou niet moeilijk zijn om hier iemand te laten posten, maar het zou wel een zwarte agent in burger moeten zijn die hier niet opviel. Man of vrouw, dat maakte niet uit, maar het was te doen.

Vaughn glimlachte naar Monique terwijl hij wegreed, en verdomd, ze glimlachte nog terug ook. God, wat had hij toch een wereldbaan.

Strange reed naar Park View, stuurde de Monte Carlo een steeg in en parkeerde achter de keukeningang van Cobb's, het visrestaurant op Georgia Avenue. Cobb zelf, die een met bloedvlekken overdekt schort droeg, zat op een omgekeerd melkkrat een sigaret te roken. Strange liep door de langgerekte schaduwen van de late namiddag en stelde tot zijn tevredenheid vast dat hij vandaag veel werk had verricht.

Hij stapte op de al wat oudere, maar nog steeds fitte eigenaar af en bleef naast hem staan.

'Meneer Cobb. Ik ben Derek Strange. Herinnert u zich mij?'

Cobb tuurde met tot spleetjes geknepen ogen tegen de laagstaande zon in. 'Help me even herinneren.'

Strange zei dat hij de detective was die laatst langs was geweest en vragen had gesteld over zijn vroegere afwashulp, Bobby Odum, die nu dood was. Strange vroeg hem of Odum op zijn werk ooit bezoek had gehad van een jonge vrouw. Toen hij haar beschreef, begonnen Cobbs ogen te glinsteren.

'Jazeker, die jongedame is een paar keer langs geweest.'

'Toen ik hier vorige keer was, zei u dat u zich geen vrienden of familieleden van hem kon herinneren.'

'Ja, maar je hebt het niet over haar gehad,' zei Cobb, terwijl hij zijn gloeiende peuk wegschoot naar een straatkat die voor hem langs liep. De kat, die laag over de grond schuifelde, sprong snel weg. 'Zo'n meid vergeet je niet gauw.'

'Wat herinnert u zich van haar?'

'Haar tieten. De manier waarop ze liep. Hoe die dikke kont van haar in haar jurk heen en weer deinde.' Cobb moest grinniken toen hij Strange' geamuseerde blik zag. 'Zo is het, jongeman. Ik heb al heel wat jaartjes op de teller staan, maar dat was een moordwijf.'

'Verder nog wat?'

'Ik heb Odum haar een keer zien zoenen, hier, bij de achterdeur. Ze liet het toe, maar je kon duidelijk zien dat ze er geen trek in had. Ik zat toen nog te denken wat een klein kereltje als Bobby met zoveel vrouw aan moest. Want zo'n meid wil weleens wat. Je snapt wel wat ik bedoel.'

'Dat snap ik zeker,' zei Strange. Er bewoog iets in hem, als een slang onder een laag droge bladeren.

Hij wilde ook weleens wat.

Vaughn ging het bureau van het Derde District binnen en liep naar zijn plek. Op zijn telefoon zat een memo'tje geplakt. Martina Lewis had gebeld en gevraagd of hij contact wilde opnemen.

Vaughn ging langs bij rechercheur Charles Davis, die op zijn volgende zaak zat te wachten en even met zijn ziel onder zijn arm liep. Davis was een jonge, modieuze vent, een van de weinige zwarten op het bureau die het tot Moordzaken had geschopt. Voor Vaughns gevoel konden ze goed genoeg met elkaar opschieten om hem om een gunst te vragen. Davis stemde erin toe bij de woning van Monique Lattimer te posten in ruil voor een wederdienst.

'Je staat bij me in het krijt, Hound Dog,' zei Davis. 'Maar ik spaar het nog even op.'

'Je kunt erop rekenen,' zei Vaughn.

Hun baas, inspecteur David Harp – lang, blank, graatmager, veertiger, blauwe ogen en zwart, glad achterovergekamd haar – kwam binnen en zei dat hij Vaughn onder vier ogen wilde spreken.

'Nu,' zei Harp.

Vaughn trok zijn wenkbrauwen veelbetekenend op naar Davis en liep achter Harp aan diens kantoor binnen.

De hoge pieten vielen hem zelden lastig en als ze het al deden, liet hij zich nooit gek maken. Hij was niet uit op promotie. De baan die hij wilde hebben, had hij al. Het enige waarmee ze hem konden raken, was ontslag, en dat lieten ze wel uit hun hoofd. Vaughn wist bijna al zijn zaken op te lossen.

Harp zat al achter zijn bureau toen Vaughn binnenkwam. Vaughn nam plaats op het strafbankje, een stoel met een harde zitting voor Harps bureau. Hij zette zijn hoed af, legde hem op zijn schoot en wachtte af.

'Waar ben je geweest, rechercheur?'

'Ik ben met mijn zaak bezig geweest. De moord op Odum.'

'De verdachte heet Robert Lee Jones, klopt dat?'

Vaughn knikte. 'Op straat noemen ze hem Red. We moeten hem alleen nog zien te pakken. Charles Davis gaat bij een vrouw posten, die ons naar Alfonzo Jefferson zal brengen. Dat is Jones' handlanger. We zitten hem op de hielen.'

'Ik heb geprobeerd contact met je te krijgen. Had je vandaag je eigen auto mee?'

'Ik voel me prettiger in mijn eigen auto, meneer.'

'Die heeft toch een mobilofoon?'

'Ja, meneer,' zei Vaughn. 'Maar soms vergeet ik hem aan te zetten.' De waarheid was dat hij geen trek had in het constante gekraak van de radio terwijl hij aan het werk was. Meestal had het geklets niets met hem te maken.

Harp trok een potlood uit een leren houder en tikte ermee op zijn bureau. 'Die Red van jou en zijn maat hebben Sylvester Ward in zijn eigen huis beroofd. Is vanmorgen gebeurd. Wist je dat al?'

'Dat hoor ik nu pas,' zei Vaughn. Hij was nieuwsgierig maar probeerde neutraal te blijven kijken.

'Weet jij wie Ward is?'

'Ik denk dat we het over Two-Tone Ward hebben. De lottoman.'

'Klopt. Hij heeft onmiddellijk aangifte gedaan. Maar niet bij de MPD. Hij heeft met een bevriend raadslid gebeld. En met de burgemeester, voor zover ik weet. En vervolgens kreeg ík telefoontjes. Meer dan één. Om precies te zijn heb ik de hele dag politici achter m'n reet aan gehad. Ze willen weten wanneer we die joker van straat gaan halen.'

'Het spijt me dat u daar last van hebt ondervonden, meneer. Als u wilt dat ik de voortgang van mijn onderzoek aan een van die heren ga uitleggen...'

'Ze kunnen verrékken.'

'Ja, meneer.' Vaughn streek met zijn vinger langs de rand van zijn hoed. 'Het is ongebruikelijk dat iemand als Ward de autoriteiten belt, ook al is hij in dit geval slachtoffer. Ik bedoel, die lui hebben een code.'

'Die code is nu verbroken. Red en zijn maat hebben Ward als een beest afgetuigd voordat ze weggingen. Voor zover ik weet heeft Ward zich niet eens verzet.'

'Net iets voor Red.'

'Wat mankeert die vent?'

'Red Jones kijkt niet uit naar zijn pensioen of zijn oude dag, inspecteur. Hij wil deze zomer vlammen. Leeft van dag tot dag. Iedereen in de stad heeft het over hem. Die bekendheid werkt als olie op zijn vuur. Daar is hij op uit.'

Harp stak het potlood terug in de houder. Hij ontspande zijn schouders en leunde achterover in zijn stoel. 'Zorg dat je die motherfucker te pakken krijgt.'

'Daar kunt u van op aan,' zei Vaughn.

'En zet je radio aan, rechercheur Vaughn.'

Terwijl hij het gebouw uit liep, stak Vaughn zijn hand in zijn zak en voelde een stukje papier. Het was de boodschap van Martina Lewis.

16

Strange stond in het trapportaal van een flatgebouw aan 15th Street, tegenover het Malcolm X Park. Hij stond op het punt om op de deur voor hem te kloppen. Hij aarzelde, omdat hij zich nog kon bedenken en de trap weer af kon. Omdat hij wist dat hij hier verkeerd aan deed. Er waren heel wat manieren waarop een jonge vent zijn relatie met een goede vrouw kon versjteren, en dit was de meest onbezonnen van allemaal. Maar hij was hier nu eenmaal en hij was hier bewust en met voorbedachten rade heen gereden. Later, als het hem voor de voeten werd geworpen, zou hij met excuses komen, maar die waren er niet echt, geen geldige excuses in elk geval. Hij wilde wat hij wilde. Sinds die vrouw met haar deinende heupen zijn kantoor was komen binnenwandelen, had hij aan haar zitten denken.

Strange dacht terug aan die dag dat hij in de Three-Star Diner zat toen zijn vader Darius nog leefde en daar achter de grill stond. Hij had de blik van verstandhouding gezien tussen zijn vader en Ella, de serveerster die daar al jaren werkte. Hij had de vertrouwdheid tussen hen gezien, die op intimiteit en misschien zelfs liefde wees. Hij had altijd gedacht dat zijn vader en moeder een onverbrekelijk, heilig verbond met elkaar hadden gesloten. Het besef dat zijn vader haar bedrogen had, en dat misschien al jarenlang deed, was hartverscheurend voor hem. Maar daardoor was zijn vader voor hem niet van zijn voetstuk gevallen.

Ook al hield hij nog zoveel van zijn moeder, Strange kon het niet over zijn hart verkrijgen gerechtvaardigde woede te voelen of zijn vader te haten vanwege zijn overspeligheid. Natuurlijk was hij teleurgesteld geweest. Maar tegelijkertijd begreep hij het ook. Net als alle stervelingen was zijn vader een zondaar, een feilbaar mens. Het vlees was zwak.

Ik ben net als mijn vader, dacht Strange, terwijl hij bij Maybelline Walker aanklopte. Niet beter dan welke andere man ook. Gewoon een man.

Vaughn kocht een kaartje aan het loket van de Lincoln en liep door de lobby naar de filmzaal. De voorstelling van halfzes stond op het punt te beginnen. *Buck and the Preacher* was geprolongeerd, maar eerst vertoonden ze een aantal trailers van films die op dit moment in andere District Theaters draaiden: een keten van bioscopen die films voor een zwart publiek in zwarte wijken inkochten. Vaughns ogen moesten even aan het duister wennen en hij keek naar de trailer voor *The Legend of Nigger Charley*, die op dit moment in de Booker T draaide. *Hoe de geschiedenis van de verovering van het Wilde Westen herschreven werd*, dacht Vaughn, terwijl hij Martina ergens in het midden zag zitten en op de stoel naast hem plaatsnam.

'Ik heb net je boodschap gekregen, schat,' zei Vaughn, en hij boog zich naar hem toe, zodat hij zacht kon praten en toch verstaanbaar was.

'Je bent toch niet gevolgd, hè?' Martina droeg een jurk en hoge hakken, en had rode lippenstift op.

'Nee. Gaat het soms over Red Jones? Want ik weet al van die overval op Sylvester Ward.'

'Daarom heb ik je niet gebeld.'

'Ik moet Red zien te vinden. Als je me kunt zeggen waar hij zit, dan maak ik het goed met je.'

'Geld,' zei Martina met een hese stem, en hij maakte een laatdunkend gebaartje met zijn hand. 'Aan geld heb ik niets, tenzij je er een heleból van hebt.'

'Wat is er loos?'

In het licht dat van het doek af straalde zag Martina's gezicht er hoekig, mannelijk en zorgelijk uit.

'Vertel op,' zei Vaughn.

'Vanmorgen kwam Clarence Bowman, een huurmoordenaar, naar die diner waar we vaak komen. Hij heeft met Gina Marie zitten praten.'

'Ik ken Gina.'

'Veel mannen kennen Gina. Gina moest van hem een vrouw bellen en vragen hoe laat haar man vanavond thuiskwam. Ik kreeg de indruk dat Bowman een karweitje moest doen.'

'Welke man?'

Een openbaar aanklager. Coch-nog wat.'

'Cochnar?'

'Ja, zo heette hij.'

Vaughn omvatte Martina's onderarm in een stalen greep. 'Hoe ziet die Bowman eruit?'

'Lang, donker en kortgeknipt haar. Net als die acteur die vroeger atleet is geweest.'

Vaughn keek naar het doek, zag Fred Williamson en zei: 'Die daar?'

'Neuh, een van die olympische gasten.'

'Ik moet weg.'

'Wacht nog heel even, Frank.'

'We regelen het later wel.'

'Daar gaat het niet om,' zei Martina, die hem recht in de ogen keek. 'Ik ben bang.'

'Nog even volhouden,' zei Vaughn. 'Ik zoek naar een oplossing. Het komt goed.'

Hij stond abrupt op en rende over het gangpad naar boven. Martina keek schichtig om zich heen om te zien of iemand hen in de gaten had gehouden of hun gesprek had gehoord. Hij hoopte dat niemand hen had gezien, maar hij was er niet gerust op en liet zich helemaal onderuitzakken in zijn stoel.

Derek Strange zat in een grote zachte leunstoel in de zitkamer van Maybelline Walkers woning, en de laatste zonnestralen van die dag schenen door het op het westen gelegen raam naar binnen. Maybelline zat op een bijpassende bank zo dicht bij hem dat haar blote knie bijna de zijne raakte. Ze droeg de jurk zonder schouderbandjes en had haar schoenen uitgedaan. Haar grote afrokapsel deinde lichtjes op en neer in het windje van de staande ventilator. Het was warm, om niet te zeggen heet in haar huis. Ze dronken allebei een Miller High Life uit een flesje. Zweetparels hadden zich op Maybellines voorhoofd en decolleté gevormd, waar de zwelling van haar borsten zichtbaar was. Strange rook haar zweet en de zoete aardbeiengeur die hij zich herinnerde van de keer dat ze in zijn kantoor was geweest.

Maybelline draaide *Be Altitude: Respect Yourself* van de Staple Singers op haar compact stereo, hun nieuwe album op het Stax-label, en Mavis zong uit volle borst 'This Old Town (People in This Town)', het laatste nummer op kant 1.

Strange en Maybelline waren diep in gesprek. Voor haar was het een bekentenis geworden. Ze beweerde dat het goed voelde om het allemaal te kunnen vertellen. Nu het hek eenmaal van de dam was, liet Maybelline haar geaffecteerde accent varen.

'Hallie Young belde me vlak nadat jij haar gebeld had,' zei Maybelline terwijl ze Strange een giftige blik toewierp, 'en ze vroeg me om referenties.'

'Dat was inderdaad wel een beetje stom van me,' zei Strange. 'En bij de Rosens heb ik het helemaal verpest. Ik zei dat ik op zoek was naar een leraar voor mijn tienjarige dochter.'

'Op jouw voorhoofd staat niet "toegewijde vader" geschreven. Of "echtgenoot".'

'Ik ben te jong,' zei Strange. 'Ik laat me door niemand in een huwelijk vastpinnen. Nog niet.'

Ze namen allebei een slok van hun bier.

'Hoe ben je aan die ring gekomen?' vroeg Strange.

Maybelline veegde wat schuim van haar volle lippen. 'Dayna Rosen liet me vaak alleen thuis met haar zoon, soms wel twee uur achter elkaar.'

'Ze kende je amper.'

'Derek, ze kende me helemáál niet. Maar blanke types als zij leggen dat "ik voel met jullie mee" er veel te dik bovenop. Ze doen zo ontzettend hun best om het goed te doen. Zo van: kijk mij eens, ik heb een zwarte in huis en ik vertrouw haar genoeg om haar *met mijn kind* daar achter te laten terwijl ik in de stad boodschappen ga doen. Als ik een kind had zou ik het nooit bij een vreemde achterlaten. Jij wel?'

'We hebben al vastgesteld dat ik geen kind heb, dus daar kan ik geen antwoord op geven.'

'Dayna zei steeds maar *girl* en *sister* tegen me, je kent het wel. Sodemieter op, ik wás haar zuster helemaal niet.'

Strange probeerde haar bij het onderwerp te houden en zei: 'Terug naar de ring.'

'Dayna had hem een keer laten zien en daarna zag ik hem op een dag in haar sieradenkistje liggen toen ze de deur uit was en ik Zachary nergens kon vinden. Ik moest altijd naar hem op zoek. Dat joch kon geen seconde stilzitten om zijn sommen te maken.'

'Als je zes bent, word je ook niet geacht stil te zitten.'

'Ik heb die ring niet gestolen,' zei Maybelline.

'Weet ik,' zei Strange. 'Dat heeft Bobby Odum gedaan.'

Maybellines blik gleed naar het bierflesje in haar hand. 'Ik had Bobby leren kennen. Ik ging vaak een broodje vis bij Cobb's halen en als hij me binnen zag komen kwam Bobby altijd de keuken uit lopen. We zijn een keer iets gaan drinken en toen heeft hij me zijn levensverhaal verteld...'

'Odum was onder andere geveltoerist. Jij hebt hem tot die inbraak aangezet, toch?'

'Ja,' zei ze, en ze wendde opeens haar gezicht af als een actrice in een stomme film. 'Hij bood aan om hem voor me te stelen toen ik hem over de ring had verteld.'

'Waarom zou hij dat doen?'

'Ik hoefde het niet met hem te doen, als je dat soms bedoelt.'

'Cobb zei dat hij jullie in de steeg achter zijn winkel heeft zien zoenen.'

'Zoenen is nog geen neuken.'

'Het kan hetzelfde effect hebben.'

'Ik voel me niet te goed om me door een man te laten zoenen als ik daarmee kan krijgen wat ik wil.'

'Dus je bent niet met hem naar bed geweest?'

'Alsjeblieft zeg,' zei Maybelline. 'Zie ik eruit als het soort vrouw dat door Bobby Odum bevredigd zou kunnen worden?'

'Ik kan het hem niet kwalijk nemen dat hij het geprobeerd heeft. Hij was per slot van rekening een man.'

'Als man stelde hij niet veel voor.'

Strange keek haar vorsend aan. 'De Rosens hebben jou in feite geholpen door je in dienst te nemen. Voelde je geen enkele... hoe zal ik het zeggen... wroeging?'

'Niet echt. Dayna had niks betaald voor die ring. Die dag dat ze hem droeg zei ze zelf dat hij van haar grootmoeder was geweest, dat ze hem geërfd had.'

'Wat hebben Dayna en haar man gedaan toen ze erachter kwamen dat hij gestolen was?'

'Ze hebben de politie gebeld,' zei Maybelline schouderophalend. 'De avond dat Bobby hem gestolen heeft, waren ze uit eten en zat het huis op slot. Als ze al vermoedden dat ik er iets mee te maken had, dan hebben ze dat in elk geval voor zichzelf gehouden. Ik denk dat ze het niet zagen zitten om een zoveelste jonge zwarte vrouw in de problemen te brengen. Ik zweer het je, soms had ik het gevoel dat ik dat mens een klap in haar gezicht had kunnen geven en dat ze zich dan tegenover míj had verontschuldigd.'

Strange dacht terug aan het gesprek met Dayna Rosen. Ze had verteld dat ze tegen Maybelline hadden gezegd dat ze niet meer van haar diensten gebruik hoefden te maken omdat Zach al genoeg vorderingen had gemaakt en haar taak erop zat. Ze had Maybelline nooit ergens van beschuldigd en had haar in zekere zin zelfs verdedigd. Strange had het idee dat de Rosens fatsoenlijke mensen waren, maar wel heel naïef. Maybelline had hun vriendelijkheid voor domheid aangezien.

'En de politie?' vroeg Strange.

'De politie heeft me niet eens verhoord. Je weet toch dat ze nooit iets aan inbraken doen?'

Het nummer was afgelopen. Maybelline zette haar bierflesje op een glazen bijzettafel en liep naar haar stereo-installatie. Ze pakte de lp van de draaitafel, stopte hem in zijn hoes, pakte een single en drukte een plastic adapter op zijn plaats in het rondje. Ze legde het singletje op de draaitafel en zette de hendel aan de zijkant van de draaitafel op PLAY. Luther Ingram zong zijn nieuwste hit, '(If Loving You Is Wrong) I don't Want to Be Right'. Onder andere omstandigheden zou Strange daar in gedachten aan toegevoegd hebben: Koko 2111. Dat zou hij ook gedaan hebben als hij niet zoveel oog had gehad voor Maybellines voluptueuze lichaam, dat bijna uit haar jurk barstte.

'Koop jij nog steeds singles?' vroeg Strange.

'Dat was het enige wat ze in de platenwinkel hadden,' zei Maybelline, terwijl ze terugliep naar de bank en helemaal aan de zijkant ging zitten. Ze klopte op het lege kussen naast haar. 'Waarom zit je zo ver weg?'

'O, is dat zo?'

'Je had me ook kunnen bellen,' zei ze. 'Ik weet heus wel dat je niet hiernaartoe gekomen bent om me persoonlijk op de hoogte te houden.'

'Hoe weet jij waarom ik hierheen gekomen ben? Kun je soms gedachtelezen?'

'Derek, volgens mij ben je bang.'

Touwtrekken met woorden, dacht Strange. En: logisch dat een wiskundelerares dat allemaal al had uitgedokterd. Die vrouw is een en al berekening.

Hij vond Maybelline Walker niet eens aardig. Maar toch kwam hij naast haar op de bank zitten.

'Dat is beter,' zei ze.

Ze pakte zijn hand.

'Ga je die ring nog steeds voor me vinden?'

'Als ik een klus aanneem,' zei Strange, 'dan maak ik hem ook af.'

Ze legde zijn hand op haar borst. Strange liet zijn vingers onder de stof van haar jurk glijden en omvatte haar linkerborst. Hij streelde haar tepel, kneep er even in en voelde hem hard worden. Ze duwde haar lichaam tegen het zijne en ze zoenden elkaar. Haar huid voelde warm aan onder zijn handen; hun tongen dansten om elkaar heen en hij kreeg een stijve. Ze deed haar benen van elkaar en zijn hand gleed ertussen – ze droeg geen slipje. Ze kreunde toen hij haar plekje vond en haar gladde spleet streelde.

'Godverdómme,' zei ze.

'Wat?'

'Toe nou!'

Even snel als hij opgewonden was geraakt, verdween Strange' begeerte weer. Hij ging rechtop zitten. Het gezicht van Carmen was voor zijn geestesoog verschenen, maar het was niet alleen zijn geweten dat als een koude douche werkte. Hij was haar al eerder ontrouw geweest, en omdat dat in zijn aard zat, zou hij haar waarschijnlijk opnieuw ontrouw worden. Maar vandaag niet.

Strange kwam langzaam overeind. Hij streek zijn overhemd glad en legde zijn handel recht.

'Wat mankeert jou, verdomme?' vroeg Maybelline.

'Je praat te veel,' zei Strange.

Coco Watkins, Red Jones en Alfonzo Jefferson zaten in comfortabele stoelen rond een houten kabelhaspel in de zitkamer van Jeffersons huis in Burrville. Ze dronken bier uit doorzichtige flesjes met een lange hals en lieten een dikke joint rondgaan. Met zijn aandeel van het geld dat ze van Sylvester Ward hadden gepikt, had Jefferson een zak Colombiaanse marihuana gekocht. Uit de stereo klonk 'Walk from Regio's', een instrumentaal nummer van de soundtrack van *Shaft*, en Jeffersons hoofd bewoog mee op de groovy intro van bas, keyboard en blazers.

'Dit is echt te gek,' zei Jefferson. Zijn gebreide pet stond scheef op zijn hoofd en zijn ogen waren bloeddoorlopen. 'Jullie weten toch dat Isaac hier vanavond optreedt, hè?'

'Wij hebben al plannen,' zei Coco en ze wierp Jefferson een geërgerde blik toe.

'Weet ik,' zei Jefferson met een meewarige glimlach naar Jones. 'Donny en Roberta. Klinkt als een echt huiselijk feestje. Maar je kunt niet dansen op die ellende. Die shit heeft geen backbeat.'

Jones nam een trek van de joint, daarna nog een, en gaf hem toen door aan Jefferson. Toen hij weer iets zei, kwam er tegelijk met zijn woorden rook uit zijn mond. 'Wat heeft je vriendin precies gezegd?'

'Monique? Ze zei dat Vaughn langskwam op zoek naar mijn Buick. De auto staat op haar naam.'

'Ward heeft ons verlinkt. Niet te geloven.'

'Die lui hebben geen eergevoel meer.' Jefferson inspecteerde de brandende wiet, losjes gerold met Top-vloeitjes, en nam een gulzige haal.

'Waar staat die bak van jou nou?' vroeg Jones.

'Achter in mijn tuin. Vanaf de straat kun je hem niet zien.'

'Als ze de steeg in lopen wel.'

Jefferson legde zijn hand op de gehavende .38 die op de haspeltafel lag. Op de loop stond DIENSTWAPEN gedrukt en dat beviel hem wel. Hij raakte de greep even aan, waar zwarte isolatietape omheen gewikkeld was. 'Als iemand die steeg in loopt en die bak van mij daar ziet staan, dan is het einde verhaal. Dan doet het er toch niet meer toe.'

'Hoe dicht zit die Hound Dog ons op de hielen, denk je?'

Jefferson haalde zijn schouders op. 'Hij noemde onze namen tegen Monique.'

'Die gozer weet wel van volhouden,' zei Jones vol bewondering. Hij maakte zich geen zorgen. Integendeel, zijn bloed begon er aangenaam van te stromen. 'Ik zou maar niet de deur uit gaan als ik jou was.'

'Jij gaat anders wel weg.'

'Ik moet met Long Nose afrekenen.'

'Én we gaan vanavond uit,' zei Coco.

'Weet je dan waar die Roland uithangt?' vroeg Jefferson.

'In de Soul House,' zei Jones. 'Volgens jou.'

'Als hij niet meer in het ziekenhuis ligt, dan ga je hem zeker daar vinden.'

'Maar jij blijft dus thuis,' zei Jones gevat.

'Monique komt hierheen,' zei Jefferson met een idiote grijns op zijn gezicht. 'Een intiem bezoekje afleggen.'

'En als ze nou gevolgd wordt?'

'Ik ben niet achterlijk,' zei Jefferson, en hij glimlachte stompzinnig, terwijl zijn ogen wegdraaiden. 'En Nique ook niet. Die gaat nergens heen, tenzij het veilig is.'

Ze rookten de joint helemaal op en dronken hun flesje bier leeg. Jones stond snel op uit zijn stoel. Zijn nieuwe Rolex was langs zijn onderarm naar boven geschoven en hij schudde ermee, zodat hij weer om zijn pols kwam te hangen.

'We gaan ervandoor, meisie,' zei hij, en hij strekte zich in zijn volle lengte uit. Hij droeg die avond een cognackleurige soulbroek, schoenen met een zeven centimeter hoge plateauzool en een nylon overhemd met print, dat van boven openstond, zodat zijn gespierde borstkas zichtbaar was. Coco, al net zo cool en koninklijk ogend, kwam naast hem staan.

'Neem je mijn kar?' zei Jefferson.

'Die Buick is te link,' zei Jones. 'We zitten goed in Coco's bak.'

Jefferson vond het nummer 'No Name Bar' goed, dat met al die blaasinstrumenten op een van de andere kanten van Isaacs dubbelalbum. Terwijl Jones en Coco naar buiten liepen, vond hij het vinyl waarnaar hij op zoek was en zette het op.

17

Roland Williams zat op een kruk aan de roestvrijstalen bar van de Soul House in 14th Street, waar hij geregeld kwam. Er waren niet veel klanten, maar dat was meestal zo. Het was een donkere ruimte met kale wanden waar mannelijke bezoekers in de meerderheid waren, en meestal was het er niet druk. Het hippe volk kwam er niet – eerder stadsbewoners die hun alcoholinname en gesprekken graag simpel hielden. De jukebox speelde nummers van muzikanten als Big Maybelle, Carl 'Soul Dog' Marshall, Johnny Adams en andere artiesten met die typisch zuidelijke sound.

De Soul House mocht niet worden verward met het afhaalrestaurant House of Soul in dezelfde straat, in het blok met huisnummers vanaf 2500, maar dat gebeurde vaak wel, en daarom noemden de meesten deze tent gewoon de House. Williams beschouwde het café als zijn avondhonk. Op dit moment werd er een mooi, bitter nummer van Ollie and the Nightingales gedraaid: 'Just a Little Overcome', en de stem van Tommy Tate daverde door de ruimte.

Williams dronk Johnnie Walker Red, met ijs. Op dat moment was hij alleen.

Hij voelde zich ellendig, maar niet gedeprimeerd. In het ziekenhuis had hij methadon gekregen en ze hadden hem een recept meegegeven, maar methadon was nu eenmaal geen heroïne of zelfs maar morfine. Met andere woorden: hij kreeg er niet dezelfde kick van. Hij zou het ermee moeten doen tot hij wat geld bij elkaar had en iets kon scoren, zijn oude leventje weer kon oppakken, en zijn verslaving. Het sprak vanzelf dat hij zijn drugsgebruik niet als een verslaving zag, omdat hij het altijd onder controle had gehad. Hij had natuurlijk gelogen tegen die rechercheur toen hij zei dat hij zijn oude leventje vaarwel had gezegd, maar dat deed je nou eenmaal als je met de politie te maken kreeg: je loog en je ontkende. Hij deed goeie zaken en hij was niet van plan dat op te geven en iets anders te zoeken. Wat zou hij in godsnaam moeten doen?

Wat hij wel vaarwel wilde zeggen was het geweld en de pijn. Hij had Red Jones geen grote bek moeten geven. Hij besefte dat hij daarmee een fout had gemaakt, en de kogel die dwars door hem heen was gegaan was een stevige waarschuwing geweest die hem fataal had kunnen worden – hij had zijn lesje wel geleerd. Maar dat die blanke smeerlap uit het noorden hem in het ziekenhuis zo ontzettend veel pijn had gedaan, daar kon hij niks aan doen, en die gruwelijke pijn was nu nog slechts een herinnering. Die Italianen gingen weer terug naar New Jersey of waar ze ook vandaan kwamen en Red... Nou ja, die zou binnenkort vastzitten of op straat doodgeschoten worden, want zo eindigde het altijd voor types als hij – er was geen derde optie. En hij, Roland Williams, kon zijn zaken weer opstarten en rust in de tent hebben.

'Nog eentje,' zei hij tegen Gerard, de barkeeper, een man met brede schouders en zo'n flinterdun snorretje dat het bijna van zijn gezicht af viel.

'Van het huis,' zei Gerard, terwijl hij de fles met het rode label van het midden van de plank pakte en gul inschonk in een schoon glas waar hij al ijsblokjes in had gedaan.

Williams stond nu bekend als de man die door Jones was neergeschoten en het nog kon navertellen. 'Red Fury heeft Long Nose lood in z'n lijf gepompt,' had hij een gast vol bewondering horen zeggen, en voor één keer had Williams geen moeite met zijn bijnaam. Dat soort roem was wel een drankje van het huis waard. Hij was beslist niet van plan om dat af te slaan.

Gerard zette het drankje voor hem neer en haalde het lege glas weg. Een vrouw die Othella heette liep achter Williams langs en liet in het voorbijgaan haar hand over zijn rug glijden. Ze droeg een vanille-ijskleurige strakke broek en een felblauwe bloes.

'Hé, Roland,' zei ze op zangerige toon.

'Waar ga je heen, wijfie?'

Othella bleef staan en wees met een vinger waar een lange rode nagel aan zat naar de zwaargebouwde man die op een kruk bij de buitendeur zat. 'Ik moet even iets tegen Antoine zeggen.'

'Is Antoine je vent?'

'Nee!'

'Kom dan even bij me zitten als je klaar bent.'

'Zo meteen,' zei ze.

Roland Williams, helemaal op zijn gemak daar en blij dat hij weer thuis was, nam een slok whisky. Hij deed zijn ogen dicht en liet de drank naar zijn hoofd stijgen.

Clarence Bowman parkeerde zijn Cougar op de hoek van 13th en Otis Street, in Noordoost, vlak bij het Fort Bunker Hill Park. Hij pakte zijn wapens, stopte de .38 in de zak van zijn zwarte sportjack en propte de .22 achter in zijn broeksband. Daarna liep hij in zuidelijke richting naar Newton Street.

In de wijk Brookland woonden zowel blanken als zwarten, afkomstig uit de arbeidersklasse en de middenklasse, en ze werkten op de vlakbij gelegen Catholic University, op het postkantoor, in de dienstverlenende sector, of als ambtenaar in het centrum van de stad. Bowman, een zwarte man in keurige, onopvallende kleren, viel daar niet op.

In Newton Street liep hij op het huis van de familie Cochnar af, een in Hollandse koloniale stijl opgetrokken pand met houten gevels, dat op een heuveltje was gelegen. De groene Maverick van Ritk Cochnar stond voor het huis geparkeerd. De jonge openbaar aanklager was thuis.

Bowman keek om zich heen. Het schemeruur was al voorbij en de avond was gevallen.

Het was handiger geweest als hij Cochnar bij het thuiskomen had gepakt. Bowman had recht op de auto af kunnen lopen en de man kunnen mollen nog voordat hij was uitgestapt. Maar zomaar op hem aflopen viel moeilijk te timen en het was niet veilig of slim om te lang in een woonwijk rond te hangen, ook al viel hij daar niet op.

Hij moest het anders aanpakken. Op het huis aflopen, naar binnen gaan en het snel afhandelen. Het was nog beter als hij hem naar buiten kon lokken. Waarschijnlijk was Cochnars vrouw ook thuis. Dat vond Bowman lastig. Hij was geen keiharde nietsontziende killer. Hij schakelde het doelwit uit, niet hun dierbaren. Hij had nog nooit een vrouw of een kind vermoord, en op zondag ging hij weleens naar de kerk. Er waren dingen die Clarence Bowman nooit zou doen.

Hij liep het betonnen trappetje op naar het huis van de familie Cochnar. Zo stond hij hoger en kon hij bij hen naar binnen kijken. Hij had een uitstekend zicht op de helder verlichte woonkamer. Op de begane grond liep een blonde vrouw met een goed figuur rond in een kamer met wat meubels erin en planken vol boeken. Het schuifraam waar hij doorheen keek stond wijd open; er stond ook ergens een televisie aan, hoorde hij. Bowman herkende het deuntje: de herkenningsmelodie van dat suffe programma dat telkens herhaald werd op Kanaal 5, *The Lawrence Welch Show*, of hoe het ook heette.

Terwijl hij daar stond, vroeg Bowman zich af waarom een jonge vrouw als zij naar zo'n flutprogramma keek. En als ze keek, waarom stond het geluid dan zo hard? Misschien was dat wijf doof. Maar als ze doof was, waarom had ze dan het geluid aanstaan?

De loop van een revolver werd achter zijn oor gedrukt.

'Hé, stuk stront,' zei een stem. 'Ik ben van de politie. Als je ook maar één andere beweging maakt dan je handen in de lucht steken, jaag ik er een door je harses. Zonder erbij na te denken. En dan slaap ik vannacht net zo lekker.'

Bowman stak zijn handen in de lucht.

'Anne!' De man die zijn wapen op hem gericht hield, schreeuwde naar het huis en het volgende moment werd de veranda fel verlicht. De vrouw die Bowman in de kamer had zien rondlopen kwam naar buiten, gevolgd door een mannelijke agent in uniform. Aan haar broeksband zat een politiepenning geklemd en in haar hand had ze een revolver. Terwijl ze het trapje af liep hield ze het wapen op zijn middenrif gericht.

'We hebben hem,' zei agent Anne Honn. De agent en zij hielden Bowman onder schot.

'Handen omhooghouden,' zei Vaughn, en hij stopte zijn .38 terug in de holster. 'Heel stil blijven staan.' Vaughn vond Bowmans wapens en bekeek ze bij het licht van de veranda. 'Weggevijlde serienummers. Dat gaat de officier van justitie leuk vinden.'

'Advocaat,' zei Bowman.

'Die zul je nodig hebben, vriend,' zei Vaughn. 'Leg je handen in je nek.'

Bowman dacht na over wie hem had verlinkt terwijl hij de boeien om zijn polsen voelde sluiten. Het kon niet die snol Gina Marie zijn geweest, want die zou haar eigen doodvonnis niet zomaar tekenen. Het moest die mannelijke hoer zijn geweest, die zichzelf Martina noemde en naast Gina had gezeten. Bowman moest Red inseinen.

'Meekomen,' zei Vaughn. Met de geüniformeerde agent aan zijn zijde pakte Vaughn Bowman ruw bij de arm en voerde hem naar een politieauto die om de hoek in de steeg stond geparkeerd. Agent Honn stopte Bowmans wapens in een zak voor bewijsmateriaal en liep terug naar het huis om nog even met Cochnar en zijn vrouw te praten, die veilig in hun slaapkamer op de eerste verdieping zaten.

'Jij bent Vaughn zeker?' zei Bowman, en voor het eerst keek hij de blanke man met zijn grote hoektanden eens goed aan.

'Rechercheur Vaughn.' Hij bestudeerde Bowmans gezicht. 'Verrek, je lijkt op die acteur die vroeger een beroemde atleet was... Woody Strode heet hij toch?'

Hij heet Rafer Johnson, dacht Bowman. Maar hij nam niet de moeite om de ander te corrigeren. Hij zou het verschil toch niet zien.

Coco Watkins parkeerde de Fury vlak voor de Soul House in 14th Street.

Red Jones zei: 'Laat de motor maar draaien.' Hij trok de wapens onder de zitting vandaan en deed er kogels in. Hij duwde zijn heupen naar voren en stopte de pistolen achter in zijn broeksband.

Coco zette de auto op de handrem. De 440 maakte een rommelend, sputterend geluid door de beide uitlaten. Coco keek naar de stoep, waar een man met een grijze baard op een klapstoeltje zat. In zijn hand hield hij een fles die in een bruine papieren zak was gewikkeld.

'Daar zit getuige één,' zei ze. 'Ga je die ook vermoorden?'

'Die ouwe lul kan me geen ruk schelen.'

'Misschien kunnen we beter wachten tot Williams ergens anders heen gaat.'

'Beter voor wie?'

'Voor jou. Voor je toekomst.'

'Ze zoeken me al voor moord.'

'Maar míj niet.'

'Je weet toch hoe die aanklagers werken? Ze gaan me maar één moord ten laste leggen. De moord waarvan ze denken dat de kans op veroordeling het grootst is.'

'Dus nu ga je ze laten kiezen?'

'Hoezo, ben je soms schijterig?'

'Dat ik bezorgd om je ben wil niet zeggen dat ik schijterig ben.'

Jones wierp zijn vriendin van opzij een blik toe. Hij zag haar afrokapsel, dat het dak van de Plymouth raakte, haar rode lippenstift, haar paarse oogschaduw, de mooie kleren die ze droeg. Coco zag er altijd goed uit als ze de deur uit ging. Ze was een hengst.

'Ik ga daar naar binnen,' zei Jones. 'Je kunt me hier achterlaten als je dat wilt. Dat zou ik begrijpen. En ik red het wel.'

'Denk je dat ik jou hier zou achterlaten?' Er was een omfloerste blik in haar ogen verschenen. Ze veegde de tranen voorzichtig weg met haar duimen, waarbij ze ervoor zorgde dat ze haar make-up niet ruïneerde.

Jones zag dat hij haar had beledigd. Hij boog zich opzij en kuste haar op de mond. 'Jij bent mijn alles, meisje.'

Hij stapte uit de Plymouth en deed het portier achter zich dicht. Hij verschoof de greep van de pistolen, zodat ze naar binnen wezen; nu kon hij zijn wapens trekken zoals hij al zo vaak voor de spiegel had geoefend. Overmoedig geworden stopte hij de punten van zijn nylon overhemd achter de grepen van de pistolen, zodat iedereen kon zien wat hij van plan was.

De man op het klapstoeltje bleef onverstoorbaar zitten met zijn fles in de hand en volgde Jones met zijn ogen, terwijl de lange man met grote passen over de stoep beende. Jones trok de deur van de Soul House open en stapte naar binnen.

De portier, een dikke man die Antoine heette, zag Jones met twee automatische pistolen in zijn broeksband in de deuropening om zich heen kijken. Antoine had al eens eerder met Jones te maken gehad.

'Je mag hier niet binnen met die guns,' zei Antoine zwakjes, en toen sloeg hij snel een andere toon aan. 'Wat ik bedoel is dat het eigenlijk niet kan.'

Jones gaf geen antwoord. In plaats daarvan keek hij rond in de schaars verlichte ruimte. Hij richtte zijn blik op de rug van een man die aan de bar zat. De man draaide zijn hoofd opzij om iets tegen het meisje naast hem te zeggen, waardoor zijn lelijke haakneus zichtbaar werd.

De jukebox speelde een oud soulnummer van een zwarte zanger

uit het zuiden. Jones hoorde het niet. Het liedje dat in zijn hoofd speelde was nieuw; het klonk als de soundtrack van de films die hij in de Republic, de Langston, de Senator en de Booker T had gezien. Het liedje in zijn hoofd had zo'n krasserige gitaarrif – *wakka-wak-ka-wákka-wak* – en een zangeres die niet zong, maar de tekst met zo'n hese fluisterstem uitsprak. En nu verscheen Red Jones op het doek; hij liep de barruimte door en de mensen begonnen te mompelen en maakten plaats voor hem. Vlak bij Williams stopte hij en ging achter hem staan. Jones hoorde de muziek en de tekst:

Red Fury, he's the man
Try and stop him if you can

en hij kruiste zijn armen, trok in één beweging zijn pistolen uit zijn broeksband en zei: 'Long Nose.' Toen Roland Williams zijn barkruk ronddraaide, verscheen er een blik van droevige berusting op zijn gezicht, en Jones vuurde met zijn beide pistolen. De Colts sprongen in zijn handen omhoog en het meisje naast Williams gilde toen de pistoolschoten door de ruimte daverden en ze Williams' bloed over zich heen kreeg. Williams, die verscheidene keren geraakt was, tuimelde van zijn kruk en viel morsdood op de grond.

Jones hoorde zijn oren tuiten. Een paar klanten hadden zich in de schaduw teruggetrokken en anderen hadden zich heel klein gemaakt, met hun armen om zich heen geslagen en hun kin tegen hun borst gedrukt. Othella, het meisje dat naast Williams had gezeten, bleef als verstijfd zitten; op haar vanillekleurige broek zat bij het kruis een donkere urineplek. Gerard, de barkeeper, had zonder dat hem dat gevraagd was zijn handen in de lucht gestoken, en ze trilden. Met de pistolen nog steeds in zijn handen draaide Jones zich om en liep weg. Antoine de portier zat niet meer op zijn plek en Gerard keek Jones door de kruitdamp na toen hij de deur openduwde en naar buiten liep.

Buiten op 14th Street stapte Jones in de Fury.

'Alles goed?' vroeg Coco.

'Top,' zei Jones. Zijn ogen glansden toen hij zijn vriendin aankeek. 'Ik heb een lied over mezelf gemaakt terwijl ik daar binnen was. Ik noem het mijn "Ballade over Red".'

'Je lult.'

'Ik moet het nog wat bijschaven. Maar ik heb een lied gemaakt, ja.'

Coco gaf gas en reed in noordelijke richting weg. De drinkebroer die voor de Soul House zat keek de rode Plymouth na. De dame achter het stuur met het enorme kapsel had geen rubber strepen op de weg achtergelaten. Hij kreeg niet de indruk dat ze ook maar enige haast had.

Die avond en de dagen en jaren erna zouden de man op de klapstoel en de klanten en het personeel in de bar het nog steeds hebben over wat er zojuist gebeurd was. De details zouden anders worden, de rol van de getuigen zou steeds groter worden en het verhaal zou uitgroeien tot een legende, aangedikt door drama, overdrijving en regelrechte verzinsels.

Red Jones had zijn mythe verdiend.

18

Het nieuws over de schietpartij in de Soul House verspreidde zich razendsnel en raakte al snel bekend op het politiebureau van het Derde District, waar Vaughn Clarence Bowman wegens overtreding van de vuurwapenwet geverbaliseerd had en in een politiecel had opgesloten. Die avond zaten de cellen vol omdat de bijstand net was uitgekeerd. Als er plotseling cash in de stad werd gepompt, leidde dat altijd tot een toename van alcohol- en drugsgebruik, wat op zijn beurt weer vandalisme en huiselijk geweld in de hand werkte.

Bowman deelde een cel met een groepje andere mannen, van wie sommigen zware overtredingen hadden begaan en zouden worden voorgeleid. Er was ook een alcoholist bij met grote zachte ogen die Henry Arrington heette en die wegens openbare dronkenschap was gearresteerd en de volgende dag weer zou worden vrijgelaten. Bowman pikte Arrington er onmiddellijk uit als de zwakke broeder in de kudde. Hij nam hem apart en had een gedempt, maar stevig gesprek met hem. Hij sprak langzaam, omdat Arrington niet helemaal helder in zijn hoofd was vanwege de drank. Hij vroeg hem van wie hij het meest hield op de hele wereld, en Arrington zei: van zijn grootmoeder. Daarna zei hij tegen Arrington dat hij zijn grootmoeder zou weten te vinden en haar zou vermoorden als Arrington niet precies deed wat Bowman hem opdroeg. Het maakte niet uit of Bowman de komende vijf, tien of twintig jaar gevangenzat. Als hij vrijkwam zou hij haar killen en daarna Arrington voor de lol koud maken. Natuurlijk vermoordde Bowman geen onschuldigen en hij schepte er geen genoegen in dit soort dreigementen te uiten, maar hij had het gevoel dat hij niet anders kon omdat hij in tijdnood zat.

'Dit is het telefoonnummer,' zei Bowman en hij liet het Arrington een paar keer herhalen.

Vaughn was alweer ontboden voor een gesprek met inspecteur David Harp in diens kantoor. Deze keer verliep de conversatie wat minder gemoedelijk dan de vorige keer. Harp was razend vanwege de hondsbrutale executie in de Soul House. Terwijl de inspecteur aan het woord was, stonden de aderen in zijn hals strakgespannen van woede. De boodschap was duidelijk: Red Jones zaaide dood en verderf in de stad, en het was Vaughns taak om daar een eind aan te maken. Zijn baan stond op het spel. Vaughn wist dat het een loos dreigement was, maar toch maakten die woorden hem kwaad.

Vaughn liep terug naar zijn bureau om een nieuw pakje L&M's te pakken voor hij naar de plaats delict op 14th Street ging. Vanuit de cellen hoorde hij Clarence Bowman opgefokt schreeuwen en wartaal uitslaan: 'Ik ben het niet! Ik ben mezelf niet vandaag! Ik heb pijn in mijn buik! Ik moet een grote boodschap doen! Ik zeg het je: ik moet schijten!'

Op weg naar de deur kwam Vaughn brigadier Bill Herbst, de brigadier van dienst, tegen.

'Wat is er met hém loos?' vroeg Vaughn.

'Het afgelopen kwartier heeft-ie de longen uit zijn zwarte lijf geschreeuwd,' zei Herbst schouderophalend.

'Sorry dat jij hem nou op je dak krijgt, Billy. Ik moet ervandoor.'

'We pakken hem wel aan, Hound Dog.'

Vaughn, die meestal onverstoorbaar bleef, maar nu zichtbaar van slag was, stak een sigaret aan en gooide de lucifer op de grond. De brigadier keek hem na.

In zijn cel liet Bowman zijn broek zakken, hurkte op de betonnen vloer neer en scheet die met veel lawaai helemaal onder. Wat hij daarna deed veroorzaakte een hoop commotie en maakte dat iedereen in actie kwam en dat zijn celgenoten de verste hoeken van de cel opzochten. Sommigen riepen tegen de cipier dat hij hen eruit moest halen en een doorgewinterde crimineel kotste zijn avondeten eruit. Bowman had namelijk een handvol poep gepakt en in zijn mond gestopt.

Bowman was niet gek. Hij dacht logisch na. Het was makkelijker om uit het St.-Elizabeth-ziekenhuis te ontsnappen dan uit het politiebureau.

Lou Fanella en Gino Gregorio hadden Coco Watkins' huis urenlang in de gaten gehouden. Moe en gefrustreerd reden ze terug naar het motel in Prince George's County, waar ze even een tukje deden en toen weer opstonden. Ze trokken een sportief nylon overhemd met print aan en een broek zonder riem, en reden naar een restaurant op Kenilworth Avenue waar ze Mexicaans eten serveerden.

'Het stinkt in deze tent,' zei Fanella hoofdschuddend terwijl hij de laatste hap van zijn enchilada doorslikte. 'Hoe heet dit stinkende krot ook alweer?'

'Mi Casa,' zei Gregorio.

'Mi Kaka zul je bedoelen.'

Gregorio merkte op dat Fanella's bord er net zo brandschoon uitzag als dat van een hond die zijn etensbak helemaal heeft uitgelikt, maar Fanella antwoordde dat hij er nu eenmaal voor betaald had. Hij zei ook dat Gino zijn kop moest houden.

Daarna stelde Fanella voor om op zoek te gaan naar een paar wijven. Hij was een man met zekere basisbehoeften.

Hij telefoneerde met hun maat, Thomas 'Zoot' Mazzetti, die vertelde waar ze voor een potje neuken terechtkonden. Fanella wilde niet te veel geld uitgeven; hij had geen trek in veel te dure escortgrietjes, en er viel trouwens geen lol te beleven met die verwaande wijven. Zoot zei dat er op het stuk tussen 14th Street en U Street nog wel straathoeren rondliepen.

'Ik wil geen apen,' zei Fanella.

'Geen zorgen, Lou,' zei Zoot. 'Daar lopen ook blanke kutjes rond.'

Fanella en Gregorio stapten in de Lincoln en reden naar het centrum. Toen ze in de buurt kwamen, zetten ze de Continental in 14th Street aan de kant en lieten de motor stationair draaien. Fanella liet zijn hand met een sigaret tussen zijn vingers op de rand van het opengedraaide raampje aan de bestuurderskant rusten en keek om zich heen.

Ze stonden in een wijk met in verval geraakte winkels en woonhuizen. Er liepen niet veel keurige burgers rond, maar er was wel volop reuring. Mensen die zich steels in de donkere deuropeningen van met luiken afgesloten winkels ophielden, heroïneverslaafden, dealers, hoeren, een vent die opzichtig gekleed ging in een paars pak met bijpassende hoed, de Halloween-versie van een pooier. Het viel hun ook op dat er ongebruikelijk veel politieauto's rondreden.

'We moeten hier niet te lang blijven hangen, Lou,' zei Gregorio.

'Relax, man,' zei Fanella. 'Daar komt al iets aan.'

Een zwart meisje, klein van stuk en zwaar opgemaakt, kwam op hun auto aflopen.

'Wil je vanavond een afspraakje, schatje?' zei ze, en ze legde haar hand op het dak van de Lincoln terwijl ze zich naar hem toe boog.

'We hebben speciale wensen.'

'Zijn jullie van de politie?'

'Nee.'

'En jullie willen zwarte meisjes?'

'Blanke,' zei Fanella, en hij stak twee vingers op. Hij nam een trek van zijn sigaret en blies de rook in haar gezicht.

'Wacht even,' zei het meisje nors.

Een paar minuten later kwamen twee jonge blanke meisjes van een jaar of achttien over de stoep aanlopen. De een droeg een korte broek en een shirtje met een laag uitgesneden hals en een glinsterende ster erop die strakgespannen stond over haar volle boezem. Ze had rossig blond haar. De ander was mager, had kleine borsten en bruin haar, en droeg een minirokje en een topje met een V-hals.

'Ik weet al welke jij wilt,' zei Fanella grijnzend. Gino hield van slank tot graatmager.

'En wat dan nog?'

'Ze ziet eruit als een jongen.'

De meisjes waren bij hun auto aangekomen. Geen van beiden waren ze ook maar in de verste verte knap, maar ze konden ermee door.

Het meisje met het vrouwenlichaam keek Fanella aan. 'Willen jullie een afspraakje?'

'Ja, en we zijn niet van de politie. Stap in.'

'Willen jullie geen kamer?'

'Ik kom niet in hoerenkasten. We hebben zelf een kamer. Daar gaan we heen en we bouwen een feestje.'

'Daar hebben mijn vriendin en ik geen tijd voor.'

'Ik betaal voor je tijd. Stap in.'

De meisjes deden de achterportieren open en stapten in. Fanella vroeg hoe ze heetten en degene die het woord deed zei dat ze April heette. De magere heette Cindy, zei ze.

'Ik heet Lou en hij heet Gino.'

'Heb je iets te drinken, Lou?'

'Sterkedrank en verder tonic en cola en zo, om mee te mixen.'

'Ik hou van rosé. Cindy ook.'

'Dan halen we een fles wijn.'

'En iets te roken voor erbij?' zei April.

'Wie denk je dat ik ben, Rockefeller?'

'Kom op, Lou, we gaan een feestje bouwen.'

Na enig onderhandelen kwamen ze een prijs overeen. April dirigeerde Fanella naar een in de buurt gelegen rijtjeshuis in T Street en zei dat hij de motor moest laten draaien terwijl zij naar binnen ging. Een paar minuten later kwam ze weer naar buiten met de gretige, blije blik van een cokeverslaafde die zojuist gescoord heeft.

Fanella reed naar het oosten terwijl Gregorio een radiozender zocht met muziek die April en Cindy leuk vonden. Er werd een radiohit gedraaid en telkens als het refrein langskwam zongen de meisjes mee.

'*Alone again...*' zong April.

'*... Naturally,*' zongen Cindy en April in koor, en ze moesten allebei lachen.

Het was irritant, maar Fanella zei niet dat ze ermee moesten kappen. Ze schenen lol te hebben en dat vond hij wel best. Per slot van rekening waren het nog maar kinderen.

Strange nam een douche, trok een broek met een bijpassend overhemd aan en haalde Carmen op in haar flat achter Barry Place, in de buurt van de sportvelden tegenover de Howard University. Carmen droeg een simpel mini-jurkje dat haar heel goed stond en had oorringen ingedaan. Haar make-up was bescheiden en precies goed. Ze ging op de passagiersplaats van de Monte Carlo zitten en ze gaven elkaar een zoen. Ze maakte zich van hem los en haar ogen werden iets donkerder terwijl ze zei: 'Je ruikt lekker.'

'Ik heb me speciaal voor jou grondig gewassen, meisje,' zei Strange, maar hij vond het zelf niet erg geloofwaardig klinken.

Hij vroeg of ze een zender op de radio wilde zoeken en ze stemde af op WOL. De zender draaide lichtvoetige nummers waar vrouwen graag naar luisterden als ze alleen waren en waar mannen en vrouwen graag naar luisterden als ze samen waren. 'Betcha by Golly, Wow' van de Stylistics, 'Lean on Me' van Bill Withers, '(Last Night) I Didn't Get to Sleep at All' van de 5th Dimensions. Het leek wel of de dj wist dat ze vanavond uitgingen. Het was een heerlijke, al bijna zomerse avond in DC. Strange reed met open ramen in westelijke richting en Carmen neuriede mee met de muziek, een tikkeltje afstandelijk misschien, maar wel tevreden zo te zien.

Strange reed naar het grote terrein achter 16th Street bij het Carter Barron en vond een plekje vlak bij het amfitheater dat tussen de bomen van Rock Creek Park lag. Carmen en hij liepen samen met de langzaam opschuivende menigte modieus geklede zwarte inwoners van Washington over een asfaltpad, langs het loket en door het draaihek, waar Strange zijn kaartjes toonde. Ze zochten hun plaatsen in het amfitheater onder een heldere sterrennacht. Het theater was tegen een helling gebouwd en zo ontworpen dat het geluid overal even goed te horen was, en het had maar een paar plaatsen die niet erg gewild waren. In Strange' ogen was er geen betere plek in de stad waar je in de openlucht naar muziek kon luisteren. Hij pakte Carmens hand.

Roberta Flack en Donny Hathaway hadden allebei aan Howard gestudeerd, en Flack had jarenlang in Clyde's Bar gezongen en zichzelf op de piano begeleid, waardoor ze lokale helden waren geworden. Vooral Flack kreeg een daverend applaus toen ze op het podium verscheen in de eerste van de diverse lange jurken die ze die avond zou dragen.

De voorstelling was een paar avonden achter elkaar uitverkocht. In het programma stond dat Flack en Hathaway die avond solo zouden optreden, maar ook samen zouden zingen. Iedereen verwachtte dat ze 'Where Is the Love' zouden uitvoeren, hun hitsingle op de R&B-hitparade, en toen ze losbarstten kregen ze een overweldigende respons van het veelkoppige publiek.

Eigenlijk had Strange niet zoveel met Roberta Flack. Ze was iets te soft naar zijn smaak, en hoewel hij dat nooit tegen Carmen zou zeggen, vond hij het eigenlijk muziek voor vrouwen. Toch liet hij zich meevoeren door haar performance. Ze had een uitstekende begeleidingsgroep achter zich, en de gitarist, Eric Gale, gaf een paar knappe licks ten beste. Strange had Hathaway in Ed Murphy's Supper Club zien spelen, waar hij vaak optrad, en Donny's debuutalbum *Everything Is Everything* rekende hij tot de klassiekers. Toen Hathaway voor zijn intro van 'The Ghetto' achter de piano plaatsnam, ging iedereen helemaal los.

Strange wachtte met angst en beven op het onvermijdelijke 'The First Time Ever I Saw Your Face'. Flack had het nummer in 1969 opgenomen, maar het werd pas een hit toen Eastwood het lied gebruikte in die film van hem over een onenightstand die verkeerd afliep. In Strange' ogen was het een van de meest waardeloze nummers die ooit in de hitparade terecht waren gekomen. Maar Carmen vond het prachtig, dus maakte Strange er in haar aanwezigheid nooit een denigrerende opmerking over. Flack was het lied op dit moment aan het zingen; ze zat achter de piano met een enkele spot op haar gericht. Op Carmens gezicht lag een verrukte, lyrische uitdrukking terwijl ze aandachtig luisterde.

Strange keek om zich heen naar het publiek. Hij draaide zijn hoofd om naar de achterste rijen en zag een licht getinte man met een roestkleurig afrokapsel dat alle kanten op stond, en de enorme bos haar van de lange, overdadig opgemaakte vrouw die naast hem zat.

Strange kon zich niet voorstellen dat iemand zo hondsbrutaal kon zijn. Maar hij vroeg het zich toch af.

Hij bracht zijn mond dicht bij Carmens oor. 'Ik moet even een telefoontje plegen.'

'Oké.'

Strange trok zijn portefeuille tevoorschijn en gaf Carmen een biljet van twintig dollar. 'Voor het geval ik niet terugkom...'

'Wat?'

'Om de taxi te betalen. Verderop staan taxi's. Ik zie je later wel bij jou thuis.'

'Kom op, Derek. Ga je me hier echt achterlaten?'

'Ik ben bezig met een zaak.'

'Maar vanavond niet.'

'Ik leg het later wel uit.'

'Je hebt nog wel meer uit te leggen,' zei ze.

Hij had geen tijd om over haar woorden na te denken. Hij negeerde de verwijtende blikken van de mensen die bij hen in de buurt zaten en wist zich langs hen heen te wringen. Hij liep de trap op tussen de rijen en wierp onwillekeurig weer een blik op Jones, die hem recht in de ogen keek. Die kerel had alle voorzichtigheid laten varen en kende geen enkele vrees.

Red Jones zat dat stomvervelende nummer uit dat hij op de radio had gehoord, toen een man met een grote snor zich omdraaide en hem vanaf de middelste rij in het theater aanstaarde. Daarna zag hij dat de man iets tegen zijn vriendin zei en toen opstond. Hij ving zijn blik terwijl de man de trap op liep. Hij had zware schouders en een brede borstkas, en zag eruit alsof hij bij de politie werkte.

Red Jones wendde zich tot Coco. 'Ik ruik smerissen.'

'Red, ik probeer naar Roberta te luisteren.'

'We gaan.'

'Dat meen je niet.'

'Zie ik eruit alsof ik het niet meen?'

Ze stonden op en namen alle tijd om de rij uit te komen. Ze verstoorden Flacks gevoelige vertolking en belemmerden een hoop mensen het zicht, maar niemand had het lef om er iets van te zeggen.

Bij de toiletten vond Strange een telefooncel. Hij draaide het nummer van het politiebureau van het Derde District, zei dat hij vroeger bij de politie had gewerkt en vroeg Vaughn te spreken. Toen de brigadier van dienst zei dat Vaughn er niet was, liet Strange een gedetailleerde boodschap achter met de suggestie om zoveel mogelijk beschikbare eenheden naar het amfitheater te sturen. Red Jones en Coco Watkins liepen op hun dooie gemak langs hem zonder hem ook maar een seconde aan te kijken. Strange zag geen ringen aan Coco's hand.

Terwijl ze door de draaihekken naar buiten liepen, bleef Jones even staan om een sigaret voor zichzelf en zijn vriendin op te steken. Strange kreeg de indruk dat het ze geen ene moer kon schelen of ze nou herkend werden of wat dan ook. Maar ze gingen wel weg en dat betekende dat ze wisten dat ze gesignaleerd waren.

Strange zag Jones en Watkins het asfaltpad verlaten en recht op het donkere bos aflopen.

Hij legde de hoorn op de haak. Bij de ingang stonden een paar beveiligingsbeambten te praten en een sigaret te roken. Hij liep langs hen heen naar buiten en begon te rennen toen hij bij het terrein aankwam waar zijn MC onder een lantaarn stond geparkeerd.

19

De plaats delict was al afgezet toen Vaughn bij de Soul House aankwam. Politieagenten in uniform wisten de getuigen te kalmeren en daar te houden terwijl de technici rond het lichaam van Roland Williams aan het werk waren. Een paar klanten en de barkeeper konden de moordenaar tot in detail beschrijven en de portier, Antoine Evans, wist zelfs hoe hij heette.

'Weet je zeker dat het Jones was?' vroeg Vaughn.

'Zeker weten. Een paar weken geleden heeft Red ons beroofd toen we een potje zaten te kaarten.'

'Zaten jullie te pokeren?'

'We speelden *tonk*. Maar wel voor geld.'

'Waar was dat?'

'In de Bottleclub, hier om de hoek.'

'Ben je bereid te getuigen, Antoine?'

Antoine Evans knikte. 'Red had Roland niet zo hoeven afslachten.'

Vaughn liep naar de man met de grijze baard die voor de ingang van de club nog steeds op zijn klapstoeltje zat, en vroeg of hij iets gezien had.

'Na de pistoolschoten kwam er een lange, lichtgekleurde man naar buiten lopen en stapte weer in de Fury waarmee hij gekomen was.'

'Wat voor kleur had de auto?'

'Rood-met-witte coupé,' zei de man, en hij sprak het uit als koepéé met een langgerekte klinker. 'Aan de uitlaten te horen, was het een GT.'

'Kun je de bestuurder beschrijven?'

'Sterker nog: ik kan je vertellen hoe ze heet. Het staat op de nummerplaat. Coco heet ze. Ze heeft een hoerenkast hier in 14th Street.'

Vaughn had alles op een rijtje voor de openbaar aanklagers: verifieerbare details en ooggetuigen die bereid waren te praten en zelfs te getuigen. Nu moest hij alleen nog tot arrestatie overgaan.

Een politieagent kwam op Vaughn aflopen. 'Er is net een bericht over de radio voor u binnengekomen. Een burger heeft Robert Lee Jones in het Carter Barron gezien. We hebben er al wagens naartoe gestuurd...'

Vaughn was al weg naar zijn Monaco, die dubbel geparkeerd stond.

Strange vermoedde dat Jones en Watkins de Fury in de buurt van Crestwood, dat aan Rock Creek Park grensde, hadden laten staan in de terechte veronderstelling dat het te link was om de Plymouth op het grote parkeerterrein te zetten. Via het bos kwamen ze uit op Colorado Avenue, waar een hoop andere woonstraten op uitkwamen. In een van die straten hadden ze de auto geparkeerd.

Strange stapte in de Monte Carlo en startte. Rijdend over het parkeerterrein zag hij ter hoogte van de tennisvelden twee patrouillewagens in tegengestelde rijrichting naast elkaar staan om met elkaar te kunnen overleggen, maar hij besloot geen hulp te zoeken, omdat hij vermoedde dat daar geen tijd voor was.

Hij reed het terrein af en sloeg op Colorado rechts af. Hij wist dat het daar uiteindelijk doodliep en hij was er bijna zeker van dat Red Jones dat ook wist. Hij zou zich nooit klem laten rijden, en dat betekende dat Jones en Watkins hun bak verder naar het zuiden in Crestwood hadden neergezet. Op 17th Street sloeg hij links af en reed heuvelafwaarts, en toen hij het kruispunt met Blagden Avenue naderde, zag hij de rode Plymouth, die zich keurig aan de snelheid hield, op Blagden in oostelijke richting rijden. Strange zette zijn linkerrichtingaanwijzer aan en ging achter hen rijden.

Hij hield zoveel mogelijk afstand zonder helemaal stil te vallen, en dacht: ze kennen mijn auto niet. Maar er reed niemand tussen hen in en toen de Fury bij 16th Street voor een rood licht moest stoppen, kon Strange niet anders dan vlak achter hen tot stilstand komen.

Hij zag Red Jones in het zijspiegeltje naar hem kijken. Hij zag hem zijn hoofd opzij draaien en iets tegen zijn vriendin zeggen en het volgende moment hoorde hij de V8-motor van de Plymouth toeren maken. Strange trok zijn veiligheidsgordel over zijn borst en klikte hem vast.

De Fury scheurde dwars door het rode licht het kruispunt op. Hij maakte even een slingerbeweging en reed toen weer in een rechte lijn door. Strange keek naar links en naar rechts, en zag vanuit zuidelijke richting auto's aankomen.

'*Fuck it*,' zei Strange.

Zij hebben ook remmen.

Hij trapte het gaspedaal helemaal in. De neus van de Monte Carlo kwam omhoog en de auto trok twee rubbersporen over het asfalt terwijl hij over 16th Street schoot, achtervolgd door het geluid van boze claxons en piepende banden. Strange zag vanuit zijn ooghoek metaal, maar voelde geen inslag, en hij dacht: Ik heb het gered; ik zit ze nu op de hielen.

De Fury won terrein op het rechte stuk van de weg. De auto had meer vermogen dan de zijne, een Mopar-carburateur met vier inlaten, en die vrouw kon wel autorijden! Strange gaf nog meer gas en voelde de wind door het open raampje suizen terwijl hij de afstand tussen hen steeds verder verkleinde. Op het punt waar 14th Street omhoogliep reed de Fury over een helling naar beneden en toen Strange de top bereikt had, schoot de Fury net naar links, en hij volgde. In zijn achteruitkijkspiegeltje zag hij plotseling een auto met hoge snelheid uit het zuiden komen en hij zag ook dat het een politieauto was. Op het kruispunt met Kennedy Street reed Watkins dwars door rood licht en maakte een flauwe bocht naar rechts, waardoor ze weer op Colorado kwam; Strange ging erachteraan en reed ook door rood, en de agent achter hem zette zijn zwaailicht aan, accelereerde en kleefde aan Strange' bumper. Toen Strange weer voor zich keek, zag hij de Fury een idioot scherpe bocht naar rechts maken op Madison, en het volgende moment begon de sirene achter hem te loeien. Strange stopte langs de kant.

Hij zette de hoefijzervormige versnellingshendel in de parkeerstand en stapte met zijn handen in de lucht uit de Chevy. De agent was nu ook uitgestapt en liep op hem af, met zijn hand op zijn wapen. Strange schreeuwde: 'Ik zit achter een gezochte misdadiger aan', en 'Ik werk bij de politie!'

'Laat je penning maar zien,' zei de agent, een jonge zwarte die niet ouder dan een jaar of tweeëntwintig was. Hij trok zijn .38 en hield die op Strange gericht.

'Ik heb vróéger bij de politie gewerkt,' zei Strange, en hij corrigeerde daarmee zijn onware bewering. De adrenaline was alweer weggestroomd.

'"Vroeger" zegt me geen ene ruk,' zei de agent. 'Omdraaien. Je weet wat je moet doen.'

Zijn vader had hem gezegd dat hij altijd 'Ja, meneer' moest zeggen tegen agenten, maar op dat moment kon hij dat niet over zijn lippen krijgen. Strange legde zijn handen op de achterbak van zijn auto.

'Bel Frank Vaughn in het Derde District,' zei Strange. 'Hij kan je vertellen wie ik ben. Of Lydell Blue. Die werkt als brigadier in het Vierde District.'

De agent fouilleerde Strange zwijgend.

Lou Fanella had tegen Gino Gregorio gezegd dat hij voor zichzelf en zijn magere snol maar een eigen hok moest zoeken, dus liep

Gino naar de balie van het motel en huurde er een kamer bij. Toen hij terugkwam waren Cindy en April bezig een lijntje coke te snuiven van een spiegel die ze van de muur hadden gehaald. Gregorio pakte een fles sterkedrank, wijn en twee plastic bekertjes, nam Cindy mee en liep weer naar buiten.

'Dus je wilt met mij alleen zijn,' zei April tegen Fanella toen Gino en Cindy weg waren. Ze glimlachte en hij zag dat een van haar voortanden was afgebroken. 'Wat lief.'

Fanella wist dat hij zich met geen mogelijkheid zou kunnen ontspannen als Gregorio in dezelfde ruimte zijn worst in een hoer ramde. Dit was geen wedstrijd tussen dekhengsten. Hij had er geen probleem mee om Gino's lul te zien, maar niet terwijl-ie hem gebruikte.

'Trek je shirt uit,' zei Fanella.

Fanella keek toe terwijl April haar shirt over haar hoofd uittrok en op bed gooide. Ze had grote meloenen die in een crèmekleurige bh omhooggehouden werden en over de band van haar korte broek puilde wat babyvet. Haar rossige haar zat in de war en ze streek het met haar hand glad.

April nipte van de rosé in het bekertje en keek om zich heen. Twee tweepersoonsbedden, koffers op de grond, waarvan er een was opengeritst en vol kleren zat die er lukraak in waren gepropt. Aan de muur hing een tv aan een metalen beugel, en op het nachtkastje tussen de bedden stond een wekkerradio. Het was nou niet wat je noemt gezellig ingericht.

'Je kunt geen feestje bouwen zonder muziek,' zei April.

'Dan zet je muziek op.' Fanella, die ietwat ongemakkelijk op de enige stoel in de kamer zat, wuifde met een vlezige hand naar de wekkerradio. De whisky klotste over de rand van zijn bekertje.

April vond een top-40-zender en zette het nieuwste nummer van Cornelius Brothers & Sister Rose, dat nog maar kort in de hitparade stond, harder.

'*Too late to turn back now*,' zong April, '*I believe I believe I believe I'm falling in loooooove.*'

'Ja, ja!' zei Fanella vermoeid.

'Kom op, dan gaan we uit ons dak!'

April liep naar de in een houten lijst gevatte spiegel, die nu op de toilettafel lag en waarop ze nog eens vier vette lijnen coke had fijngemaakt. Ze snoof twee lijntjes op door de lege huls van een balpen, gooide haar hoofd achterover, doopte haar vingers in een bekertje water en kneep in haar neus. Het spul was zwaar versneden met mannitol, maar op zeventienjarige leeftijd was ze al gepokt en gemazeld, en kreeg ze er geen diarree meer van.

'Wauw.' April hield de pen omhoog. 'Nu jij.'

Fanella kwam overeind uit zijn stoel. Zijn overhemd voelde klam aan van het zweet, maar hij maakte zich geen zorgen over zijn hart. Met zijn veertig jaar was hij nog steeds een sterke man. Van jongere mannen had hij verhalen over coke gehoord – dat je pik er de halve nacht zo strak als een krabpaal van overeind bleef staan. Misschien moest hij het maar eens proberen.

Fanella snoof het eerste lijntje op. Toen hij zich vooroverboog om het tweede lijntje op te snuiven, voelde hij dat April haar memmen tegen zijn rug wreef.

'Kappen,' zei hij, maar hij grinnikte erbij. Zo meteen ging hij haar geven waar ieder meisje van droomde.

'Waar kom je vandaan, Lou?'

'Uit Jersey.'

'Ben je hier op vakantie?'

'Eerder op werkvakantie, schatje.'

Fanella snoof het tweede lijntje op. Hij kneep met zijn duim en wijsvinger in zijn neus, net als hij April had zien doen, en raakte onmiddellijk in een uitgelaten stemming. Hij voelde zich gelukkig. Achter in zijn keel proefde hij een medicinale smaak. Hij had zin in een sigaret en stak er een op. Hij zat al aan de volgende te denken.

Fanella pakte zijn glas whisky. Hij dronk het achter elkaar leeg, liep naar de ijsemmer om zijn bekertje te vullen en schonk zich nog een glas Ten High in.

Op de radio werd een nieuw liedje gedraaid. April zong mee en speelde luchtgitaar. '*Sunshine go away today. Don't feel much like daaancin'.*'

'Zeg,' zei Fanella.

'Wat?' zei April.

'Heb je weleens van een gast gehoord die Red Jones heet? Zwarte vent.' Doorgaans was hij heel voorzichtig en praatte hij nooit zijn mond voorbij tegen hoeren, maar de woorden kwamen nu heel snel uit zijn mond. 'Ik bedoel, jij bent natuurlijk vaak op straat en zo...'

'Zeker,' zei April, heen en weer wiegend op de maat van de muziek. Ze trok haar bh uit en liet hem op de grond vallen. 'Iedereen weet wie Red is.'

April perste haar borsten tegen elkaar en knipoogde onbeholpen naar Fanella. Ze liep op haar blote voeten op hem af, maar bleef met haar teen achter het tapijt haken, struikelde en giechelde. Ze boog zich voorover om hem te zoenen en Fanella drukte een droge kus op haar wang. Hij had geen trek om haar op de mond te kussen.

'Je weet zeker niet waar ik die Red zou kunnen vinden?' zei Fanella.

'Hoezo?'

'Hij krijgt nog geld van me.'

'Ik heb geen idee,' zei April. 'Maar als je mij het geld geeft, zorg ik ervoor dat hij het krijgt.'

'Je bent een lekker ding,' zei Fanella.

April greep hem bij zijn tamp door de stof van zijn broek heen. De lichamelijke reactie was minimaal, en ze deed een stap achteruit en keek hem aandachtig aan.

'Alles kits, knapperd?'

Op Fanella's voorhoofd hadden zich zweetparels gevormd en hij was bleek geworden. 'Ik voel me niet zo tof.'

'Je moet zeker naar de wc? Een grote boodschap doen?'

'Ja.'

'Dat komt door het laxeermiddel voor baby's dat ze in de coke stoppen,' zei ze. 'Doe je ding maar, schat. Dan voel je je een stuk beter. Ik wacht wel op je tot je klaar bent.'

Fanella drukte zijn sigaret uit, ging de badkamer binnen en deed de deur achter zich dicht. Ze hoorde hem een scheet laten en 'Ahhh' zeggen en toen 'Godsamme' kreunen.

April liep naar de openstaande koffer en doorzocht die grondig. Onder een paar sportieve shirts vond ze een stiletto en een revolver. Die kerel was een soort maffiafiguur, dus dat verraste haar niet echt. In een van de zijvakken zaten twee pakjes sigaretten. En in een ander vakje een mooie ring. Ze deed hem aan haar vinger en hij paste. Waarschijnlijk nep, maar dat maakte niet uit. Ze vond dat de ring haar mooi stond. Die zou hij echt niet missen. Vanavond in elk geval niet.

April stopte de ring in haar broekzak, trok haar broek toen uit en legde hem op het bed onder haar lievelingsshirt, dat met de glinsterende ster op de voorkant. Ze stond in haar slip midden in de kamer wijn te drinken en wachtte. Ze was van plan die ouwe kerel snel klaar te maken zodra hij de plee uit kwam. Ze wist al hoe ze het ging doen en hij zou toch maar één keer kunnen. Daarna zou ze wachten tot Cindy klaar was, een taxi terug nemen naar Shaw, en daar haar spleet verkopen zoals haar vriendje Romario van haar verwachtte. De nacht was nog lang niet voorbij.

Nadat hij Red Jones bij het Carter Barron was misgelopen, reed Vaughn terug naar het politiebureau en zag daar Charles Davis achter zijn bureau zitten.

'Wat doe jij hier, Charles? Ik dacht dat je Monique Lattimer in de gaten zou houden.'

'Heb ik ook gedaan. Ik heb urenlang in dat speeltuintje voor haar huis gezeten. Maar ze is waarschijnlijk via de achterdeur weggeglipt. Ik heb een agent bij haar laten aankloppen, maar er was niemand.' Davis haalde zijn zware schouders op. 'Sorry, Hound Dog. Ze is me te slim af geweest, man.'

Iets onverstaanbaars mompelend liep Vaughn naar de politiecel om te checken hoe het met Clarence Bowman ging. Hij hoopte hem mee naar de verhoorkamer te kunnen nemen en te kijken of hij hem zover kon krijgen dat hij zijn mond opendeed. Maar Bowman was er niet meer.

Vaughn trof brigadier Bill Herbst in het kantoorgedeelte.

'Wat is er godverdomme gebeurd, Billy?'

'Ik moest Bowman naar het St.-Elizabeth's over laten brengen. Die vent at zijn eigen stront op, Frank. De anderen bij hem in de cel gingen door het lint.'

'Bowman is niet gek.'

'Misschien niet. Maar ik wist echt niet wat-ie daarna nog allemaal zou doen. Inspecteur Harp zei dat ik hem moest lozen. Of-ie nou gek is of niet, hij zal toch moeten voorkomen. Dat-ie nou in het St.-E ligt wil nog niet zeggen dat-ie ermee wegkomt...'

'Daar maak ik me ook geen zorgen om. Ik wilde hem alleen maar eens goed bekijken.' Vaughn wreef nadenkend over zijn kin. 'Ik wil even terug naar die cel. Ik wil zien waar je hem had opgesloten.'

Ze liepen terug naar de cellen en Herbst wees aan in welke cel Bowman gezeten had. Vaughn bestudeerde de mannen die tegelijk met hem waren opgeborgen.

Terwijl ze terugliepen naar het kantoor, vroeg Vaughn aan Herbst: 'Hoe heet die stumper met die reeënogen?'

'Henry Arrington.'

'Junkie?'

'Nee, Henry zuipt goedkoop bocht. We houden hem hier vast om hem tegen zichzelf te beschermen en morgenochtend zetten we hem weer op straat.'

'Geef even een telefoontje voordat jullie hem op straat zetten. Oké?'

'Doe ik, Frank.'

Vaughn had Arrington onmiddellijk ingeschat als een gewillige prooi. Hij was er bijna zeker van dat Bowman hetzelfde had gedaan.

Strange klopte bij Carmen aan. Ze woonde in een smal rijtjeshuis achter Barry Place, dat in twee appartementen was gesplitst. Zij woonde op de begane grond.

Het was een huis met houten spanen, met aan de voorkant een kleine veranda, die je eerder in Baltimore zou verwachten dan in DC.

Er scheen een kegel van geel licht over het bordes. Carmen deed de deur open, maar stapte niet naar voren. Ze had haar jurk nog aan. Over haar wangen was wat mascara uitgelopen.

Strange liep het trapje op, maar ze stak haar hand omhoog en zei: 'Nee.'

'Hoor eens, ik wil mijn excuses aanbieden.'

'Waarvoor?'

'Omdat ik je daar alleen heb achtergelaten. Had je moeite om thuis te komen?'

'Er stonden daar zat taxi's.'

'Ik durf te wedden dat jij het niet zo lastig hebt gehad als ik,' zei Strange, en hij probeerde te glimlachen. Hij vertelde hoe hij achter Jones aan had gezeten, maar vertelde er niet bij dat hij veel te hard had gereden en risico's had genomen. Dat hij door een politieauto was aangehouden 'alleen' maar omdat hij door rood was gereden, en dat Lydell had moeten komen om de jonge agent te overreden dat hij hem niet moest arresteren.

'Je hebt een fout gemaakt,' zei ze.

'Ja,' zei Strange, en hij wist dat ze het nu over iets heel anders hadden. Hij zou de schade enigszins kunnen beperken door zijn faux pas toe te geven. Maar het enige wat hij deed was zijn ogen neerslaan.

'Kijk me aan, Derek.' Hij keek haar aan. Carmen had haar armen over elkaar geslagen en haar gezicht stond strak. 'Je draagt de geur van een vrouw bij je. Weet je ondertussen niet dat je die er niet af kunt krijgen? En je zet altijd dat kleinejongetjesgezicht op als je weet dat je de fout in bent gegaan.'

Strange gaf geen antwoord.

'Waarom heb je het gedaan?' vroeg Carmen. 'Is er iets waar je behoefte aan hebt dat ik je niet geef?'

Strange spreidde zijn handen. 'Hoor eens, ik heb niet... Ik wil maar zeggen, het is niet zover gegaan als jij denkt.'

'Je bedoelt dat je haar niet hebt geneukt. En dan moet ik zeker nog vinden dat dat je siert?'

'Het spijt me,' zei Strange.

'Het is te vaak gebeurd, Derek.'

'Laat me even binnenkomen en met je praten.'

'Dan ga je me zeker vertellen dat je hiervan geleerd hebt?'

'Alsjeblieft.'

'Ik geloof je niet,' zei ze, en ze deed een stap terug in haar appartement. De deur sloeg dicht en het licht ging uit. Strange bleef achter in de donkere straat.

Een halfuur later zat Strange thuis in het donker in zijn zitkamer een glas whisky met ijs te drinken toen de telefoon ging. Het was Vaughn.

Ze brachten elkaar op de hoogte van wat ze die dag gedaan hadden. Vaughn vertelde Strange dat Sylvester Ward eerder op de dag was beroofd en afgetuigd, dat Roland Williams in de Soul House was doodgeschoten en dat ze moordenaar in spe Clarence Bowman hadden gearresteerd. Strange vertelde Vaughn wat hij over zijn cliënt, Maybelline Walker, te weten was gekomen, dat hij Red Jones en zijn lange, aantrekkelijke vriendin had gezien, die zich doodgemoedereerd in het Carter Barron hadden vertoond, en over de achtervolging en zijn bijna-arrestatie.

'Die agent heeft je een dienst bewezen door je te laten stoppen,' zei Vaughn. 'Als je Jones had ingehaald, dan weet ik niet wat hij gedaan had. Hij heeft Roland Williams geen enkele kans gegeven.'

'Die man moet gepakt worden.'

'Ik ga daarvoor zorgen.'

'O ja?'

'Ik zou je hulp goed kunnen gebruiken.'

'Als ik jou was, zou ik in plaats daarvan voor een heleboel backup zorgen. Ik draag trouwens niet eens een wapen.'

'Dat krijg je wel van mij.'

'Ik gebruik geen wapens meer. Ik wil ze niet eens aanraken.'

'Maar je wilt die ring toch terugvinden, of niet?'

'Moet je horen, ik heb Coco tijdens het concert eens goed bekeken. Als ze hem nog had, had ze hem zeker gedragen. Ik denk dat die ring gestolen is door die gasten die haar woning overhoopgehaald hebben.'

'Zou kunnen. Maar er is nog iets. Vier jaar geleden heb ik je geholpen toen je me nodig had. Je wéét waar ik het over heb.'

Vaughn zinspeelde op het geheim dat ze met elkaar deelden. April 1968. Strange nam een slok uit zijn glas en keek door de openstaande balkondeuren naar de lichtjes van de stad onder hem. 'Heb je een plan?'

'Morgenochtend vroeg bel ik je.'

'Wil je daarmee zeggen dat je weet waar Red zit?'

'Nog niet,' zei Vaughn. 'Maar dat gaat niet lang duren.'

20

Lou Fanella en Gino Gregorio zaten in hun zwarte Continental. De ochtendzon scheen genadeloos op het dak en stoofde het leren interieur. In 14th Street liepen werknemers van een telefoonmaatschappij een onopvallend gebouw in en uit en bij een gaarkeuken stond een rij mensen voor hun ontbijt. Fanella rookte een sigaret en zweette in zijn overhemd.

'Ik voel me klote.'

'Die meiden hadden er wel zin in,' zei Gregorio. De avond daarvoor had hij het niet al te bont gemaakt. Hij voelde zich uitgerust en tevreden, als een man die heel lang droog had gestaan en nu aan zijn trekken was gekomen. Hij zat er niet mee dat hij ervoor betaald had. Het kon hem geen flikker schelen; al sinds zijn diensttijd waren de meeste vrouwen en meisjes die hij had gehad, hoeren geweest.

'Mijn maag is nog steeds van streek,' zei Fanella. 'We hadden niet bij die Mexicaan moeten eten.'

'Hou nou 's op met zeiken,' zei Gregorio. 'Je hebt toch geneukt, of niet soms?'

'Ja, ik heb geneukt. En hoe zit het met jou?'

'Cindy? Recht op en neer.'

'Was hij goed?'

'Hoezo "hij"?'

'Waarom neuk je niet gewoon een jongen als dat eigenlijk is wat je wilt?'

'Ik zal jou 's neuken met een honkbalknuppel.' Gregorio's acne-litтеkens staken scherp af tegen zijn rood aangelopen gezicht.

'O, o, moet je jezelf zien, je gaat meteen door het lint.' Fanella lachte. 'Ik zweer het je: je bent een homo.'

Ze zwegen en keken nadenkend voor zich uit. Fanella mikte zijn peuk uit het raam. Hij keek omhoog naar de grote ramen van Coco Watkins' kantoor annex slaapkamer. Hij verwachtte niet haar te zien. Ze waren al een keer rond het blok gereden en door de steeg, en hadden de Fury niet zien staan.

'De grote dame is er niet,' zei Gregorio.

'Weet ik,' zei Fanella. 'Maar de opbrengst van gisteravond wil ze wel hebben. Ik durf te wedden dat een van haar hoertjes die komt brengen. En als dat gebeurt, vinden we ook meneer Jones en ons geld. Dan rijden we uit deze klotestad weg en terug naar Jersey.'

Ze hadden hun spullen snel gepakt en het motel betaald. Bij het haastig inpakken van zijn koffer had Fanella niet gecontroleerd of alles er nog in zat. Hij wist niet dat de ring die hij had gestolen weg was.

'Daar is iemand,' zei Gregorio toen hij het silhouet van een jonge zwarte vrouw in de gaten kreeg, die in Coco's kantoor rondliep.

Fanella kneep zijn ogen dicht tegen het zonlicht. 'Dat zou haar kunnen zijn.'

Vaughn en Strange zaten in de Monaco aan de noordzijde van Mount Pleasant Street, met een stationair draaiende motor. De onlangs bijgevulde airconditioner van de Dodge blies hun koele lucht toe. Vaughn had een lichtgrijs Robert Hall-pak aan; Strange droeg een broek met wijde pijpen, een ruimvallend overhemd en suède Puma's.

In dat gedeelte van de straat waren veel winkels gevestigd en het was druk. Je zag er Porto Ricanen, Hongaren, Grieken, zwarten, stelletjes van gemengd ras en de meest uiteenlopende jonge mensen die met z'n allen in posthippiecommunes woonden. Op het wegdek waren nog tramrails te zien, maar de oude lijn was niet meer in gebruik en nu reden er bussen. Nadat hij op straat was gezet had Henry Arrington in 16th Street een DC Transit in noordelijke richting genomen. Vaughn en Strange waren hem gevolgd toen hij uitstapte en naar de drankwinkel aan het eind van het blok liep.

Vaughn en Strange sloegen Arrington gade terwijl hij samen met een paar andere zatlappen stond te wachten tot de F&D om tien uur openging.

'Gaan we naar binnen en grijpen we hem?' zei Strange.

'Ze hebben daar een telefoon,' zei Vaughn. 'Ik denk dat hij een fles drank gaat kopen en een telefoontje pleegt. Als hij weer naar buiten komt, grijpen we hem.'

'Wel een beetje vroeg, hè?' zei Strange.

'Niet voor Henry. Hij houdt wel van een stevig glas bij zijn ontbijt.'

'Daar gaat-ie.'

'Ik had gelijk.' Vaughn zag door het raam van de winkel dat Arrington stond te praten aan de telefoon naast de deur.

Arrington kwam de winkel weer uit met een bruine papieren zak in zijn armen, die hij wiegde alsof het een baby was. Hij keek om zich heen, stak toen over en liep vrijwel recht op de Monaco af. Vaughn stapte uit, liet zijn onderarmen op het dak van de auto rusten en wachtte tot hij dichterbij was. Arrington had in de smiezen dat hij een politieagent was en wilde snel doorlopen, maar Vaughn haalde zijn penning tevoorschijn en zei: 'Staan blijven, Henry.'

Arrington bleef gedwee staan. 'Zit ik in de penarie?'

'Instappen.'

Arrington nam plaats op de achterbank. Hij droeg de stank van de gevangenis met zich mee en de lichaamsgeur van een zomerse dag. Aan zijn ogen was te zien dat hij alles zou doen om een conflict uit de weg te gaan. Hij zag eruit als iemand die zich makkelijk liet intimideren.

Arrington wierp een snelle blik op Vaughn, die zich had voorgesteld, en op Strange, die dat opzettelijk had nagelaten. Dan zou Arrington denken dat hij ook bij de politie zat.

'Wat heb ik misdaan, agenten?' zei Arrington.

'Heb je in die winkel een telefoontje gepleegd?' vroeg Vaughn.

'Ja meneer.'

'Wie heb je gebeld?'

'Ik geef liever geen antwoord op die vraag, als u het niet erg vindt.'

'Je hebt geen keus,' zei Vaughn. Dat was een leugen.

'De man in de politiecel zei dat hij m'n grootmoeder zou vermoorden als ik het u vertelde.'

'Bowman?'

'Hij zei dat hij Clarence heette.'

'En jij geloofde hem?'

'Wat was ik ermee opgeschoten als ik hem niet had geloofd?'

'Hoe oud is je grootmoeder, Henry?'

'Achtenzeventig, geloof ik.'

'Tegen de tijd dat Bowman de gevangenis uit komt is zij al dood.' Vaughn keek over de rugleuning van de stoel naar Henry's geruïneerde lichaam. Hij zei het niet, maar tegen die tijd zou Arrington zelf ook dood en begraven zijn.

De handen waarmee Arrington de zak vasthield trilden.

'Toe maar,' zei Vaughn. 'Neem je medicijn maar.'

Arrington schroefde de dop van de fles, hield zijn hoofd achterover en nam een lange teug. De binnenkant van de auto vulde zich met de geur van sinaasappelsap en alcohol. Tango, dacht Strange. Toen Arrington was uitgedronken, maakte hij een energiekere indruk dan daarvoor.

'Met wie heb je gebeld?' zei Vaughn. 'Je moet het me nu zeggen. Ik heb geen zin om m'n tijd te verkloten.'

Arrington veegde zijn mond af. 'Met een kerel die Red heet.'

'Wat heb je tegen hem gezegd?'

'Het was niet eens zo'n lang gesprek. Ik zei wat ik moest zeggen:

het is Bowman niet gelukt en hij zit nu vast. Hij is verlinkt door een mannelijke hoer die Martina heet. En Vaughn is ons op het spoor. Dat bent u zeker?'

Vaughn knikte. 'En nou wil ik nog het nummer hebben dat je gebeld hebt.'

Arrington noemde het en herhaalde het nog een keer, en Vaughn zei dat hij kon gaan. Arrington bedankte hen, stapte uit de Dodge en liep weg.

Vaughn gaf het nummer door via de radio en vroeg de meldkamer er een adres bij te zoeken. Vaughn en Strange spraken nauwelijks terwijl ze op de informatie zaten te wachten. Ze waren allebei gespannen en ook een tikje opgewonden bij de gedachte aan wat er te gebeuren stond.

Red Jones, Coco Watkins, Alfonzo Jefferson en Monique Lattimer zaten in de woonkamer van de woning in Burrville koffie te drinken en sigaretten te roken. De mannen droegen een lange broek en een mouwloos wit shirt, en waren blootsvoets. Monique droeg een bh, een slipje en daaroverheen een kamerjas. De kamerjas hing uitdagend open. Coco droeg een negligé van Monique dat ze altijd bij Jefferson thuis had liggen.

Ze beseften dat ze zich ongelooflijk in de nesten hadden gewerkt en bespraken hun volgende zet.

'We moeten hier vandaag nog weg, Red,' zei Coco.

'Komt die meid van je ons wat geld brengen?'

'En nog wat andere dingen. Zodra Shay mijn make-upspullen en kleren heeft gebracht, zijn we hier weg. Ik kan nergens heen zonder m'n make-up.'

'Heb je haar al gebeld?' zei Red.

'Ja, ja.'

'En heb je gezegd dat er politie voor je huis staat te posten?'

'De politie is naar mij op zoek, niet naar mijn meisjes. Shay weet heel goed wat ze moet doen.'

'Welke kant gaan jullie op?' vroeg Jefferson.

'Wij gaan richting West Virginia,' zei Jones. 'Ik heb daar nog familie wonen. En jij?'

'Ik weet het nog niet,' zei Jefferson. 'Ik denk naar het zuiden. In North Carolina heb ik een neef wonen bij wie ik een tijdje kan bivakkeren.'

'En ik dan?' zei Monique. Jefferson gaf geen antwoord en keek haar evenmin aan. Hij was van plan haar mee te nemen, maar het leek hem niet verstandig om een vrouw te veel zekerheid te geven. Monique was oké; hij had in elk geval altijd wat te neuken. Maar echt speciaal was ze niet. Dat was geen enkele vrouw in Jeffersons ogen.

'Geef me 's een Double-O van je, Red.'

Jones schudde een Kool uit het gaatje dat hij onder in het pakje had gemaakt. Hij gooide hem op tafel en de sigaret rolde tot vlak voor Jefferson. Hij stak hem aan.

'We hebben bijna geen sigaretten meer,' zei Jones.

'Monique haalt wel een pakje voor ons.'

'Shit,' zei ze. 'Weet jij wel wat ik sinds gisteren allemaal heb moeten meemaken? Eerst moest ik die zakkenwasser van Moordzaken te woord staan. En gisteravond moest ik via de steeg wegglippen om niet gezien te worden door die Oom Tom die ze op het speelplaatsje hadden gezet. Daarna moest ik lopen en een DC Transit nemen en daarna nog eens een taxi... En nou wil je dat ik er wéér uit ga?'

'Zo is het,' zei Jefferson. 'Kleed je aan.'

'Mankeert er iets aan je benen?'

'Ik heb twee benen en die doen het allebei heel goed,' zei Jefferson. 'Maar ik zeg tegen jóú dat je moet gaan.'

'Waar zijn je autosleutels?'

'Niks ervan,' zei Jefferson. 'Mijn Buick blijft in de steeg staan tot ik wegga. Veel te riskant om er nu in te rijden.'

Monique keek de lange vrouw in haar negligé aan. 'Coco, kan ik jouw kar nemen?'

Coco nam een trek van haar sigaret en keek even naar Jones. Op zijn aanwijzingen hadden ze de Fury een paar straten verder geparkeerd en waren toen via stegen en achtertuinen naar Jeffersons huis gelopen. Ze wist al wat Red zou zeggen. Bij wijze van antwoord schudde hij zijn hoofd.

'Sorry, Nique,' zei Coco.

'Verwachten jullie soms dat ik ga lopen? De dichtstbijzijnde winkel is anderhalve kilometer hiervandaan.'

'Als ik jou was,' zei Jefferson, 'zou ik maar makkelijke schoenen aantrekken.'

'Fuck jullie allemaal,' zei Monique. Ze stond abrupt op en liep de kamer uit.

'Wat gaat ze nou doen?' vroeg Jones.

'Zich omkleden,' zei Jefferson terwijl hij zijn as in een grote asbak aftipte. 'Zodat ze sigaretten voor ons kan gaan halen.'

'Dat wijf is onhandelbaar.'

Jefferson knikte. 'Zo is ze in bed ook.'

Er viel een stilte in de kamer terwijl ze nadenkend een trek van hun sigaret namen. Geen van hen wilde weg uit DC, maar ze wisten dat het tijd werd om te verkassen.

Gina Marie, Martina Lewis en de blanke meisjes April en Cindy zaten in de diner in U Street koffie te drinken met een sigaret erbij, en zoals altijd deden ze elkaar verslag van wat ze de avond tevoren weer allemaal hadden meegemaakt. Ze droegen nog geen make-up en hadden hun werkkleren nog niet aangetrokken.

'Ze hebben ons in een Lincoln Continental opgepikt,' vertelde April, 'en toen zijn we naar hun motel bij Kennilworth gereden en hebben we een feestje gebouwd.'

'Heb je daar die ring vandaan?' vroeg Gina Marie.

'Deze, bedoel je?' zei April. Ze stak haar hand uit met de pols naar beneden geknikt en toonde haar nieuwe schat zoals een knap fotomodel dat zou doen, verbeeldde ze zich.

'Vertel het verhaal nou maar,' zei Cindy, die de details al kende en doodmoe werd van haar gekwek. Cindy nam een trek van haar sigaret, waarbij ze ervoor zorgde dat het filter niet haar rechtermondhoek raakte. Daar had ze een zweertje zitten dat maar niet overging.

'We deden dus een lijntje,' zei April, 'Lou en ik, en opeens moestie ontzettend schijten vanwege het spul waarmee het versneden is.'

'Ik dacht dat je had gezegd dat die Lou een prof was,' zei Gina Marie.

'Maar niet als het om sneeuw gaat,' zei April. 'Maar hij zei wel dat hij hier voor zaken was, ja. Zat me door te zagen over Red Jones. Beweerde dat-ie hem nog geld schuldig was. Alsof ik tegen een vreemde over Red ga praten. Ik zeg van: ik heb weleens van hem gehoord, maar ik weet verder niks van hem.' April keek Gina Marie recht aan. 'Girl, ik ben niet gek hoor.'

Martina wierp een zijdelingse blik op April, die er uitgewoond uitzag. Haar neustussenschot was zo kapot dat het niet uitmaakte in welk neusgat ze haar vinger stopte. *Sneeuw, girl.* April klonk altijd zwarter dan zwart als Gina Marie in de buurt was.

'Nog koffie, dames?' zei een serveerster achter de bar terwijl ze een pot omhooghield en haar hoofd meebewoog op het nummer van Fred Wesley dat uit de jukebox klonk.

'Ik wil nog wel,' zei Cindy, die doodmoe was en van onderen een rauw gevoel had. Gino, de blonde met de acnelittekens, was zwaar geschapen en bovendien was hij ook nogal ruw geweest. Hij had haar pijn gedaan.

'Je weet toch dat die ring nep is, hè?' zei Gina Marie.

'Kan me niet schelen,' zei April. 'Ik vind hem mooi.'

Gina Marie tipte haar as af in een glazen asbak. 'Vertel, wat gebeurde er?'

'Terwijl Lou in de badkamer zat te kreunen en te steunen, werd ik wel nieuwsgierig naar die koffer van hem. Nou ja, je weet dat ik nogal nieuwsgierig ben aangelegd...'

'Vertel het nou maar,' zei Cindy, die haar geduld begon te verliezen.

'Nou, er lagen dus kleren in die koffer. En ook een pistool en een mes.' April liet een veelbetekenende stilte vallen en legde toen haar hand plat op de bar. 'En dit.' De meisjes zagen een gouden rozetring versierd met een Grieks motief, met in het midden een grote steen in een zetting van acht kleinere steentjes.

'Je bent echt een doortrapte bitch,' zei Gina Marie.

'Girl, alsof ik dat niet wist.'

Martina Lewis bekeek de ring aandachtig.

Shay pakte een beautycase ter grootte van een hoedendoos mee, een kleine rode koffer met wat jurken, broeken, shirts en ondergoed, en wat geld, en nam de brandtrap naar de steeg achter het huis in 14th Street. Ze liep de steeg door en bij S Street sloeg ze rechts af naar 14th Street, terwijl ze even een blik wierp op de anonieme politieauto die ze al eerder had gespot. De auto waarvan Coco had gezegd dat die er zou staan.

De auto kwam niet in beweging. Daar was ook geen reden voor. De man achter het stuur was op zoek naar iemand die aan de beschrijving van Coco voldeed, niet aan die van Shay. Shay ging onopvallend gekleed in een spijkerbroek en een lichtblauw katoenen overhemd. Ze was aantrekkelijk, maar in deze kleren viel ze niet op. Het was wat ongebruikelijk om een jonge vrouw met een koffer en een hoedendoos over straat te zien lopen, maar ondertussen was ze al één blok verder, ten noorden van Coco's huis, en mengde ze zich tussen de voetgangers. Ze liep nog een eindje door en ging bij een bushalte op een DC Transit staan wachten. Toen de bus kwam stapte ze in en liet zich op een lege zitplaats met turquoise bekleding vallen. Een al wat oudere man die zich met één hand aan de bovenste stang vasthield wierp haar een doordringende blik toe, zoals mannen nu eenmaal doen. Onwillekeurig raakte ze even de moedervlek op haar gezicht aan.

Ze was van plan om weer uit te stappen zodra ze ergens een taxi-standplaats zag en dan een taxi naar Noordoost te nemen, waar ze de spullen bij Coco zou afleveren, die zich schuilhield in een huis in Burrville. Coco had gezegd dat ze voor een tijdje wegging.

Shay was jong, eigenlijk een meisje nog, en ze was een beetje bang. Na die nacht in de cel was het haar duidelijk geworden dat het niks voor haar was om vast te zitten. Maar vandaag leek het tot nu toe allemaal gesmeerd te lopen en als haar taak erop zat... Nou ja, daar had ze nog niet echt over nagedacht. Er kwam wel wat.

Shay keek door het achterraam van de bus en zag tot haar opluchting dat de anonieme auto niet in beweging was gekomen. Ze had geen erg in de zwarte Continental die vanaf de stoep optrok.

21

Vaughn en Strange staken de Benning-brug over de Anacostia-rivier over en reden Washington-Noordoost binnen. Bij Minnesota Avenue sloeg Vaughn links af en reed door een drukke winkelstraat met veel te dure avondwinkels, restaurants waar ze vette happen serveerden, en een winkel in huishoudelijke apparaten en meubels die geen winst maakte op de verkoop van huishoudelijke apparaten, maar wel op het verstrekken van kredieten en leningen tegen een woekerrente.

'Deze mensen hier hebben geen enkele kans,' zei Vaughn terwijl hij overdreven plechtstatig met zijn hoofd schudde. 'Natuurlijk zouden ze kunnen proberen om vooruit te komen. Iets harder te werken, misschien, zodat ze niet in zo'n buurt hoeven te wonen.'

Strange gaf geen antwoord. Het had geen zin om dit soort discussies met Vaughn te voeren.

'Heb ik iets verkeerds gezegd?' vroeg Vaughn.

'Ik heb niet eens geluisterd, om je de waarheid te zeggen. Ik heb van alles aan mijn hoofd.'

'Gedoe met vrouwen,' zei Vaughn. 'Heb ik gelijk? Wat heb je gedaan? Je pen in de verkeerde inktpot gestopt?'

'Ik heb een fout gemaakt,' zei Strange.

'Maak je niet druk.'

'Ik had beter moeten weten. Ik ben een volwassen vent.'

'Precies: je bent een vent. Het is bijna onmogelijk voor een man om trouw te blijven. Het druist tegen onze natuur in. Mensen zijn de enige soort die dat proberen. Als beesten met elkaar hebben gepaard, trekken de mannetjes weer verder.'

'Mensen zijn geen beesten,' zei Strange.

Vaughns gedachten gingen bijna dertig jaar terug, toen hij met een vlammenwerper op Okinawa rondliep. Zijn nachtmerries kwamen in de verste verte niet in de buurt van de gruwelijke realiteit van wat hij daar gezien en gedaan had. Niemand, zelfs Olga niet, wist iets van de goddeloze duisternis in zijn hoofd.

'Ja, dat zijn we wel,' zei hij.

Ze zwegen een tijdje en reden over Minnesota Avenue. Opeens zag Vaughn een vrouw een kleine supermarkt uit komen. Ze droeg een slobberige hemdjurk waarvan de knoopjes bij de hals openstonden, tennisschoenen met afgeknipte hielen, en ze had in elke hand een pakje sigaretten.

Vaughn minderde vaart. 'Shit. Daar loopt mijn vriendin Monique Lattimer.'

'Wie is dat?'

'De vriendin van Alfonzo Jefferson.'

'We moeten haar volgen naar zijn huis,' zei Strange. 'Alle kans dat ze daarheen gaat.'

'We weten al waar hij woont. Maar we weten niet wat we daar zullen tegenkomen. Monique is een lastig wijf en ik heb geen zin om ook nog eens met haar te maken te krijgen.'

Vaughn zette de auto aan de kant en duwde de versnellingspook in de parkeerstand. Hij pakte de microfoon uit zijn houder, toetste een nummer in en gaf een beschrijving van Monique, waar ze op dat moment was en welke kant ze op liep. Daarna gaf hij alle politieauto's daar in de buurt opdracht om Monique op te pakken, te arresteren en naar het politiebureau van het Derde District over te brengen.

'Wat ga je haar in de schoenen schuiven?' vroeg Strange.

'Beschuldiging van medeplichtigheid of zo,' zei Vaughn. 'Over de details denk ik later wel na. Dat krijg ik wel rond. Voor die overval op Ward hebben ze de auto van Jefferson gebruikt, en die staat op haar naam.'

Vaughn keek in zijn zijspiegel, zette de hendel in Drive, voegde in en maakte snelheid.

Terwijl ze langs haar heen reden bestudeerde Strange Moniques losse, katachtige manier van lopen. 'Je staat op het punt die meid haar dag te vergallen.'

'Ik had al gezegd dat ik haar nog wel tegen zou komen.'

Shay stapte in de buurt van het Tivoli Theatre uit de bus en hield een van de taxi's aan die op de hoek van 14th en Park Road stonden te wachten. De chauffeur stapte uit en hielp haar om haar koffer en beautycase in de achterbak te zetten. Daarna hield hij beleefd het achterportier voor haar open, zodat ze kon instappen.

'In New York zou je ze dat nooit zien doen,' zei Fanella terwijl hij haar gadesloeg door de voorruit van de Lincoln, die in Kenyon Street langs de stoep stationair stond te draaien.

'*The Final Comedown*,' zei Gregorio, die de titel oplas van de film op de luifel van de bioscoop.

'Nooit van gehoord,' zei Fanella.

'*The man got down*,' zei Gino, die de tekst in een kleinere letter onder de titel oplas. '*The brothers were ready*. Wat betekent dat, Lou?'

'Verdomd als ik het weet.' Fanella priemde met een vinger naar de jonge mensen die in de rij stonden om een kaartje voor de middagvoorstelling te bemachtigen. 'En ik durf te wedden dat die nikkers het net zomin weten.'

Fanella en Gregorio volgden de taxi door Irving Street, North Capitol, Michigan Avenue, South Dakota en Bladensburg Road, en vandaar over een lange brug die over een gestaag stromende rivier liep. In het drukke winkelgedeelte van Minnesota Avenue zagen ze een vrouw gebogen over de achterbak van een politieauto staan, zich verzettend tegen de greep van een politieagent die haar handboeien probeerde om te doen. Terwijl ze langsreden hoorden ze hoe ze hem in giftige, creatieve bewoordingen uitschold.

Fanella en Gregorio schoten in de lach.

'Daar is het,' zei Strange toen Vaughn in Burrville een van de straten met nummers ergens achter in de vijftig binnenreed, waar de huizen grote tuinen hadden. Sommige woningen zagen er vervallen uit, andere waren uitstekend onderhouden.

'Ik zie het,' zei Vaughn. Hij wierp een aandachtige blik op een huis van twee verdiepingen met asbestshingles, terwijl hij de auto op snelheid hield en erlangs reed. Bij de volgende hoek sloeg hij links af een eenlettergrepige zijstraat in, liet toen het gas los en reed langzaam langs een steeg die achter het huizenblok liep waar ze zojuist voorbijgereden waren.

'Daar staat-ie,' zei Vaughn.

Strange zag een goudkleurige Buick Electra in de tuin achter het huis staan waarvan het adres overeenkwam met het telefoonnummer dat Henry Arrington had gedraaid. De tuin was afgezet met een laag hek van stevig kippengaas dat tussen twee houten palen was gespannen.

Vaughn draaide een oprit op, keerde de Dodge en parkeerde hem voor de ingang van de steeg. Hij bestudeerde het huis. Op de eerste verdieping zag hij slaapkamerramen met daaronder een licht hellend afdakje boven een afgesloten veranda. Vanaf het afdakje kon je zo in de tuin springen. Vlak naast de veranda liep een ijzeren trapje naar een achterdeur met ruitjes. Als het huis inderdaad was ingedeeld zoals hij dacht, lag er achter die deur een keuken die toegang gaf tot een woonkamer met een open trap naar de slaapkamers op de eerste verdieping.

'Wat denk je?' zei Strange.

'Ze zijn er.'

'Als ik jou was, zou ik nu hulp inroepen.'

'Vandaag niet.' Vaughn staarde naar het huis. 'Weet je wat voor een man uiteindelijk telt? Wat hem een man maakt?'

'Ik denk dat je me dat nu gaat vertellen.'

'Zijn pik en zijn werk. Zo simpel is het.'

'Wat wil je me nou duidelijk maken?'

'Als zijn uitrusting het niet meer doet, is het klaar. Als hij geen baan heeft, heeft hij geen doel in zijn leven. Dan heeft hij geen reden om 's morgens op te staan. Dan is het afgelopen.'

'Voor zover ik weet is bij jou alles nog kits achter de rits, Vaughn. En je werk doe je goed.'

'Het hogere kader vindt dat ik de zaak-Jones verprutst heb. Ze denken dat ik niet meer zo scherp ben.'

'En nu ga jij bewijzen dat ze het bij het verkeerde eind hebben?'

'De klokt tikt door. Als de eindstreep in zicht komt, dan realiseer je je dat het allemaal draait om de reputatie die je achterlaat.' Vaughn knikte in de richting van het huis. 'Red Jones snapt dat. Jij niet, omdat je nog jong bent. Maar ooit zul je het wel snappen.'

'Ik ga daar niet met jou naar binnen.'

'Dat verwacht ik ook niet van je. Ik vraag je alleen om het huis in de gaten te houden. Ervoor te zorgen dat ik niet voor verrassingen kom te staan.'

Vaughn gaf gas. Hij stak de straat over, keerde de auto boven op een heuvel en reed terug naar de hoek vanwaar hij het huis goed kon observeren. Hij parkeerde de Monaco langs de stoep en zette de motor af. Hij haalde een pakje L&M's uit zijn jaszak, stak een sigaret op en klapte zijn zippo weer dicht.

Terwijl hij de rook uitblies stopte er een taxi voor het huis. Ze zagen hoe een aantrekkelijke jonge vrouw uitstapte en een grote en een kleinere koffer kreeg aangereikt van de chauffeur, die ze uit de achterbak had gehaald.

'Ken je haar?' vroeg Strange.

'Ze heet Shay en werkt voor Coco. Ik heb haar een paar dagen geleden aangehouden.'

Ze zagen haar zonder de taxi te betalen op het huis aflopen. De chauffeur ging weer achter het stuur zitten, maar reed niet weg.

'Hij blijft op haar wachten,' zei Strange.

'Ze moet iets afleveren.'

'Het zou nu een goed moment zijn om naar binnen te gaan, als je het gaat doen. Nu zijn ze niet op hun hoede.'

'Eerst wachten tot die jongedame weer weggaat. Zij heeft niemand wat misdaan.'

'Je wordt teerhartig.'

'Teerhartig.' Vaughn moest grinniken. 'Dat ben ik ten voeten uit.'

Een zware houten deur ging open en Shay werd binnengelaten door een vrouw die ze allebei herkenden als Coco Watkins. Een paar minuten later zagen ze Shay het huis weer verlaten, in de taxi stappen en wegrijden. Vanwaar zij zaten zagen ze geen van beiden de zwarte Lincoln die verderop in de straat geparkeerd stond.

Coco Watkins droeg de koffer en de beautycase naar boven naar de slaapkamer waar Jones en zij hadden geslapen. Jefferson was in de andere kamer bezig een kleine tas in te pakken en maakte zich ook klaar om te vertrekken.

Coco droeg dezelfde kleren die ze bij het concert had gedragen: een strakke lange broek, een zijden bloes en wat sieraden. Jones droeg ook nog dezelfde kleren van de avond daarvoor: een cognackleurige broek met wijde pijpen, schoenen met plateauzolen en een nylon overhemd met print dat hij liet openstaan, zodat zijn borstkas zichtbaar was. Ze hadden wel gedoucht, maar hun kleren stonken naar zweet.

Op het bed lagen stapeltjes bankbiljetten en de Colts .45 van Jones. Hij had de patroonkamers van beide pistolen leeggemaakt, ze opnieuw geladen en de magazijnen weer in de handgrepen geschoven.

'Klaar?' zei Coco.

'Stop het geld in die koffer en dan zijn we weg.' Jones keek haar aan. Zijn ogen gleden naar haar handen met de lange nagels. 'Waar is die ring die ik je gegeven heb? Vind je hem niet mooi?'

'Ik vroeg me al af wanneer je het zou merken. Die is gestolen, Red. Die avond dat ze me gearresteerd hebben, heeft iemand bij me ingebroken.'

'Is het een van je meiden geweest?'

Coco schudde haar hoofd. 'Die waren toen bij me. Ben je niet kwaad?'

'Daar kun jij niks aan doen. Het was toch maar een nepring. Als we hier weg zijn, koop ik een echte voor je.'

'Je bent goed voor me geweest.'

Jones keek haar vertederd aan. 'Als een man zo'n hengst heeft als jij, moet-ie er goed voor zorgen.'

Coco moest lachen. 'Een hengst is een mannetjespaard, Red.'

'Je snapt wel wat ik bedoel.' Hij liep naar de deur en streek met zijn hand langs haar heup. Ze voelde een tinteling langs haar nek omhoogkruipen. 'Ik moet nog even iets tegen Fonzo zeggen.'

Coco ritste haar koffer open en stopte Reds geld naast het geld dat ze van Shay had gekregen. Ze pakte haar autosleutels van de kaptafel en stak ze in haar broekzak.

Vaughn haalde zijn .38 Special uit de holster aan zijn broekriem, ontgrendelde de cilinder, draaide hem rond en controleerde of alle patronen erin zaten, en klapte hem weer dicht. Hij stak de revolver terug in de holster aan zijn riem, schoof daarna zijn rechterbroekspijp omhoog en trok een .45 uit de holster die om zijn enkel zat gegespt. Het was een lichtgewicht Colt Commander, een semiautomatisch blauwstalen pistool met een korte loop. Een jaar geleden had hij het onder het kussen van een bank in een appartement in Zuidoost gevonden, en het zich toegeëigend. Vaughn trok de slede naar achteren, stopte een patroon in de kamer en stak de .45 weer in de holster.

'Ik ga via de achterdeur naar binnen,' zei Vaughn. 'Als ik naar buiten kom met Red en de anderen, vraag jij via de radio om versterking en een arrestantenwagen.'

'En als ik nou schoten hoor?'

'Tja, dan is het blijkbaar verkeerd gelopen.' Vaughn zette zijn hoed af en gooide hem op de achterbank. 'Dan weet je wat je te doen staat. Per slot van rekening heb je ooit bij de politie gewerkt.'

Strange' gedachten gingen terug naar 1968, toen hij voor het laatst een uniform had gedragen. Toen de rellen op hun hevigst waren had hij de man die zijn broer de keel had afgesneden naar een plek gelokt waar Vaughn hem kon vermoorden. Daardoor was Strange op z'n minst medeplichtig geworden aan moord.

Vaughn stapte uit. Hij zette zijn rechtervoet op de dorpel van de auto en trok zijn broekspijp naar beneden, zodat die keurig over de holster viel. Hij deed het portier achter zich dicht en stak de straat over zonder een blik op het kruispunt of het huis te werpen, met zijn ogen strak gericht op de ingang van de steeg.

Strange staarde naar de mobilofoon onder het dashboard.

Fanella wierp een onverschillige blik op een grote blanke, al wat oudere man in een grijs pak die aan het eind van het blok de straat overstak. Sinds ze hier stonden hadden ze nauwelijks mensen gezien, omdat de meesten op hun werk waren. En de mensen die ze wel hadden gezien waren zwart.

'Wie is die ouwe vent?' vroeg Gregorio.

'Er zullen hier ook wel blanken wonen. Er zijn sufferds die nog steeds niet snappen dat ze hier weg moeten.'

'Zijn we er klaar voor?'

Fanella keek Gregorio even aan. Gino was een beste kerel maar hij was niet slim en weinig doortastend. Fanella had geen zin om zich te moeten afvragen waar Gino was of waar hij mee bezig was op het moment dat het schieten begon. Fanella wist precies wat hem te doen stond: naar binnen gaan, ze allemaal snel afmaken, het geld pakken en weer naar buiten lopen. En daar kon hij geen afleiding bij gebruiken.

'Ik doe dit wel.'

'In je eentje?'

'Ik heb jouw ogen hierbuiten nodig. Kom me met de auto oppikken als je hoort dat het losbarst.'

'Lou...'

'Er ligt een doorgeladen .38 onder de stoel.'

Fanella haalde de sleutel uit het contact, deed het portier open en liep naar de achterbak van de auto. Hij keek om zich heen naar de verlaten straat, maakte de kofferbak open en deed de klep omhoog. Hij pakte zijn lange witte regenjas eruit en trok hem aan. Van onder een deken trok hij een Browning 9 mm tevoorschijn, trok het high capacitymagazijn eruit, bekeek het, schoof het terug in de greep, laadde het door, haalde de veiligheidspal eraf en stopte het pistool achter zijn broeksband. Daarna pakte hij een van de twee afgezaagde Ithaca-riotguns die naast elkaar in de kofferbak lagen. Hij scheurde een doos 12-kaliber staalhagelpatronen open. Voorovergebogen schoof hij met zijn duim de patronen een voor een in het buismagazijn, en toen hij voelde dat het vol zat, liet hij de slede los en duwde die naar voren. Hij zou geen tijd hebben om de Ithaca tevoorschijn te trekken, dus nam hij zijn draagriem niet mee. Hij stopte het geweer onder zijn regenjas, deed de achterbak dicht en liep naar de bestuurderskant van de Lincoln. Gregorio was al achter het stuur gekropen.

Fanella liet de sleutels in zijn schoot vallen. 'Dit gaat niet lang duren. Probeer voor één keer wakker te blijven.'

'Denk je soms dat ik dit niet aankan?'

'Denk je soms?' deed Fanella hem met een hoog stemmetje na. Hij glimlachte, waardoor zijn borstelige wenkbrauwen elkaar raakten, wat een grappig effect sorteerde. 'Kappen met dat wijverige gedrag, Gino. Ik zie je zo.'

Gregorio's gezicht kleurde rood terwijl hij Fanella op het huis af zag lopen.

Jeffersons slaapkamer lag aan de voorkant van het huis. Jones en Coco hadden een van de twee slaapkamers aan de achterkant genomen. Tussen de kamers lag een overloop met een balustrade rond een trap. Jones liep naar Jeffersons kamer.

Alfonzo Jefferson stond naast het bed in zijn gestreepte soulbroek, kunstzijden overhemd en tweekleurige plateauschoenen. Zijn gebreide pet stond een tikje scheef op zijn kleine hoofd en hij hield de .38 Special in zijn hand. Hij was bezig elastiekjes om de greep te wikkelen en zette die vast met zwarte isolatietape.

Jones keek even naar Jefferson: donker, tenger en fel. Ze hadden een goeie tijd gehad.

'Klaar?' vroeg Jones.

'Zodra Nique terugkomt met de sigaretten.'

'Wij wachten niet. Coco en ik smeren 'm zo.'

'Oké dan. Ik zie je wel weer.'

Jones deed een stap naar voren. 'Dat was het dan, motherfucker.'

'Dat was het dan.'

Ze gaven elkaar een boks. Op dat moment hoorden ze beneden iemand op de voordeur kloppen.

Jefferson liep naar het raam van zijn slaapkamer en keek naar beneden in de voortuin. Maar hij zag niet veel. Hij had geen goed zicht op de stoep.

'Is dat je wijf?' vroeg Jones.

'Dat kan niet. Die heeft een sleutel.'

'Wie kan het dan zijn, godverdomme?'

'Dat ga ik nu uitzoeken.'

Jefferson liep met de revolver in de hand de kamer uit. Terwijl hij de trap af ging, liep Jones meteen door naar de andere slaapkamer, waar Coco was.

'Wat is er?' zei ze toen ze de uitdrukking op zijn gezicht zag.

Jones keek over haar schouder door het raam naar de achtertuin. Ze draaide haar hoofd om en volgde zijn blik en zag wat hij zag: een blanke man in een pak liep op de achterdeur af; zijn hand rustte op een wapen dat hij in een holster opzij had zitten.

'Vaughn,' zei Coco.

Jones pakte zijn Colts van het bed.

Geruisloos beklom Vaughn de drie ijzeren treden naar de deur met de ruitjes aan de achterkant van het huis. Hij keek door de keuken naar de woonkamer en zag een spichtige zwarte man met een pet op en een revolver in de hand naar de zware houten voordeur lopen. Hij voldeed aan het signalement van Alfonzo Jefferson. Vaughn trok zijn .38 uit de holster en hield die dicht tegen een van de ruitjes van de keukendeur.

In de Monaco zag Strange een uit de kluiten gewassen blanke man in een lichte regenjas het pad op lopen dat naar het huis leidde. Strange had de mannen die Coco Watkins' woning overhoop hadden gehaald niet goed gezien, maar hij herkende de regenjas. De man stapte het stoepje op en Strange zag hem aankloppen en toen nog eens kloppen. Hij zag dat de man een jachtgeweer van onder zijn jas tevoorschijn haalde, een stap terug deed en het geweer op het midden van de deur richtte.

Strange reikte naar de mobilofoon, lichtte de microfoon uit zijn houder en toetste een nummer in. Hij gaf een 10-24 door en zonder er verder bij na te denken deed hij het portier open en stapte de auto uit.

Alfonzo Jefferson hoorde Red schreeuwen: 'Hé, Fonzo!', maar hij stond al bij de voordeur.

'Wacht even,' zei Jefferson over zijn schouder. Hij richtte zijn aandacht weer op de deur, legde zijn oor ertegenaan en zei: 'Wat moet je?' Op het moment dat dat laatste woord over zijn lippen kwam, werd er een groot gat in het hout geschoten. Staalhagel sproeide in Jeffersons hals en lichtte zijn schedel op. Hij tuimelde achterover over de bank heen alsof hij door een plotselinge windstoot achteruit was geworpen en kwam boven op de tafel terecht.

Fanella gaf een trap tegen de deurstijl. De deur vloog open en hij stapte naar binnen.

In de keuken zag hij een gedaante achteruitstappen en om een hoek verdwijnen. Hij liep op de kleine man af die ineengezakt over de tafel hing en richtte het geweer op zijn borst. Fanella hield de trekker van de Ithaca ingedrukt en pompte met zijn andere hand patronen in de kamer die door de afgezaagde loop naar buiten schoten. Het lichaam snokte omhoog en bloed sproeide over Fanella's gezicht.

Hij liep door naar de keuken. Bij de trap hoorde hij een beweging; hij richtte het geweer in het trapgat en vuurde, waardoor de trapleuning aan flarden werd geschoten, en liep toen verder. In de keuken zag hij de deur van de koelkast openzwaaien en daarboven het hoofd van een man verschijnen, en tegelijkertijd zag hij een flits en voelde hij iets heets. Fanella slaakte een kreet en pompte kogels uit de Ithaca terwijl hij de trekker stevig ingedrukt hield. Het geweer in zijn handen maakte een daverend lawaai.

Op het moment dat Strange de straat wilde oversteken stopte er een zwarte Continental voor het huis, waar een slanke blonde man uit stapte. Met een revolver in de hand liep de man op het huis af en Strange begon te rennen. Hij naderde hem schuin van achteren en toen de man zich omdraaide bij het geluid van voetstappen, wierp Strange zich met alle kracht die in hem zat tegen zijn middel aan, en omklemde de man stevig met zijn armen, zoals iedere coach op ieder footballveld hem ooit geleerd had. Hij voelde hoe de lucht uit diens longen werd geperst en vanuit zijn ooghoek zag hij het wapen uit zijn hand vliegen terwijl ze samen tegen de grond klapten en hij de man nog steeds in bedwang had. Strange hoorde de daverende dreun van een jachtgeweer en het geknal van een pistool terwijl de blonde man onder hem worstelde om los te komen, waarbij zijn gezicht rood aanliep en de littekens wit afstaken. De man was sterk, en Strange rolde zich op zijn rug, zodat de man boven op hem kwam te liggen. Hij schaarde zijn benen om diens middel en klemde zijn rechterarm om zijn nek.

'Stoppen!' zei Strange wanhopig. 'Stoppen!'

Maar de man bleef worstelen en Strange wist dat hij hem niet veel langer in bedwang kon houden. Hij klemde zijn arm nog steviger om diens nek.

Zodra hij het eerste schot van het geweer had gehoord, had Vaughn een ruitje in de achterdeur ingeslagen, zijn hand door het gat gestoken en de deur opengemaakt. Hij liep direct door naar de koelkast, die naast de deur naar de woonkamer stond, en ging er op zijn hurken tegenaan zitten. Terwijl hij de hamer van zijn .38 naar achteren trok, zag hij dat het een oud model was dat naar links openging.

Opnieuw klonk er een schot. Vaughn hoorde voetstappen zijn kant op komen en hoorde een derde schot. Het had geen zin om nog langer af te wachten en Vaughn schoof iets opzij en trok de deur van de koelkast open. Nu diende die als schild in de deuropening van de keuken. Hij kwam overeind en leunde op de bovenkant van de deur, en terwijl hij met zijn ene hand zijn pols ondersteunde en met zijn andere hand de trekker overhaalde, vuurde hij razendsnel een aantal schoten af op de gestalte in de lichte regenjas die zijn geweer op Vaughn gericht hield. Vaughn vuurde vier keer en voelde een inslag in de deur van de koelkast en meteen daarna een felle stekende pijn in zijn oog. Hij draaide zijn hoofd weg, liet zich op de linoleumvloer vallen en hoorde alleen nog maar een luid gegalm in zijn oren.

Hij kwam weer overeind en steunde met de loop van de .38 op de grond. Zijn gezicht voelde klam en nat aan.

Vaughn deed de deur van de koelkast dicht en liep met de revolver in zijn gestrekte arm voorzichtig op de grote man in de lichte regenjas af, die op zijn rug lag terwijl er bloed omhoogborrelde uit twee gaten in zijn borst. Hij was bezig te stikken in het bloed dat in zijn longen liep. Vaughn schopte de Ithaca dwars door de kamer. Hij boog zich over de man heen, vuurde nog een schot af en zag zijn ogen breken. Omgeven door een wolk van kruitdamp liet Vaughn de .38 op de houten vloer vallen.

Hij liet zich op zijn ene knie zakken en trok de Colt uit de holster die hij om zijn enkel had zitten. Het bloed stroomde nu over zijn gezicht, maar hij maakte geen aanstalten om het weg te vegen.

Deze Commander heeft zeven kogels, dacht Vaughn.

Hij liep naar de voet van de trap en ging ernaast staan met zijn rug tegen de muur. Heel voorzichtig tuurde hij om de hoek het trapgat in en zag een kapotgeschoten trapleuning en duisternis.

'Hoe gaat-ie, Red?' zei Vaughn.

'Fuck you, Hound Dog.'

Vaughn grinnikte, waarbij zijn wijd uit elkaar staande tanden zichtbaar werden, die nu roze zagen van het bloed.

Hij hoorde een doffe bons aan de achterkant van het huis. Dat was natuurlijk Coco die van het dak de tuin in was gesprongen. Ze ging ervandoor.

'Waar is mijn maat?' vroeg Jones.

Vaughn keek naar Jeffersons lijk, dat tussen de resten van een kapotgeschoten tafel hing. 'Hij heeft het niet gered.'

'Heb je de gast gepakt die hem gekild heeft?'

'Ik heb hem koud gemaakt zoals hij met jouw maat heeft gedaan.'

In de verte hoorde Vaughn het geloei van sirenes.

'We moeten dit maar een andere keer doen, grote man,' zei Jones.

'Ik zou het niet proberen,' zei Vaughn.

Maar hij hoorde iets bewegen op de verdieping en vlak daarna het bekende geluid, maar nu zwaarder, van Jones die achter het huis in de tuin terechtkwam.

Vaughn strompelde naar de keuken. Door de openstaande deur

zag hij Red Jones, met in elke hand een pistool, met een boog over de afrastering van kippengaas springen, de steeg oversteken en daarna over een hek van harmonicagaas in een andere achtertuin wippen. Daar stond Coco Watkins met een rode koffer en een beautycase op hem te wachten. Samen zetten ze het op een lopen.

Vaughn liep naar buiten, strekte de arm waarmee hij het pistool vasthield en richtte. Maar er was iets mis met zijn zicht; het landschap voor hem begon te vervagen. Hij legde zijn hand tegen zijn rechteroog om het af te schermen, met het idee dat hij dan scherper kon zien, maar dat was niet het geval. Toen hij zijn hand weghaalde zag hij dat die onder het bloed zat.

Vaughn liet zijn pistool zakken. 'Volgende keer,' zei hij.

Later beweerde een bejaarde inwoonster van Burrville dat ze twee lange jonge mensen door de achtertuinen van haar buurt had zien rennen. Ze zei dat ze snel waren en grote passen maakten. Dat ze wel leken te galopperen, en dat ze erbij lachten.

Vaughn liep om het huis heen naar de voortuin. Strange zat op de stoep met zijn rug tegen een zwarte Lincoln. Hij staarde handenwringend wazig voor zich uit. Op de grond, een paar meter van hem vandaan, lag een jonge blonde man op zijn rug; zijn gezwollen tong stak uit zijn mond. Zijn gezicht zag grauw en zat vol littekens.

Strange keek omhoog naar Vaughn. 'Je bent gewond.'

'Maar niet zo erg als die kerels daarbinnen.' Vaughn gebaarde met zijn kin naar het lijk. 'Wat is er met hem gebeurd?'

'Ik heb het niet met opzet gedaan,' zei Strange. 'Ik zei dat hij moest ophouden met tegenspartelen... Ik zéí het hem. Ik probeerde hem in de wurggreep te houden zoals het ons geleerd is met sporten.'

'Heb je dat wapen aangeraakt?' zei Vaughn, en hij wees naar de .38 die in het gras lag.

'Nee.'

Het geluid van de sirenes kwam steeds dichterbij. Vaughn pakte

de revolver op, legde hem in Gregorio's rechterhand en bestudeerde de afdrukken in zijn hals.

'Ik heb hem vermoord,' zei Strange ongelovig.

'Nee, niet waar,' zei Vaughn en hij richtte zijn Colt op Gregorio's
keel. 'Ík heb hem vermoord.'

22

Een week na de gewelddadige gebeurtenissen in Burrville liep Vaughn in oostelijke richting over U Street. Het was half juni en hij was met betaald verlof tot de zaak was opgelost naar tevredenheid van de hoge omes bij de politie, verscheidene gemeenteraadsleden en de pers.

Vaughn had de onderzoekers het volgende verhaal verteld: hij had een tip gekregen over een woning in Noordoost waar hij mogelijk iets te weten kon komen over de verblijfplaats van Red Jones en zijn partner Alfonzo Jefferson. Hij wist niet dat Jones en Jefferson zich daar ophielden. Als hij dat had geweten was hij er met versterking heen gegaan. Bij aankomst kwam hij midden in een vuurgevecht terecht tussen Jones en Jefferson en twee criminelen van buiten de stad – huurmoordenaars van de maffia, naar later was gebleken. Tijdens de daaropvolgende gewelddadige confrontatie werd Jefferson neergeschoten en zag Vaughn zich genoodzaakt de huurmoordenaars uit te schakelen. Jones en zijn vriendin, een beruchte hoerenmadam die Coco Watkins heette, waren ontsnapt. Gelukkig had een toevallige voorbijganger, een voormalige agent, Derek Strange, de geweerschoten gehoord en via de mobilofoon in Vaughns auto hulp ingeroepen. Strange, die met de bus naar Noordoost was gereden om een vriendin te bezoeken, liep op dat moment door de buurt en zag door het openstaande raampje van Vaughns Dodge toevallig de mobilofoon onder het dashboard zitten.

Vaughns verhaal rammelde aan alle kanten en niemand geloofde er ene moer van, vooral niet het verhaal over die barmhartige Samaritaan die toevallig voorbij kwam lopen. Maar Vaughn hield aan zijn verhaal vast en bleef dezelfde details vertellen, zelfs toen hij na zijn operatie hallucinerend van de pijnstillers in het ziekenhuis lag. Vaughn was een ex-marinier die in de Stille Oceaan had gevochten. Hij werkte al jaren bij de politie op de afdeling Moordzaken en kon bogen op een uitstekende staat van dienst. In de ogen van zijn collega's was hij een soort volksheld. Door zijn verwonding en zijn leeftijd kon hij op sympathie rekenen. Er bestond weinig twijfel over dat Vaughn niets ten laste gelegd zou worden.

Een verstikkende hitte was over Washington neergedaald, en op enkele verkoelende momenten na zou dat zo blijven tot de eerste gezegende koele septembernachten. Vaughn wandelde door de sauna en leek er geen last van te hebben. Hij droeg een nieuw lichtgewicht grijs Robert Hall-pak en een hoed. Als hij het al warm had, was het hem in elk geval niet aan te zien.

Aan het loket van het Lincoln Theatre kocht hij een kaartje. De vrouw achter het loket keek nog eens goed naar hem toen ze hem zijn wisselgeld overhandigde. Over zijn rechteroog had Vaughn een ronde pleister ter grootte van een toque.

'Fijne voorstelling,' zei ze.

'Dank u,' zei Vaughn.

Martina Lewis zat op zijn gebruikelijke plek, ergens in het midden van de ijskoude filmzaal.

Vaughn liet zich in een stoel naast Martina vallen en zette zijn hoed af. Uit gewoonte wierp hij een blik op het scherm. *The Legend of Nigger Charley*, die eerst in de Booker T had gedraaid, was nu in deze bioscoop te zien, en dat interesseerde hem geen moer.

Martina en Vaughn bogen hun hoofden dicht naar elkaar toe om de andere bezoekers niet te storen.

'Hoe gaat-ie, mop?'

'Frank.' Marina's stem klonk hees en zwaar. Hoewel hij in travestie was, voelde hij niet de behoefte om zijn vrouwelijke kant aan de rechercheur te presenteren. Hij bekeek Vaughn van top tot teen toen het beeld overging in een westernlandschap bij dag en het licht van het doek de zaal in stroomde. 'Mooi pak.'

'Nieuw.' Hij had zijn oude grijze pak weggegooid omdat Bill Caludis van stomerij Arrow aan Georgia Avenue de bloedvlekken er niet uit had gekregen.

'Fijn dat je kon komen. Ik maakte me al zorgen, schat. Is je oog...?'

''t Is goed,' zei Vaughn.

Door de zware inslag van de kogel was er een metaalsplinter van de koelkast gesprongen, die diep in zijn hoornvlies was gedrongen. De chirurgen hadden de splinter kunnen verwijderen en hadden zijn oog weten te redden, maar zijn netvlies was zwaar beschadigd. In de jaren daarna zou hij een bril moeten dragen en nog veel later een speciale contactlens, maar hij zou de ernst van zijn aandoening blijven ontkennen en het zo laten. Voor de rest van zijn leven zou Vaughn met zijn rechteroog alleen nog maar vormen en licht kunnen onderscheiden.

'Ik heb je die dag gebeld,' zei Martina.

'Ik heb je bericht pas later gekregen.'

'Ik wilde je laten weten dat er twee huurmoordenaars in de stad waren die op zoek waren naar Red. Ik was bang dat jullie elkaars pad zouden kruisen.'

'Dat is ook precies wat er gebeurd is,' zei Vaughn. 'Hoe ben je daarachter gekomen?'

'April, een blank meisje, had de avond daarvoor met een van hen, een zekere Lou, een feestje gebouwd. Lou vroeg naar Red.'

'Hij heette Lou Fanella.'

'Ze heeft trouwens een ring van hem gegapt. Die heb ik zelf gezien.'

'Hoe zag die eruit?' vroeg Vaughn.

Martina beschreef de ring en voegde eraan toe: 'Gewoon een nepring.'

'Vertel 's wat meer over April.'

'Ze is een snol.'

'Weet je waar ze uithangt?' zei Vaughn.

Martina vertelde dat April meestal in de diner naast de Lincoln te vinden was, waar ze een kop koffie dronk met een sigaret erbij, voordat ze aan de tippel ging. Vaughn bedankte hem, stak zijn hand in zijn jaszak en haalde een dikke envelop met geld tevoorschijn. Martina nam de envelop aan, keek erin en liet zijn vingers langs de bankbiljetten glijden.

'Waarvoor krijg ik dit?'

'Daar zit bijna negenhonderd dollar in. Het is zo'n beetje alles wat ik op mijn spaarrekening had staan. Daar kun je voorlopig mee voort. Ik wil dat je de stad uit gaat.'

'Waarom?'

'Clarence Bowman weet dat je hem verlinkt hebt. Hij zit nu vast, maar dat betekent niet dat hij je niet te grazen kan nemen. Red Jones heeft Bobby Odum omgelegd omdat Bobby met mij had gepraat. Als hij de kans kreeg zou hij met jou hetzelfde doen. Ik wil dat ook niet op mijn geweten hebben.'

'Wordt je vrouw niet kwaad als ze erachter komt dat je de spaarrekening hebt geplunderd?'

'Ze zal trots op me zijn,' zei Vaughn.

Omdat ik een noodlijdende Afro-Amerikaan, of hoe jullie jezelf tegenwoordig ook noemen, uit de brand heb geholpen. Zo is het toch, Olga?

Martina knipperde langzaam met zijn ogen; zijn lange valse wimpers klapwiekten als vleugeltjes in het licht van het doek. 'Ik ga je missen, Frank.'

'Maak je maar geen zorgen, schatje. We komen elkaar wel weer tegen.'

Korte tijd later wandelde Vaughn de filmzaal uit. Het was de laatste keer dat hij Martina Lewis zag.

Op het moment dat Vaughn de diner in U Street binnenging op zoek naar April, liep Strange net op Carmens huis af met een vers boeket in zijn hand. De afgelopen week had hij haar een paar keer gebeld, maar tevergeefs. Strange wilde met haar praten, nog eens zijn excuses aanbieden, deze keer oprecht gemeend, en haar om een tweede kans vragen. Hij wilde haar plechtig beloven dat hij zou bewijzen dat hij haar liefde waard was.

Hij klopte bij haar aan, maar niemand deed open. Hij overwoog even om haar buitenkraan te gebruiken om de bloemen nat te maken en het boeket bij de voordeur te lagen liggen. Maar als ze een lange dienst moest draaien in het ziekenhuis, zouden de bloemen tegen de tijd dat ze thuiskwam verwelkt zijn in deze hitte. Hij kon haar beter die avond nog eens bellen en de bloemen aan iemand geven die ze zou waarderen.

Strange kocht twee broodjes vis en reed in zijn Monte Carlo naar het huis waarin hij was opgegroeid, aan Princeton Place ter hoogte van de 700-nummers. Zijn moeder Alethea deed de deur open in een oud jasschort en er verscheen een blije glimlach op haar gezicht toen ze haar zoon zag staan.

'Ik heb broodjes bij Cobb's gehaald,' zei Strange, en hij hield een bruine, vettige papieren zak omhoog.

Ze aten in de woonkamer naast de leunstoel van zijn vader en diens stereomeubel. Strange zweeg gedurende het grootste deel van de maaltijd.

'Alles goed, jongen?' vroeg Alethea.

'Ja hoor.'

'Niet liegen. Dat kon je vroeger ook al niet. Niet goed, in elk geval.'

Strange slikte zijn laatste hap door en schoof zijn bord opzij. 'Ik heb fouten gemaakt, mama. Ik heb heel erge dingen gedaan. Elk belangrijk gebod overtreden, en ook nog een paar die nog niet eens geschreven staan.'

'Alleen de Heer is zonder zonde.'

'Weet ik, maar…'

'Doe vanaf nu net alsof je pas geboren bent.'

'Je bedoelt dat ik een nieuwe start moet maken.'

'Vandaag, Derek. Doe iets goeds.'

'Ja, moeder,' zei Strange.

Zijn moeder wist altijd wat ze moest zeggen.

Strange was naar zijn kantoor gegaan om te kijken of er nog berichten stonden op dat nieuwe apparaat van hem, maar er was niets. Terwijl hij daar was, belde Vaughn hem om te vragen of hij zin had om een biertje te drinken. Ze hadden samengewerkt en Strange had hem in het ziekenhuis opgezocht, maar ze hadden elkaar nooit privé ontmoet. Vaughn pikte onmiddellijk de aarzeling in Strange' stem op, alsof hij die van zijn gezicht kon aflezen.

'Vertrouw me nou maar,' zei Vaughn. 'Het zal beslist de moeite waard zijn.'

'Goed,' zei Strange. 'Maar dan wel in mijn buurt.'

En zo kwam het dat ze die middag in de Experience terechtkwamen, het café van Grady Page met zijn roestvrijstalen blad op de bar, zijn posters en funkrockmuziek, waar zowel politieagenten en beveiligingsbeambten in burger kwamen als mensen uit de buurt en types die in de steeg daarachter een joint stonden te roken.

'Dus dit is jouw stamkroeg?' zei Vaughn in zijn grijze pak en met zijn hoed en ooglap naast Strange aan de bar. Vaughn was niet de enige blanke in het café, maar hij was zichtbaar in de minderheid.

'Je voelt je toch wel op je gemak?' vroeg Strange.

'Ik vind het hier leuk met al die mensen,' zei Vaughn, en hij hield een flesje Budweiser op om de aandacht van Grady Page te trekken, die achter de bar zijn reusachtige afrokapsel stond uit te kammen. 'Eentje voor mij en eentje voor mijn jongere broer hier, professor.'

'Komt voor mekaar,' zei Page, en Strange was een tikkeltje geroerd.

'En hoe zit het met mij?' zei Harold Cheek, de agent van het Vierde District, die naast Strange zat en op dat moment geen dienst had.

'En ook eentje voor m'n collega hier,' zei Vaughn.

Page zette de biertjes op de bar. De drie mannen tikten hun flesjes tegen elkaar en namen een slok. Page draaide de soundtrack van *Superfly*, en de eerste klanken van 'Little Child Runnin' Wild' klonken uit de stereo. Strange vond het een van de meest dynamische nummers die hij ooit had gehoord. Voor Vaughn was het oerwoudmuziek. Maar hij stoorde zich er niet aan. Hij was hier met vrienden en was, aangezien het in Burrville maar een haar had gescheeld, blij dat hij leefde.

Ondanks de luide muziek konden ze horen dat er achter in het café bij de toiletten een feestje aan de gang was, waar Frank, een beveiligingsbeambte die Strange en Cheek kenden, werd gefeliciteerd door een groepje vrienden, onder wie een paar bijzonder aantrekkelijke jonge vrouwen. Frank droeg een soulbroek met een brede leren riem en zijn favoriete overhemd met de horizontale strepen.

'Wat is daar aan de hand?' vroeg Vaughn.

'Lees dit maar eens,' zei Cheek en hij schoof het katern met plaatselijk nieuws van de *Washington Post* naar Vaughn toe. 'Dat verhaal over die inbraak.'

Vaughn wierp een blik op de voorpagina, waarop in grote letters stond: 5 MANNEN VAST IN COMPLOT OM HOOFDKWARTIER DEMOCRATEN AF TE LUISTEREN, met daaronder de naam van de journalist, Alfred E. Lewis. Vaughn las de eerste regels: vijf mannen, voor het merendeel Cubanen, waren betrapt bij een poging om afluisterapparatuur te plaatsen in het hoofdkantoor van de Democratische Partij op de zesde verdieping van het Watergate-complex aan Virginia Avenue. Het was een oplettende vierentwintigjarige beveiligingsbeambte opgevallen dat het slot van een deur die naar het trappenhuis met de garages leidde met tape was afgeplakt; hij had de tape weggehaald, maar had later gezien dat die opnieuw was aangebracht, waarop hij de politie had gewaarschuwd.

'Nou en?' zei Vaughn, en hij schoof de krant terug. Hij had geen zin om het hele artikel te lezen. Er moesten biertjes worden gedronken.

'Dat is Frank Willis,' zei Cheek en hij gebaarde met zijn duim in de richting van de feestvierende jonge man en zijn vrienden. 'Hij is degene die die inbraak verhinderd heeft. Die gast is een held.'

'Zoals jij eigenlijk,' zei Strange, en Vaughn haalde zijn schouders op.

'Het is me niet echt gelukt,' zei hij. 'Die van mij houdt zich ergens schuil.'

'Heb je nog iets gehoord?'

'Iemand die aan de beschrijving van Red voldoet, heeft laatst een man vermoord in een bar in Big Stone Gap in West Virginia. Heeft hem met een .45 doodgeschoten. Een getuige vertelde dat de schutter naar buiten liep met een vrouw die even lang was als hij en in een wachtende taxi stapte. Het ligt voor de hand dat Red en Coco de Fury ergens verborgen hebben. En ook dat ze zich in die staat ophouden. Red is daar geboren.'

'Wat nu?'

'De federale agenten zitten er nu op. Ik ben klaar.'

'Je hebt je werk gedaan.'

'Jij ook,' zei Vaughn, en hij zag Strange het hoofd buigen. 'Hoe gaat het met je?'

Strange ging zachter praten. 'Gaat wel.'

Vaughn stak een sigaret aan en schoof de aansteker naar Strange toe, zodat hij de afbeelding van het eiland Okinawa op de voorkant kon zien. 'Op dat eiland heb ik voor het eerst iemand gedood. Ik heb hem een kwartier lang in mijn vizier gehad voordat ik de trekker overhaalde. Maar ik heb het wel gedaan. Als hij de kans had gekregen, had hij mij of mijn maten doodgeschoten. Daarna werd het makkelijker.'

'Dit is geen oorlog,' zei Strange.

'Ja, dat is het wel,' zei Vaughn. Hij stak zijn hand in zijn jaszak, haalde er een voorwerp uit dat opgerold was in een servetje, en gaf het aan Strange. 'Alsjeblieft. Hier word je vast vrolijker van.'

Vaughn keek toe terwijl Strange het servetje openmaakte. Er zat een ring in: acht kleine diamantjes rond een grotere diamant, gevat in een gouden zetting met een Grieks motief.

'Hoe ben je eraan gekomen?' zei Strange.

'Dat ga ik je zo vertellen,' zei Vaughn. 'Ik heb wel wat druk moeten uitoefenen, maar niet echt. Het meisje dat die ring had, dacht dat-ie nep was.'

'Ik ben wel een waardeloze detective, hè?'

'Je komt er wel, jongeman.' Vaughn keek hem aan. 'Wat ga je ermee doen?'

Strange staarde naar de ring in zijn hand. 'Iets goeds.'

'Give Me Your Love' klonk door de stereo en een paar jonge vrouwen begonnen te dansen. Algauw kwamen er een paar gretige jonge knullen bij staan. Strange en Vaughn bleven daar de hele middag zitten drinken terwijl de muziek draaide en de mensen om hen heen, trots en hip met hun afrokapsels en modieuze outfits, lachten en enorm veel lol hadden met elkaar. Ze leefden in het nu, in een spannende, heerlijke tijd.

18 juni, 1972.

Outro

De middag was verstreken. Leo, de eigenaar en uitbater van het ge-lijknamige café, had voor de avondklanten alvast wat lichtjes aan-gedaan en die gedimd. Buiten was het opgehouden met regenen en op Georgia Avenue was de avondspits in noordelijke richting op gang gekomen. Derek Strange en Nick Stefanos hadden uren zitten drinken en praten, en ze zaten daar ontspannen en een tikkeltje aangeschoten. Voor hen op de bar stonden lege groene Heineken-flesjes en halfvolle glazen whisky.

De jukebox speelde 'Give Me Your Love' en Curtis' typische gi-taargeluid en kopstem vulden de ruimte. Strange had het nummer uitgekozen.

'Wat een verhaal, zeg,' zei Stefanos.

''t Is maar een verhaal,' zei Strange.

'Ik heb er de afgelopen jaren links en rechts flarden van opge-vangen. Op een paar details wijkt het af van jouw verhaal.'

'De details variëren, afhankelijk van wie het vertelt.'

'Die gast, die heroïnedealer met de lange neus...'

'Roland Williams.'

'Ik heb gehoord dat hij in een afhaalrestaurant is neergeschoten, House of Soul.'

'Dat zou kunnen,' zei Strange. 'Ik verwar House of Soul weleens met de Soul House, die bar. Mijn geheugen laat me misschien in de steek. Maar ja, het is ook al bijna veertig jaar geleden.'

Stefanos nam een slok whisky. 'Wat heb je met die ring gedaan?'

'Die heb ik terugbezorgd aan de rechtmatige eigenaar.'

'En gaf dat je een goed gevoel?'

'De belóning gaf me een goed gevoel,' zei Strange. 'Dayna Rosen heeft me toen een behoorlijk bedrag gegeven. Daar heb ik dat uithangbord van kunnen kopen.'

'Dat met dat vergrootglas over de letters? Hoe ben je eigenlijk op zo'n origineel ontwerp gekomen?'

'Je bent erg grappig.'

'Maybelline Walker was zeker niet zo blij dat ze die ring alsnog kwijtraakte?'

'Nee,' zei Strange. 'Pech gehad.'

'En Carmen? Hebben jullie het weer goed gemaakt?'

Strange knikte. 'We zijn weer bij elkaar gekomen. En vervolgens flikte ik het wéér. Zo was ik nu eenmaal, Nick. Ik kan je vertellen dat ik al in de vijftig was voordat ik het bij één vrouw kon houden.'

'Je hebt ervan geleerd.'

Strange dacht aan de western die hij heel vaak met zijn vader had gezien, over revolverhelden die een Mexicaans dorp van bandieten bevrijden. 'Ik heb er lang over gedaan om te weten wat belangrijk is in het leven.'

'En waar is Carmen nu?'

'Carmen is er niet meer. Vaughn, mijn moeder... Ze zijn er allemaal niet meer.'

Strange pakte zijn glas, bekeek het en nam een slok Johnnie Walker Black. Hij zette het glas zacht neer op de mahoniehouten bar.

'En hoe is het met Red Jones afgelopen?'

'De FBI heeft Red en Coco in een Holiday Inn ergens in West Virginia gearresteerd. De receptionist was er zo eentje die altijd naar de politiescanner luisterde, en hij herkende die lange vent van de beschrijving die ze hadden laten uitgaan. Red en Coco lagen naakt boven op de lakens toen ze binnenvielen met pistolen en machinegeweren.'

'Hebben ze ze doodgeschoten?'

'Nee. Ik kan me niet meer herinneren hoe het met Coco is afgelopen. Ze zal wel een tijdje vastgezeten hebben.'

'En Red?'

'Red is uiteindelijk naar de federale gevangenis in Marion, Illinois, overgebracht. Daar werd hij leider van de DC Blacks, een gevangenisbende die is opgericht om het tegen de Aryan Brotherhood en hun maten te kunnen opnemen. De DC Blacks beweerden dat ze van de Moren afstamden.'

'Zo, zo.'

'Dat beweerden ze. Dus Red zat in Marion. Dat zal in 1982 zijn geweest. Hij kwam op dezelfde afdeling terecht als zijn vijanden, en sommigen zeggen dat dat met opzet is gedaan. Dat de blanke bewakers met de Aryans onder één hoedje speelden. Red probeerde meteen de leider van de AB neer te steken en daarna heeft hij nog een keer geprobeerd hem neer te schieten met een zelfgemaakt vuurwapen. Die leider, nota bene een gast met een Joodse naam, en een maat die ook zo'n klavertatoeage had, zijn met behulp van een ijzerzaag uit een oefenkooi ontsnapt en hebben Red in de doucheruimte opgezocht. Tot op de dag van vandaag hoor je mensen vertellen dat Red zich tien kerels van het lijf heeft gehouden. Maar het waren er eigenlijk maar twee. Maar het was wel een vastberaden duo. Toen ze met hem klaar waren, hebben ze zijn lichaam de hele verdieping over gesleept, zodat iedereen het goed kon zien.'

'Ze wilden iets duidelijk maken,' zei Stefanos.

'Hij had zevenenzeventig messteken. Het was een hele klus om Robert Lee Jones te vermoorden.'

'En vandaag de dag wordt er nog steeds over hem gepraat.'

'De namen van mensen als hij blijven bij iedereen hangen. Anderen raken in het vergeetboek. Weet je hoe het is afgelopen met Frank Willis, die jonge bewaker die de inbraak in het Watergatecomplex heeft verhinderd?'

'Nee.'

Hij is straatarm gestorven in een huis zonder elektriciteit en stromend water. Toen had hij ook al een jaar gevangenisstraf achter de rug wegens het stelen van een vulpen. En al die journalisten die beroemd werden, al die politici die bekend werden door dat schandaal, al die gore fuckers die eraan verdiend hebben met hun miljoenendeals voor boeken en hun radio-optredens...'

'Rustig aan, Derek.'

'"Haldeman, Ehrlichman, Mitchell en Dean. Er zit een patroon in, als je begrijpt wat ik bedoel."' Strange grinnikte even en dacht aan de oude plaat van Gil Scott-Heron die hij vroeger had gehad. Curtis Mayfield, Donny Hathaway, Isaac Hayes... Gil was er nu ook niet meer.

'Ik zou maar een beetje rustig aan doen met die whisky,' zei Stefanos.

'Nu ga ik 's een alcoholadvies van jóú opvolgen.'

Ze dronken rustig hun glas leeg en luisterden vol respect naar de muziek uit de jukebox.

'Maar ik vraag me toch iets af,' zei Stefanos. 'Dat verhaal zoals je dat hebt verteld, over wat Red en Coco allemaal tegen elkaar zeggen als ze bij haar thuis zijn, Vaughn die op straat aan het werk is, die meiden die in U Street in de diner zitten...'

'Ja?'

'Daar ben je niet bij geweest. Dus hoe weet je dan wat er gezegd en gedaan werd?'

'Dat weet ik ook niet preciés. Van sommige gebeurtenissen heb ik gewoon de gaten opgevuld, er zelf wat bij verzonnen. Ik wil maar zeggen: het wordt waarheid als ik het zeg. Je creëert de legende, zo is het toch?'

'Herinner je je nog die magazijnbediende met dat lange haar in Nutty Nathan's audiowinkel? Dat was ik.'

'Echt waar?'

'In de zomer van '72 hadden ze daar maar één magazijnbediende werken.'

'Wijsneus,' zei Strange. 'Godsamme, toen was je ook al zo'n slome duikelaar.'

Stefanos glimlachte. 'Doen we nog een drankje, pa?'

'Ik dacht het niet,' zei Strange. 'Er moet geld verdiend worden.'

Ze waren door de bekende strafpleiter Elaine Clay in de arm genomen om bewijsmateriaal te verzamelen over een moordzaak die in Zuidoost-Washington in de Highlands had plaatsgevonden. Ze hadden tot het einde van de werkdag gewacht om de moeder van de vermeende schutter te spreken te krijgen, die nu waarschijnlijk thuis was. Ze hoopten dat zij haar zoon een deugdelijk alibi kon verschaffen, iets waarmee Clay bij het hof kon aankomen.

Ze moesten vierenveertig dollar afrekenen en gaven twintig dollar fooi. De kale barkeeper veegde het geld van de bar.

'Leo,' zei Stefanos.

'*Yasou, patrioti.*'

Strange en Stefanos liepen naar buiten, Georgia Avenue op. Strange knoopte zijn leren jasje dicht en knikte naar de zwarte Cadillac die langs de stoep stond geparkeerd.

'Kom op, Griek. De klok tikt.'

'Heb je haast of zo?' zei Stefanos.

Strange kneep zijn ogen tot spleetjes tegen het afnemende licht. 'We moeten aan de bak.'